ALPHAPOLIS
WEB CITY SINCE 2000

じい様が行く 4

『いのちだいじに』異世界ゆるり旅

A L P H A L I G H T

蛍石

Hotaruishi

アルファライト文庫

主な登場人物
ナスティ
ヴァンの村の住人で、エキドナという魔族。保存食作りが得意。
シオン
ヴァンの村の村長を務《つと》める美人エルフ。細かいことはさほど気にしない性格。

ルーチェ
正体《しょうたい》は、ブライトスライムという魔族。セイタロウの孫娘《まごむすめ》として一緒に旅に出る。
ロッツア
ソニードタートルという種族の巨大亀モンスター。見た目に反して足が非常に速い。
セイタロウ
日本で茶園を経営していたじい様。年の功と神様から貰《もら》った超スキルを引っさげ、異世界で旅に出る。
ルージュ
セイタロウの旅に同行する赤い子熊のモンスター♀。
クリム
セイタロウの旅に同行する赤い子熊のモンスター♂。

《１　ノザラシアザラシ》

儂《わし》ら――アサオ・セイタロウ一家が港街レーカスに押し寄せた魔物を退け、普通は選ばんという陸路《りくろ》でカタシオラを目指して、早何日経《た》ったんじゃろか？　途中で出会った赤族《あかぞく》の村に泊めてもらい、一緒に食べた泥棒鳥《アイフー》は美味《うま》かったのぅ。

しかし、山の横穴で手に入れたあの喋《しゃべ》る鎧《よろい》はどうするか。妙な性癖《せいへき》を持った鎧なんぞ売れんし……他にもあるそうじゃが、集める気はせんな。語り継《つ》がれる装備《そうび》らしいし、そうそう出会うこともないか。

そんなことより立ち寄れる村を探《さが》さにゃいかん。狩《か》りと野宿を繰《く》り返すだけじゃ旅とは言えんわい。観光や現地の人との語らいがあってこその物見遊山《ものみゆさん》じゃよ。

山頂から降り、広がる裾野《すその》をのんびり下る。数日かけてゆっくり歩いておったら、細めの川……せせらぎに行きついた。折角《せっかく》の水辺なのでそのまま一夜を過ごし、翌朝ゆったり食事をとってから歩いていくと、徐々に視界が開けてくる。

鬱蒼《うっそう》と生《お》い茂《しげ》る樹々が減《へ》り、低木や蔦《つた》、蔓《つる》が増えてきた。

「む、珍《めずら》しい魔物がいるぞ」

ロッツァの視線を辿《たど》れば、その先には灰色の丸い何かがいた。いや、ある……か？

「ありゃなんじゃ？　魔物か？」

「ノザラシアザラシ……本来は海や湖に棲《す》む魔物だな。極稀《ごくまれ》にああして別のところに来るのだ」

ロッツァは丸い灰色の物体に首を向けて指し示す。

「群《む》れから追い出されたのかな？」

「見た目の愛らしさと敵意を感じさせない状況で油断させるのだ。近付くと体当たりしてくるぞ」

警戒《けいかい》もせずに近付こうとしたルーチェは、ロッツァの言葉でピタッと足を止めて振り返る。

「体当たり？」

「ガツンと来る。まぁ我らに傷を付けるほどではないが……あの子らには強敵だろうな」

アザラシを挟《はさ》んだ向こう側《がわ》、儂らと同じくらいの距離《きょり》に数人の冒険者パーティがいた。藪《やぶ》の中から頭が少しだけ覗《のぞ》いとる。

「邪魔《じゃま》せんように待つかの」

「はーい」

「あやつの肉は美味《うま》くない。ただいろいろと使えると聞いたことがある」

アザラシを《鑑定《エヴァルア》》で見れば、確かに『食べられるが美味《おい》しくない』と出た。となるとロッツァの言う「いろいろ」とは、素材や獣脂《じゅうし》かのぅ。丸々としとるからよく燃えそうじゃし。

「あ、始まった」

ルーチェが指さす先では、盾持ち剣士が盾ごとぶちかまして、体勢を崩《くず》そうとしておった。アザラシは下手《へた》に踏《ふ》ん張《ば》らず、されるがまま転《ころ》がった感じじゃ。続いて槍《やり》使いが鋭《するど》い突きを繰り出すが、刺さっとらん。

丸まったアザラシは縦横無尽《じゅうおうむじん》に転がり、冒険者を分断していく。後方で構えていた魔法使いと短弓使いと前衛《ぜんえい》の間がどんどん離《はな》れていっとる。

アザラシは前衛の二人に当たる直前で方向転換して、後衛《こうえい》組へと一直線に迫《せま》る。

「ありゃ、アザラシのほうが何枚も上手《うわて》じゃよ。《結界《バリア》》」

「助けるの？」

「見てるだけだとあの子らは嬲《なぶ》り殺《ごろ》しにされそうじゃからのぅ」

冒険者なんじゃから覚悟くらい持っとると思うが、目の前で死人を出すのはちょっとな……

儂のかけた《結界《バリア》》が効果を発揮《はっき》してアザラシを受け止めると、魔法使いが呪文を唱《とな》える。腰が抜けて動けない弓使いよりはまだマシなようじゃ。

「《泥沼《スワンプ》》」

儂の魔法がアザラシの足場を悪くすると、魔法使いの詠唱《えいしょう》が終わった。灰色の球体を一条の稲妻《いなずま》が貫きよる。じゃが一撃で仕留《しと》めるだけの威力《いりょく》はないようで、まだ動いておるわい。

「《堅牢《スタウト》》、《強健《ハーディ》》」

仕留められんとみるや盾持ち剣士と槍使いが、アザラシとの距離を詰《つ》めておったので、補助魔法をかけてやる。槍使いは走った勢いを殺さずに槍を突き出し、剣士は飛んでから剣を突き下《お》ろす。沼地《ぬまち》に足を取られないギリギリまで近寄っての攻撃じゃから、やはり初心者ではないようじゃ。

剣士と槍使いが離れると、再び稲妻が駆《か》け抜ける。稲妻の軌道《きどう》を追いかける三本の矢が、アザラシの眉間《みけん》と首筋に突き刺さった。

「弱くも強くもない人たちだね」

「だな。アサオ殿《どの》の助力がなければ命はなかっただろう」

冷静に戦況を見極《みきわ》めていたルーチェとロッツァは、辛辣《しんらつ》な言葉を口にしとる。

「目の前で死人が出なかっただけでいいんじゃよ。冒険者がいるなら近くに村か街があるじゃろ」

アザラシを縛《しば》り上げ、持ち帰ろうとする冒険者を放置し、儂らはその場を去る。美味しくない魔物はいらん。

マップで確認するも、近くに集落はなかった。広めのマップにすると見つかったので、あと数日といったところかの。集落が逃げることはないから、のんびりと歩けばいいじゃろ。

《２　ヴァンの村》

マップに出ていたのは村じゃった。最低でも三日はかかると思ったんじゃが、走れない鬱憤《うっぷん》が溜《た》まっていたロッツァの激走《げきそう》により、一日かからずに着いてしまった。

赤族の村より大きく、人口数百人はおる。宿もギルドもなかったが、食事のできるところはあった。野菜がものすごく美味しかったのぅ。ほぼほぼ自給自足《じきゅうじそく》な生活をしとるそうじゃ。肉は森や山から、魚は川から、野菜は畑から収穫《しゅうかく》できるので、生活に困ることはないらしい。

「こんな村に旅人が来るなんて珍しいね。何かあったら私に言って」

村の中を散歩しとると、金色の長い髪をひと纏《まと》めにして後ろに流しとる少女に声をかけられた。なんと彼女が村長なんじゃと。随分《ずいぶん》若い子が村長をしとるのぅ。濃紺《のうこん》のつなぎという、いかにもな作業着を身に着けとるが、綺麗《きれい》な顔立ちをしとる。

「若く見えるけど、貴方《あなた》たちの誰よりも年上だからね」

怪訝《けげん》とまではいかんが、疑問が顔に出ていたらしく、儂は少女に耳打ちされた。

「人より力が強くて、魔力が多い長生きなエルフです。えへん」

少女は得意げな表情で胸を張る。

「エルフ？　森で生活して、肉や魚は食べないんじゃないのか？」

「何それ？　そんなエルフいるの？　偏食《へんしょく》してたら長生きできないし、強くなれないよ？」

目を丸くして、もっともなことを口にする少女。儂の知識は日本《あっち》が基本になっとるからな。こっちの世界の多種多様《たしゅたよう》な種族の生活まではさすがに刷《す》り込まれとらん。生活するのに森だけでは難《むずか》しいし、街や村に居を構えるのは当然な流れか。食べるものだって森の中だけで集めるのは大変じゃろう。

「エルフ、初めて見たよ。ルーチェです。よろしくお願いしまーす」

「お、元気いい子だね……魔族？」

「ブライトスライムでじいじの孫《まご》です」

腰を屈《かが》め、ルーチェと目線を合わせながら少女はにかっと笑う。

「ここで村長やってるアマルシオンです。よろしく」

「ロッツァだ。後ろにいるのはクリムとルージュ」

ロッツァが名乗り、クリムたちも紹介する。アマルシオンは屈んだまま顔だけ上げると、驚《おどろ》きの表情を見せる。

「ソニードタートルが話せるんだ。すごいね。長生きするもんだ。そっちの子熊ちゃんたちもなかなか強そうだね。で、お爺《じい》さんはどなた？」

「挨拶《あいさつ》が遅《おく》れてすまんな。アサオ・セイタロウじゃ」

「面白《おもしろ》そうな旅人さんたち、ヴァンの村へようこそ。何もない田舎《いなか》な村だけど、追い出すようなことはしないから安心してね」

「追い出す？」

首を傾《かし》げるルーチェに、アマルシオンは微笑《ほほえ》みかける。

「悪さしなけりゃ追い出さないよ。ルーチェちゃんは悪さしないでしょ？」

こくりと頷《うなず》くルーチェ。

「なら大丈夫。アサオさんたちの目的地はどこ？」

「カタシオラじゃよ。レーカスを出て、陸路でのんびり向かっとる最中じゃ」

「うわぁ。陸路でなんてほとんどいないよ？　しかもこの村を通るとなると更《さら》にいないし。道に迷《まよ》ったの？」

珍しいものでも見るかのように、アマルシオンは目を輝《かがや》かせとる。

「赤族の村に寄ってから山越《やまご》えしたからのぅ。まぁ気ままなのんびり旅じゃから、多少道を逸《そ》れようとも気にしとらん」

「へぇ、赤族のところに行ったんだ。今の時期なら祭りがあったでしょ？」

「火牛《ひうし》と蝸牛《かぎゅう》を退けとったぞ。知っとるのか？」

「村の子たちは皆知ってるよ。この時期の山にいて手を出しちゃダメな魔物だからね」

アマルシオンは当然とばかりに儂の問いに頷いておる。

「通り過ぎるのを待つのが賢《かしこ》い生き方です。それを退治できる赤族ってすごいよね」

「退治と言っても追い返してただけじゃったがな」

「それでもすごいと思うよ」

うんうんと力強く首を振るアマルシオン。

「あ、そうだ。村に宿屋ないから、うちに来てね」

「村長の家にって……いいの？」

「悪さしないんでしょ？　だったら村の誰かの家でも、村長の家でも変わらないじゃん」

ルーチェと目を合わせながらアマルシオンは笑う。

「それなら厄介《やっかい》になろうかの。ロッツァたちは――」

「皆入れるから大丈夫よ。あれだから」

アマルシオンが指さした先に見えた家は、周りの倍以上の高さがあった。あれなら確かに入れそうじゃや。

実際に室内へ入ると更に驚いた。複数階建《だ》てではなく平屋じゃった。無駄《むだ》に大きくしたのではなく、客人の為《ため》らしい。巨人族たちがたまに来るんじゃと。昔より小振《こぶ》りになったそうじゃが、それでもロッツァより大きいそうな。見てみたいもんじゃが、本当たまにふらっと来るくらいらしいから、たぶん会えんじゃろ。

《　3　村のこと　》

アマルシオンが村長を務《つと》めるヴァンの村で厄介になること二日目。昨日村人から聞いた通り、ほぼほぼ自給自足の生活で間違っとらんようじゃ。

村人は六割くらいがエルフ、残りは人族や獣人など雑多《ざった》な種族が住んどるんじゃと。日々の喧嘩《けんか》などはあっても、差別的なことは一切ないそうじゃ。そんなことをしていたら生活が成《な》り立たなくなるような田舎の村だと、アマルシオンが自嘲気味《じちょうぎみ》に笑って教えてくれたわい。自分の役割をしっかりこなすなら、どんな種族だろうとお構いなしに受け入れてきた村らしいのぅ。

「シオンの意向か？」

アマルシオンと朝食を取りながら、村のことを教えてもらう。本人の希望で名前も短縮《たんしゅく》することになった。村ではシオンとしか呼ばれないので、むず痒《がゆ》かったそうじゃ。

「違うわよ。初代村長のヴァンデリアの考え。何もないここに村を作って、ふと気が付いたら周囲にはエルフ以外の種族も沢山《たくさん》いた。そんな村で共に生きるなら、どっちが上だの優秀《ゆうしゅう》だの言ってられないじゃない？　住人が増えて、大《お》っきい喧嘩が起きた時は拳《こぶし》で解決して、それでも納得できないなら村から出ていくってことだけが決まったの。先にいたとか後から来たとか関係なくね」

物理的な解決方法を選ぶのか。なかなか武闘派《ぶとうは》な村じゃな。まぁ後腐《あとくさ》れなくするなら悪い手段でもないからのぅ。ずるずると解決を引き延《の》ばさんだけ、ましかもしれん。

「なんでも喧嘩で解決するの？」

「うーん、そうとも言えるけど……武器、魔法の使用は禁止の決闘になるのかな。それに、もちろん口喧嘩もあるわよ。明らか片方に非があるなら喧嘩もさせないから」

ルーチェの問いにも、シオンは丁寧《ていねい》に答える。

「ルーチェちゃんは何か気になるの？」

「腕力が強い人の意見だけが通るのかなって」

「ないない。大抵は家対家よ。双方《そうほう》で得意な分野と苦手《にがて》な分野を選び合って喧嘩するの。だからほとんどは引き分けなんだけど、真正面《ましょうめん》からぶつかり合ったらそれだけで大体収まるわね」

「儂らが巻き込まれることはないと思うから、問題ないじゃろ」

「アサオさんも何かされたら、やっていいからね。もちろんルーチェちゃんも」

喧嘩を推奨《すいしょう》する村長ってのもおかしな話じゃな。何かあるんじゃろか？

「誰彼構わず喧嘩売れってことじゃないからね？　おかしいと思ったことは言ってってこ

とだから」

疑問が儂の表情に出ていたようで、シオンが聞く前に答えてくれた。

「私たちは村の中だけで生活してるから、よく言う『普通』と違ったり、常識外《はず》れだったりするかもしれないの。そんなの外から来た人じゃないと気が付かないでしょ？」

「それでか。なら納得じゃ。まぁ儂も世間一般の『普通』とは違うかもしれんがな」

「そだね。じいじは『なんとか人族《じんぞく》』だからね」

「何それ？」

いや得意げに話さんでもよかろ？　シオンが興味津々《しんしん》な感じになってしもうたわい。

「じいじのステータスに書かれてるんだよ。前までは『まだ人族』だったんだけど、この間見たら『なんとか人族』ってなってたの」

「それってほぼヒトじゃないってこと？」

「いやヒトじゃろ」

シオンへ即座にツッコミを入れてしまうくらいに、儂は焦《あせ》っていたようじゃ。

「ねえねえアサオさん。ステータス見せて。私のも見ていいから」

「……オープン」

綺麗な顔を近づけてきて、キラキラした目を向けられたら断《ことわ》れん……仕方なく見せると、シオンは何かを確信したらしい。

「やっぱりね。イスリール様の関係者なんだ。でなきゃこんなことできるわけないよね」

「ん？　何がじゃ？」

シオンは小さな声で呟《つぶや》いておったが、微《かす》かに聞こえたので気になる。

「ステータスを他人に見せることなんて、普通はできないの。しかも私のも問題なく見られるんでしょ？」

「……できんのか？」

最初からできたので普通だと思ってたんじゃが……なんという落とし穴じゃ。

「今度からは人前で言っちゃダメよ。もちろん見せちゃダメ。お姉さんとの約束だぞ」

鑑定したのでシオンの実年齢は分かったものの……自分より見た目が若い子に『お姉さん』と言われるのは不思議な感覚じゃな。

「……確かにお姉さんの助言を聞くのは大事なようじゃ」

儂の素直な言葉に気を良くしたのか、シオンは笑《え》みを浮かべる。

「ちなみに私の年齢を公表してはいけません。これは絶対です」

いくつになっても女は女ってことじゃな。

「そんなことよりこっちが聞きたかったんじゃ。この村の特産品は何があるかのぅ？」

年齢から話題を変える為に、儂はわざと大きな声と手振りをしてみせる。

「ほとんど自給自足だから何になるかな……海辺の街との交換は農作物が中心だけど」

シオンは顎《あご》に指を当てて、悩《なや》む仕草をしておる。

「あ、そうだ。薬草と果実酒、薬草酒は有名かも。結構高値《たかね》で買ってくれるから」

「山で採《と》ってきた果実で作るんじゃな？」

「そうそう。潰《つぶ》して水と混ぜるだけで作るお酒と、結構きついお酒に果実を丸ごと漬《つ》けたりするのがあるね。薬草酒も同じだよ」

シオンはテーブルにいくつもの瓶《びん》を並べて説明を続けてくれた。

「砂糖《さとう》は使わんのか？」

「お酒に砂糖？　そんな技法があるの？」

「儂の住んでた地域の作り方じゃ。果実を漬ける時に砂糖も一緒に入れるんじゃよ。数ヶ月放っておくだけで出来上がるのぅ」

梅酒は毎年作っていたから分かるんじゃが……他の果実でも似たようなもんじゃろ。

「試《ため》そうかな。同じ味で飽《あ》きてたんだよね」

瓶を覗き込みながらシオンは言葉を漏《も》らす。朝っぱらから飲むような真似《まね》はせんようじゃが……せんよな？

「漬ける果実と砂糖の量でかなり味が変わるからのぅ。何度か試して良い比率を探さんとダメじゃぞ」

「大丈夫。時間だけはあるから。ただ砂糖が少し高いんだよね」

からからと笑いながら手招《てまね》きするように右手をひらひらさせ、シオンは自分から長生きなことを持ち出して笑いにしとる。

「なら、後で宿代代わりに砂糖を渡そうかの」

「あら、ありがとう。私は畑があるから、また後でね」

朝食も終え、シオンとの談話《だんわ》も区切りがついたので、儂は村の散策《さんさく》へ出かける。ロッツァ、ルージュ、クリムは既《すで》に日向《ひなた》ぼっこの真っ最中じゃ。

ルーチェと二人でのんびり村を歩く。自給自足が成り立つだけあって、色とりどりの野菜が畑に生《な》っておる。ただ少しばかり土に元気がないのぅ。やはりこの世界は堆肥《たいひ》を使わんのか。後でその辺りもシオンと話してみんとな。ジャミの村のように腐葉土《ふようど》を作るまでもなく、森に沢山あるからそれとなく話すだけでいいじゃろ。やるやらないは自由じゃからな。

村を巡《めぐ》ると、果実酒と薬草酒を扱《あつか》っとる店があった。野菜と一緒に並べてあったので買おうと銀貨を出したが、できれば肉との交換がいいと言われてな。【無限収納《インベントリ》】からいくらか出して物々交換になったんじゃ。全く貨幣《かへい》を使わんわけでも、使えんわけでもないみたいなんじゃが、希望の品との直接取引のほうが楽なんじゃろ。

薬草酒、果実酒、あとは砂糖と一緒に漬け込む為の果実と蒸留酒《じょうりゅうしゅ》を仕入れた。仕込《しこ》んだものを時間が経過するタイプのアイテムバッグに入れておけば、じっくり漬かるはずじゃ。

いくつか仕入れておいて正解じゃったな。用途《ようと》別に使い分けができるのは便利でいいのぅ。野菜も酒と同じく肉との物々交換で手に入れたので、漬物《つけもの》にでもしようかの。

大きくない村なので、住民に話が広まるのも早かった。どこへ顔を出しても「品物を肉と換《か》えてくれる人」で通ったわい。猟師《りょうし》もいるが、魔物が相手なのであまり量が手に入らんらしい。そこへ肉を持った儂が現れたと。

猟師も「無理にたくさん狩らないで済むので助かった」と言ってくれたのが救いじゃな。シマ荒《あ》らしと文句言われんでよかったわい。

夕方、シオンの家へ戻って晩ごはんの支度《したく》を申し出ると、喜ばれた。旅人の料理は楽しみなんじゃと。期待に添《そ》えるか分からんが頑張《がんば》るか。

ウルフ肉と野菜の炒《いた》め物、醤油《しょうゆ》味のキノコ汁、漬物、玉子焼き、白米を出したところ、何杯もおかわりをしてくれたから、満足してくれたんじゃろ。細身なシオンがルーチェと同じくらい食べとった。肉にも卵にも躊躇《ちゅうちょ》せず手を出していたから、何でも食べると言った昨日の話は本当なんじゃな。

食後、腐葉土のことをそれとなく話したら、予想以上に興味を示された。どうやらいろいろ試行錯誤《しこうさくご》をしとる最中だったらしい。竈《かまど》の灰と発酵《はっこう》した家畜《かちく》の糞《ふん》を撒《ま》くことも教えたので、そのうち試すかもしれんな。一朝一夕《いっちょういっせき》で結果が出るわけでもないから、気長《きなが》にやってくれとは注意したがの。

あと、なるべく同じ作物を連作せんように伝えたが、その辺りは実体験があったようで、既に実施しとるとのことじゃった。

《 4　蕎麦《そば》 》

翌日、村を巡ると蕎麦の実を見かけた。蕎麦打ちはしとらんらしく、粉に挽《ひ》いたらクレープとパンケーキの中間のようなものにしとるそうじゃ。あとは脱穀《だっこく》した実を粥《かゆ》のようにして食べるらしい。

せっかくなので実と粉を分けてもらった。今日は肉ではなく香辛料との物々交換じゃった。

「じいじ、それでなに作るの？」

「蕎麦を打とうと思ってな」

「打つ？　あ、うどんみたいにするのか」

以前のことを思い出したのか、ルーチェは突き出しかけた拳を引っ込める。

「じゃあお昼はその蕎麦だね」

「うどんのような汁物なのか？　なら我も食べるぞ」

後ろをのんびり歩くロッツァも声をかけてくる。

今日はクリムとルージュがお留守番《るすばん》じゃ。と言っても、シオンに連《つ》れられて畑に行ったんじゃがな。シオンが収穫してる間に、畑の外周で小さめの魔物を狩ってほしいんじゃと。

二匹の強さを初見《しょけん》で見抜いた上、儂も二匹も断らんからシオンは喜んでおった。人と家を守る為、住まいの外側に畑を作ったせいで魔物がちらほら現れるらしい。

　村人が集まれば十分狩れる。が、狩っていると収穫が遅れる。結果的に長い時間をとられてしまうと。で、その対策としてクリムたちが頼《たの》まれたんじゃ。狩った魔物は貰《もら》えるから、ヤル気満点じゃったよ。晩ごはんは焼き肉か、テリヤキを希望されるんじゃろな。

「シオンも含めて、この村には昼ごはんを食べる習慣がないんじゃな」

「ごはん大事なのにね」

「畑仕事の合間《あいま》合間に休みを取ってるそうだ。その時に軽く飲み食いもするから、いらないのかもしれんな」

　残念がるルーチェと対照的に、ロッツァは聞いた話を淡々《たんたん》と話しとる。

「休憩《きゅうけい》は重要じゃな。まぁ、習慣にまで口出しするもんじゃないから、儂らだけで食べればいいじゃろ」

「だね。無理に食べたって美味しくないもん」

　ルーチェとロッツァは首を何度も縦《たて》に振る。

「家で準備といこうか、アサオ殿。我はキノコ汁で食べてみたい」

「私はお肉のがいいな」

「ならその二つにしようかの」

村を巡るのを早々に切り上げ、シオン宅へ帰る。薬味にワサビが欲しいが、見当たらん。山があって、綺麗な沢があるんじゃからあってもいいと思うんじゃが。味や香りが受け付けなくて採っておらんのかもしれんな。今度探してみようかの。

その代わりではないが、アサツキに似たネギが手に入ったのは幸運じゃった。儂は蕎麦にネギ、ワサビ、海苔《のり》が欲しいからな。

台所で、まずは蕎麦つゆを仕込む。希望通りのキノコ汁と肉汁じゃ。頻繁《ひんぱん》に使う定番汁じゃから特別なことは何もせん。いつもの汁より、少しだけ濃《こ》い味にするくらいじゃな。

自分用にかえしを作ろうと思ったんじゃが、味醂《みりん》がないのぅ。煮切《にき》った酒で代用するしかないか。少し砂糖を多めにして甘くすれば、近いものになってくれんかのぅ。

蕎麦打ちはうどんと違ってタネを踏まん。粉に水を加えたら素早く混ぜて練《ね》り上げる。もたもたしてたら蕎麦にならん。時間との戦いなのはうどんと一緒なんじゃ。

儂は十割《じゅうわり》でなく、二八《にはち》が好きでな。小麦粉と蕎麦粉をしっかり混ぜてから打つ。比率が変わろうとやることは変わらん。まぁ素人《しろうと》が趣味《しゅみ》で打つ蕎麦じゃから、細かいところは違うかもしれんが……食べるのが儂らだけじゃからな。

蕎麦切り包丁はないが、板を添えて切れば、なんとかなるじゃろ。

大鍋《おおなべ》にたっぷりの湯を張り、麺《めん》を踊《おど》らせながら茹《ゆ》でる。打ち立てじゃからな、ごくごく短い茹で時間しかかからん。麺のぬめりを《浄水《ウォータ》》で取り、《氷針《アイスニードル》》の冷水で〆《しめ》れば麺は出来上がり。

あとは水気《みずけ》を切ってざるに盛《も》りたいんじゃが……皿と巻き簾《まきす》で我慢《がまん》じゃな。ロッツァとルーチェの分はかけ蕎麦じゃから、大きな椀《わん》によそって完成。

丁度《ちょうど》、休憩時間になったらしく、クリムとルージュを連れたシオンが帰ってきた。

「ただいまー。なんか良い匂いしてるわね」

シオンは蕎麦つゆの匂いを胸一杯に吸い込みながら涎《よだれ》を拭《ぬぐ》っとる。せっかくの美人がいろいろ台無《だいな》しじゃ。

「儂らの昼ごはんじゃよ。クリムとルージュは――」

無言のままクリムがキノコ汁蕎麦を、ルージュは肉汁蕎麦を指す。

「私はお肉とキノコ、どっちも食べたいです」

元気よく手を挙《あ》げて希望を口にするシオン。遠慮《えんりょ》ない望みを耳にしたクリムたちは、思わずシオンに振り返る。「その手があったか」と言いたげな顔じゃな。

「おかわりはあるから、一度に注文せんでも平気じゃぞ。というよりシオンは昼を食べないんじゃやなかったのか？」

「食べられないわけじゃないからね。今日は休憩時間を取らなかったからお腹空《なかす》いたの。それにこの匂い嗅《か》いだら我慢できないわよ」

テーブルを挟んでルーチェの向かいに座ったシオンは、今か今かと蕎麦を待っとる。

「私はおかわりをキノコ汁で」

「我はキノコのままおかわりを頼む」

ルーチェもロッツァも、食べ始める前におかわりを予約せんでも……

「「「いただきます」」」

皆の分をよそい、椀を手渡すと、手を合わせてから食べ始める。

「この挨拶も面白いわよね」

かけ蕎麦をフォークでたぐりながら、シオンは呟いた。

「うわ、これ美味しいわね。私たちが蕎麦粉を麺にした時は、ボロボロのぶつぶつだったのに……どんな魔法使ったの？」

「小麦粉と一緒に打っただけじゃよ。水分量を間違えず、全ての手順を素早くこなすのがコツかのぅ」

「そんなものなの……？」

不思議そうに見ながらも、シオンは口に蕎麦を運《はこ》び続けておる。

「するする入るのね。パスタとはまた違う美味しさがあるわ」

キノコ蕎麦と肉蕎麦の椀を持ち替えながら食べ続け、味を確かめるシオン。

「「おかわり」」

ルーチェとロッツァは早くもおかわりか。クリムたちもそろそろじゃな。子熊二匹は儂のざる蕎麦を見とる。儂の前に置いてある分だけ、皆のとは違うからのぅ。気になってたんじゃな。

「私にも下さい。アサオさんの前に置いてあるやつを」

二杯の蕎麦を汁までぺろりと平《たい》らげたシオンは、申し訳なさそうに椀をそっと持ち上げる。

「食べた後もまた畑があるんじゃろ？　苦しくて動けなくなると困るから、ざる蕎麦でおしまいじゃからな」

「「はーい」」

ルーチェとシオンは笑顔で声を揃《そろ》えた。

「ルーチェちゃんも一緒に畑やる？」

「やるー。美味しい野菜を食べる為なら頑張ります」

食べることに直結するからか、ルーチェがいつも以上に素直じゃな。

「アサオ殿。残ったこの汁に少しだけ白飯を貰えまいか」

返事をしなかったロッツァは、新《あら》たな食べ方を模索《もさく》してるみたいじゃ。クリムとルージュも追随《ついずい》して、こそっと椀を差し出してきた。

「私たちは夜にやろうね」

「うん。絶対やる」

蕎麦を食べ終え、汁まで飲み干《ほ》したシオンとルーチェは頷き合っておった。

《 5　シオンの料理 》

「今夜は私が美味しいのを作るからね」

昼ごはんの後、シオンはそう宣言してから、ルーチェと畑に出かけた。ロッツァは今日も日向ぼっこで甲羅《こうら》干《ぼ》しをするそうじゃ。クリムとルージュは儂と一緒に村の外へと散歩じゃな。

「近くの沢までちょいと行ってみようかの」

右にクリム、左にルージュと並んで歩く。もう顔を覚えられたのか、途中で村人にも声をかけられた。エルフも獣人も下半身が蛇《へび》な女性も、軽い挨拶を交わしてくれる。下半身が蛇の女性は魔族で、エキドナという種族らしい。ラミアとの違いがよく分からん。

村を出てすぐに、儂に向かって走ってくる鳥と遭遇《そうぐう》したんじゃが、クリムが受け止め、ルージュが左前足を薙《な》いだだけで絶命《ぜつめい》しとった。まとめて三羽を狩れたので、血抜きと解体をして【無限収納《インベントリ》】に仕舞う。鳥肉が減ってきてたから丁度よかったのぅ。

沢に着いたので、まず水を鑑定。見た目に違《たが》わず飲むのに問題はなさそうじゃ。辺りを見回せば、セリっぽいものと三つ葉っぽいものが見える。クリムは沢蟹《さわがに》……にしては大きい、ガザミのような蟹《かに》を捕《つか》まえておった。ルージュはどこで覚えたのか、ルーチェと同じく熊のように魚を飛ばしとる。

「食べる分だけにするんじゃぞ」

二匹は儂の注意にいっそうのやる気を見せた……逆効果じゃったか。

村で買った籠《かご》をそれぞれに渡し、儂は一人で周囲を散策。セリも三つ葉も儂の知ってるものとさして変わらんかった。ついでにフキとアイコも見つけたので採取《さいしゅ》。素手《すで》で触《さわ》ると痛いのは、こっちでも同じなんじゃな。ふかふかの腐葉土も沢山手に入ったし、シオンへの土産《みやげ》にもよさそうじゃ。

ワサビは見つからんかったが、いろいろ採れたので良しとしとこう。もう少し上流に行かんとないのかもしれん。そもそもあるかどうかも分からんからな。

魚と蟹がわんさか入った籠を、子熊二匹は自分で背負《せお》って帰るそうじゃ。四足で歩いても零《こぼ》れないよう、籠に蓋《ふた》と背負《せお》い紐《ひも》を付けてやった。ルーチェとロッツァに成果を見せたいんじゃろな。

帰り道では、体毛が緑の大きな熊が一匹だけ現れたが、攻撃してこなかったのでこちらも手出しせんかった。

「へ？　グルーモスベアに会ったの？」

帰宅して調理場に立つシオンに、その熊のことを話すと驚いておった。

「あの熊はもの凄《すご》く獰猛《どうもう》で、動くものはなんでも食べようとするのよ」

「じいじに勝てないと分かったんじゃない？」

シオンはルーチェの指摘に納得の表情を浮かべる。

「それにクリムとルージュも小さいながら、熊種の頂点たる種族なのだ。多少腕に覚えがあるなら無駄な争《あらそ》いを起こそうとはすまい」

魚と蟹を自慢げに見せる二匹に目をやりながら、ロッツァは言葉を足《た》す。

「昨日の魔物退治も瞬殺してたし、予想より遥《はる》かに強いのね……と、出来たわよ」

鍋《なべ》をかき混ぜながらロッツァの話に耳を傾《かたむ》けていたシオンは、満足そうな笑みを見せて椀によそう。

「野菜と干し肉で作った具沢山《ぐだくさん》スープよ。肉と玉子の『クルクル』もあるから、どんどん食べてね」

スープは大ぶりの野菜がゴロゴロ入ったポトフみたいじゃな。クルクルとやらは、巻きクレープとでも言えばいいんじゃろか？　蕎麦粉のクレープで、薄切りベーコンのような燻製肉《くんせいにく》と炒《い》り玉子を巻いとる。

「塩茹《しおゆ》でガザミと川魚の塩焼きもできたぞ」

クリムとルージュの獲《と》った蟹と魚も食卓に並べる。野菜が少なかったので、アイコとセリのお浸《ひた》しも一緒に。鰹節《かつおぶし》を削《けず》って醤油をかけたものと、マヨネーズも出しておく。

「この棘《とげ》、痛くなかった？」

「多少はな。まぁ美味しいものを食べる為の苦労と思って我慢じゃ」

シオンはアイコのお浸しをマヨネーズで食べながら聞いてきた。塩をかけるだけのサラダに飽きておったらしく、ドレッシングとマヨネーズに、はまったようじゃ。

「ところでアサオさん。このマヨネーズを使ってお肉や魚を焼いたら美味しいんじゃない？」

「そういった料理もあるのぅ。ドレッシングに漬けてから焼くってのもありじゃ」

「やっぱりね。じゃぁ明日はそれで食べてみようか」

「そんな発想ができるのに、今までやらんかったのか？」

「この村……に限らずどこでも大抵は塩とハーブの味付けだったでしょ？　それぞれを組み合わせるって発想が浮かばないの。だって油と酢《す》に卵よ？　卵は食材であって調味料じゃないもの。でも食べてみれば驚くほど新鮮《しんせん》な味。これは新たな発見を求める心が掻《か》き立てられるでしょ」

いつになく……いやずっと興奮《こうふん》気味《ぎみ》なシオンにまくしたてられた。村に来てから落ち着いたシオンを見た記憶がないのぅ。これが平常運転なんじゃろか？

「じいじ、蟹と魚でカレーは作れる？」

「ん？　できるぞ。魚介のカレーは、肉とはまた違う美味しさじゃ」

シオンに触発《しょくはつ》されたのか、ルーチェまで新たな希望を口にする。

「カレー？　それは何？」

「辛いスープ。ごはんと一緒に食べると美味しいの。パンに包んで揚《あ》げても美味しいよ」

満面の笑みでシオンに答えるルーチェ。

「スープをパンに包む？」

「パンに包むのは少し違うカレーだったぞ」

シオンはロッツァの言葉で再度儂へ顔を向ける。

「アサオさん。料理教えてくれない？」

「構わんが、どうしたんじゃ？」

「美味しい料理を食べたなら、作り方を知りたくなるでしょ？　あんまりにも高価だったり、難しかったりしたら無理だけどさ」

「まぁそうじゃな。その代わり、儂にも教えてくれんか？　村で作る料理や保存食を知りたいんじゃ」

「知識の交換ね。お金を払っても教えてくれないのが普通だもの、いい条件じゃない」

シオンとがっちり握手《あくしゅ》を交わす。

「私は美味しいものが食べられるから幸せ」

「我も同じだ」

ルーチェとロッツァの言葉に激《はげ》しく頷くクリムとルージュ。そんな二人と二匹を見て、思わず噴《ふ》き出す儂とシオンじゃった。

《 6　エキドナさん 》

「そういえば、昨日村を散歩した時にエキドナさんに会ったんじゃ」

「あら、珍しい。あの子あんまり出歩かないのよ？」

朝食のトーストを頬張《ほおば》りながら、少しだけ驚いた顔を見せるシオン。儂が手作りしたトマトソースを口の端《は》に付けたまま、またトーストをかじる。

「魔族も住んでるんじゃな」

「えっ？　私たちエルフも魔族よ？　人族より魔力量が多くて、扱いに長《た》けた種族を総じて魔族って呼ぶの」

気の抜けた表情で笑いながら、シオンは教えてくれる。

「魔族っていうのは、知識や知恵が一定以上になった亜人や魔物、魔獣のことと教わったんじゃが」

「間違ってないけど、ちょっぴり足りなかったみたいね」

「ほほぅ。また一つ利口になったのぅ」

顎ひげをさすりながら笑みを浮かべると、シオンも嬉《うれ》しそうに笑顔を見せてくれたわい。

「じいじも知らないことがあるんだね」

「そりゃそうじゃ。そこらにごろごろいる商人の爺《じじい》の知ってることなんてたかが知れとる。儂は学者でも賢者《けんじゃ》でも、ましてや勇者でもないんじゃから」

隣《となり》の椅子《いす》に座ったまま不思議そうに見上げるルーチェの頭を撫《な》でる。

「新しいことを見たり、聞いたりしたいから旅をしとるんじゃよ。それに美味しいものや珍しいものも体験したいからの」

「そだね」

ルーチェに続き、ロッツァも頷いて儂の言葉を肯定《こうてい》する。足元にいるクリムとルージュもやはり首を縦に振っておった。

「あ、そうだ。ナスティも料理上手だから誘ってみよう。アサオさん、行ってきてくれる？　あの子の作る保存食は美味しいわよ」

良いことを思い付いたとばかりに、シオンはにこりと微笑みながら儂を正面《しょうめん》から見据《みす》える。

「ナスティってのは誰じゃ？　エキドナさんか？」

「そそ。エキドナのナスティ。見慣れない種族と話すのも良い体験でしょ？」

「話してみたい！」

ルーチェがテーブルに乗りかかる勢いで前のめりになっとる。

「なんか大人の魔族って気がするんだよね」

「ルーチェちゃん、ルーチェちゃん。私も大人の魔族よ?」

自分を指さしながらルーチェを見つめるシオン。

「シオンさんはね、なんか違う。大人のお姉さんってより、私のお姉さんって感じがするの」

「んーーーっ! 何この子、可愛《かわい》い! アサオさんどんな育て方したのよ! 私に頂戴《ちょうだい》!」

「やらん」

シオンに誉《ほ》められたのが嬉しかったのか、儂の即答が嬉しかったのか分からんが、ルーチェには若干《じゃっかん》の照《て》れが見える。儂の答えが分かっていながら一応口にしただけらしく、シオンは無言のままルーチェを抱《だ》きしめた。

「となると我も魔族なのか?」

「かもしれんな。知識、知恵を持っとるし、魔力も多めじゃからな」

首を捻《ひね》りながらロッツァ、クリム、ルージュが儂の顔を覗く。

「誰が決めるでもないけど、貴方たちは明らかに魔族だし、その中でもかなり強いわよ」

頷きながらシオンは一同を見回す。若干の苦笑《にがわら》いを見せながらの。

「そんな私たちがまとめてかかっても、じいじに勝てる気しないけどね」

ルーチェの呟きに皆がこくりと頷く。

「で、アサオさん、ナスティへの連絡お願いね。品物を見ればたぶん納得すると思うし」

「はーい。ごはん食べたらじいじと行ってきます」

儂の返事を待たずにルーチェが元気よく答えた。

「場所を教えてもらえるか？　会っただけで居場所までは知らんから」

「ちょっと待ってね……はい、これ」

大雑把《おおざっぱ》ながら村内の店が載《の》った地図のような紙を渡され、指さしながら教えてもらう。

「案内図があるなら最初に――」

「自分で調《しら》べるのは大事よ。若いんだから歩きなさい」

見た目だけなら儂の娘と言っても過言《かごん》ではない女性に言われても……実年齢が遥かに上なのは分かっとるんじゃが、素直に頷けん。

「ロッツァくんと子熊ちゃんは、また私の手伝いをお願いしてもいい？」

「ロッツァくん!?」

慣れない呼び方に、驚いて思わず振り返るロッツァを無視して、シオンは笑顔で儂に断りを入れてきた。クリムとルージュは素直に頷いておる。

「晩ごはんの為にも頑張るしかないか……ただ『ロッツァくん』はやめてくれまいか？　呼び捨てで構わん」

「じゃあお願いね、ロッツァ。沢山獲っても大丈夫だからね。むしろ安全の為に、どんどん狩って頂戴」

にこにこしながらクリムたちを撫でるシオンは、ある意味無敵じゃな。

《 7 ナスティ 》

シオンから教えてもらった場所へ向かうと、大きな一軒家《いっけんや》があった。店舗《てんぽ》と住居を兼《か》ねているみたいじゃな。それに身体《からだ》が大きいのも影響しとるんじゃろ。

「エキドナとラミアの違いってなんだろね？」

「種族の違い……かのぅ。失礼でなければ聞きたいが、どうじゃろな」

もしかしたらものすごく失礼な質問かもしれんから注意せんとな。

「お邪魔しまーす」

ルーチェが声をかけながら戸を開けて、店に入る。儂もあとに続くと、壁際《かべぎわ》に瓶が並んでおった。天井の梁《はり》からは、肉や魚が紐に吊《つ》るされておる。ハーブも一緒に干されとるからか、生臭《なまぐさ》さなどは一切ない。

陳列《ちんれつ》された品々を見ていると、店の奥から声が聞こえた。

「はーい。ちょっと待っててね～」

少しだけ間延《まの》びした、ゆっくりとした声と共に、一人のエキドナが姿を見せる。この女性がナスティかのぅ？

「お客様なんて珍しいわ〜。あら、昨日の〜」

「ルーチェです」

「アサオじゃ。店を覗きに来がてら、シオンから言付《ことづ》かってな」

「あらあら〜。シオンちゃんにも困ったものね〜。お客様に頼むなんて〜」

言葉の割に全く困っていないような、ぽわぽわとした雰囲気《ふんいき》でナスティは目を細め、にこりと微笑む。

「近々、料理の交流会をやろうということになったんじゃが、参加してもらえんか？」

「いいですよ〜。私が作れるのは保存食ばかりですけどね〜」

のんびりとした口調《くちょう》ながらも、しっかりと許諾《きょだく》の言葉をナスティからもらえた。

「すぐ食べるものばかり作る儂とは違うのぅ」

「じいじの漬物は？」

「あれも浅漬けじゃから、長期保存とは言えんな」

「アサオさんも料理するんですか〜。いいですよね〜料理は〜」

にこにこ笑顔のままナスティは頷く。

「野菜、ハーブ、果実にお肉にお魚〜……村の近くで限られた季節に採れるものを〜、長く食べる為の知恵ですよ〜」

「その辺りを知れるのは嬉しいことじゃ」

たとえば干すにしても、やり方や加減があるはずじゃからな。

「お野菜しわしわだね。これが保存食なの？」

「そうですよ～。余分な水分を抜いてあるから腐《くさ》りにくいんです～。他にも塩漬けやオイル漬け、燻製《くんせい》なんかもありますね～」

壺《つぼ》や瓶、吊るされた肉などを手に取りながら、ナスティはルーチェに説明してくれとる。

「一度に全部を食べられんじゃろ？　かといって皆が皆、アイテムボックスを持っているわけじゃないからのぅ。腐らせんよういろいろ試行錯誤を繰り返して出来たのが保存食なんじゃ」

「ですね～」

目を細めたまま儂に同意するナスティ。

「ところでアサオさんはヒトですか～？　ルーチェちゃんは魔族みたいですし～……半神半魔っぽいですね～」

それから薄く目を開き、儂の中の何かを見るように呟く。

「はんしんはんま？」

「どっちつかずってことかのぅ？」

ルーチェの疑問に思わず答えると、ナスティが否定した。

「違いますよ～。どっちにもなれる可能性を秘めた『なりかけ』なんです～」

「あぁ、それで『なんとか人族』って書かれてるのか」

ナスティの言葉に納得したのか、ルーチェは声を上げながら頷いた。

「ルーチェちゃんはステータスを見られるのですか～？　その年齢で鑑定できるなんてすごいですね～」

「違うよ。じいじが見せてくれたの。だから知ってるだけ」

「見せる？　アサオさん、もしかして～オープンできるんですか～？」

首を傾げながらも何かを確信した口調のナスティに問われる。

「できるぞ……今まで誰にも言われんかったから、あんまり知られとるスキルとは思わんかったんじゃが、あんたは分かるんじゃな」

「私は昔見ましたからね～。不用意に出すのは危《あぶ》ないのに、ミズキさんって方が見せてくれました～。あの方も半神半魔さんでしたね～」

日本人っぽい名前じゃのう。そして危機感の無さがその裏付けっぽいわい。

「アサオさんも公《おおやけ》にしないほうがいいですよ～。変なことに巻き込まれたら大変ですから～」

笑顔を絶《た》やさずにナスティは顔を近づけ、耳打ちしてくれた。

「ねね、ナスティさん。とっても気になるから聞くんだけど、ラミアとエキドナって何が違うの？」

「大きさと毒の有無ですかね～。私たちは身体の中で毒を作れますから～。あと寿命《じゅみょう》も違いますよ～」

頬《ほお》に手を添えながら、ナスティはルーチェの問いにのんびりと答える。

「毒持ってるの？　魔物狩るのに便利だね」

羨望《せんぼう》の眼差《まなざ》しでナスティを見つめるルーチェ。

「怖《こわ》くないですか～？」

「なんで？　私に使うなら嫌だけど、ナスティさんはそんなことしないでしょ？　なら怖くないよ。ナスティさんはちょっと見た目が違うだけの、綺麗なお姉さんだから」

「初めて言われましたね～」

「私もスライムだし、人によっては怖いと思うよ？　ナスティさん、私が怖い？」

「い～え～。ルーチェちゃんは怖くないですよ～」

「ね、一緒でしょ」

ルーチェの答えに、ナスティは思わず笑顔がこぼれとる。

「そ～いえば自己紹介がまだでしたね～。私はエキドナ族のナスティアーナ＝ドルマ＝カーマインと申します～。ナスティと呼んでください～」

「アサオ・ルーチェです」

「アサオ・セイタロウじゃ」

皆で名乗り合い、頭を下げ合うと、また笑い声が上がった。

《 8　なにはなくとも味見から 》

「さてさて皆集まったかな？」

シオンが見回す先には、ナスティら飲食物を扱う村人と儂を含めた十名ほどがおる。シオンのダイニングキッチンは広く、まだ余裕がある。

「旅人のアサオさんの料理が美味しいので、教えてもらう代わりに村の料理を教えることになりました。まずは実際に食べてみたいと思うよね？　なので用意してもらいました。私できる子！」

皆は自画自賛《じがじさん》で胸を張るシオンを放置し、食卓に並べたテリヤキやスープ、肉野菜炒め、キノコごはん、ホットケーキなどに視線を注いでいた。

「シオンちゃんはいつもあんな感じだから大丈夫ですよ～」

シオンの扱いに驚いておった儂へ、ナスティがにこりとしながら耳打ちしてくれる。

「どれもこれも珍しいかもしれんが、儂の住んでた地域では普通の料理なんじゃ」

放置されていたことなど意に介さず、シオンは率先《そっせん》して料理へ手を伸《の》ばす。ナスティもそれに続くと、皆が試食を始めてくれた。料理を口へ運びつつも、味や食材の解明に余念がない。あーでもない、こーでもないと雑談《ざつだん》しながら食べ進めていた。

「アサオさんの料理は面白いですね〜。村でも街でも食材一つにつき一品作るのが普通でしたから〜」

「儂らはいくつもの食材を合わせるのが普通なんじゃよ。もちろん食材を一つに絞《しぼ》った料理も作るがの」

「私たちは肉を焼いて塩で味付け！　とか、魚を煮《に》てハーブと塩でバーン！　って感じだもんね」

儂の指さしたテリヤキウルフを皿ごと抱《かか》えたシオンが、スープ片手に咀嚼《そしゃく》する。皆も同意らしく、頬張りながら頷き合っていた。

「ふむ、となるとまずは調味料から教えるのがいいかもしれんな」

儂は鞄《かばん》から醤油の木の実、蜂蜜《はちみつ》、ワイン、塩、砂糖、酢を取り出して並べていく。

「気付けの実ですね〜」

「匂いも味も強いから目が覚《さ》めるのよね」

ナスティもシオンも醤油の木の実を見たことはあるようじゃな。

「実を搾《しぼ》って、蜂蜜や水、酒と和《あ》えて煮詰《につ》めると、テリヤキウルフにも使ったタレになる。それにスープの味付けは実を潰して溶《と》かしたんじゃよ」

「あの塩辛くて匂いも強烈《きょうれつ》な実を使ってるの？」

「そのまま食べると強烈なのは保存食も同じじゃろ？」

「ですね～。塩漬けしたものは水で戻さないと食べられませんよ～」

木の実をつまみ、匂いを嗅ぎながら目を細めるシオンとナスティ。

「ようは使い方次第じゃよ。儂もそのまま口に含もうとは思わん」

「私もです～。ただ、いろいろ組み合わせるのはやってませんね～」

「調味料を混ぜるとこんなのも作れるんじゃ」

鞄からマヨネーズ、ケチャップ、トウガラシソース、トウガラシオイルを取り出して皆に見せる。

「白いの一つに赤いの三つ。これはトウガラシを漬けたの？」

順番に蓋を開け、中身を確認しながらシオンが呟く。中身を小皿に取り出すと、色、濃さ、香りがそれぞれ違う調味料を皆が一斉に覗き込む。

「トマトの煮込《にこ》みとは違いますね～。これは酸《す》っぱい匂いがします～」

ナスティがトウガラシソースを瓶ごと抱えて中を覗く。その匂いに若干顔を顰《しか》めとる。

「そのままでも食べられるが、料理の味を変えたい時に使うのが主じゃな」

納得したのか抱えていた瓶を置くと、今度はトウガラシオイルの瓶を持ち上げるナスティ。

「こっちはオイル漬けですか～？」

「漬けたトウガラシだけでなく、そのオイルも料理に使うんじゃ」

「面白いですね～。でも塩漬け肉の塩は使っちゃダメですよ～。お腹痛くなりますから～」

ナスティは自分の作った塩漬け肉の壺を手元に引き寄せながら、注意を促《うなが》す。

「なんでもかんでも使うわけじゃないから大丈夫じゃよ」

他にもいろいろ並ぶ塩漬けやオイル漬けの壺を覗き込んでいたシオンが、びくりと肩を震《ふる》わせた。使うつもりだったんか？　発想は面白いが、肉や魚を漬けた塩を使うのは食中毒が怖いぞ。

「見てもらった通り、儂の作る料理は調味料以外保存性が悪くてな。その辺りを習いたくて今回の話を受けたんじゃ」

「そんな経緯《けいい》から今回の料理教室が決まりました」

見本料理と儂の説明で納得したのか、今回は皆がシオンの言葉に頷いた。

《　9　村の味、保存食　》

「ナスティ、村の味って……何になると思う？」

「何でしょうかね～。野菜の塩煮は他所《よそ》では食べたことありませんけど～」

シオンとナスティが顔を突き合わせて相談しとる。他の参加者も悩んでるみたいじゃや。

「普段作る料理が知りたいんじゃよ。畏《かしこ》まったものを教えてもらっても儂じゃ作れん」

「それなら皆の得意料理でいいの？」

皆と相談していたシオンが振り向き、目を見てくる。

「そのほうが嬉しいのぅ。儂の教えるものばかりが簡単だと気後《きおく》れしそうじゃから」

儂は目を細めてニコリと笑いながら、皆に頷く。

「肉料理がいい人、手を挙げてー」

シオンの決で順番に肉、魚、野菜料理とレシピが決まっていく。一度も手を挙げなかった人は、蕎麦粉で何かを作ってくれるらしい。ナスティは保存食の作り方を教えてくれるから別枠《べつわく》のようじゃ。

どの料理も塩とハーブが基本の味付けで、ほんの少しの香辛料を足すくらいじゃった。それでも、肉料理は煮るか焼く、魚は塩煮つけ、野菜はグリルと煮込み、と似たような……というより同じ調理方法なのに味がかなり違うのには驚きじゃ。塩梅《あんばい》とハーブの選択が絶妙《ぜつみょう》なんじゃろな。

肉料理はどちらも塊肉《かいにく》のまま調理したのが功《こう》を奏《そう》したのか、切った瞬間から閉じ込められとった肉汁が溢《あふ》れていたのぅ。

塩とハーブを使った煮込みは、ドイツ料理のように見えたのぅ。名前も覚えとらんが、豚肉を煮込むものがあった気がするんじゃ。煮汁をスープなどに仕立てないのが勿体《もったい》ない気がしたんじゃが、どうやら塩気《しおけ》が強過ぎるらしい。あとアクをとる習慣がないので臭《くさ》みが残ってしまっとる。その辺りを改良すればもっと美味しくなりそうじゃな。これは魚料理も同じじゃ。

野菜を硬《かた》い皮ごと焼き、中身をほじって食べるのは美味しかった。半分に切った焼き芋《いも》を食べとる感じに近いのぅ。素材がいいと、余計な手を入れないでも十分なんじゃ。周囲を黒くなるまで焼いたナスやネギと同じ原理じゃな。とうきびなども皮ごと焼いていたので、いい具合の蒸《む》し焼きになっとる。

煮込みは一緒くたにするのではなく、それぞれ別に煮とった。色や味、匂いが移るのを避《さ》けてるようじゃ。それで儂の料理や調味料に驚いていたのかもしれんな。

蕎麦粉を使った料理は、シオンも作ってくれた巻きクレープじゃった。ただ中身が塩漬け野菜を刻《きざ》んだものだったので、かなり風味《ふうみ》が違っとる。儂はこっちのほうが好きじゃ。クレープ自体に味はないから、ジャムを添えても十分いけると思うが……砂糖は少し高いとシオンも言ってたからのぅ。

生地《きじ》を厚《あつ》めにして焼いたものは、蕎麦粉で作ったパンケーキのような見た目になっとった。うっすら塩味が利《き》いているので、おやつより軽食に近いかもな。村でもパスタの代わりに食べるようじゃ。甘く炊《た》いた豆を交ぜて焼いてもよさそうじゃが……やはり砂糖の値段が問題か。

最後に、シオンがとっておきだと教えてくれたのは塩釜焼きじゃった。塊肉を大きな葉で包んで、周囲を塩で覆《おお》ってじっくりと火にかける。焦らずゆっくり火を通すのがコツなんじゃと。これは包まれる食材が魚や野菜になっても変わらんらしい。蒸し焼きにされた肉は柔《やわ》らかく、絶妙な塩加減でものすごく美味しかった。

ナスティが紹介してくれた保存食は、塩漬け、オイル漬け、乾燥《かんそう》野菜に乾燥キノコ。初めて見たものだと酒に漬けた薬草などがあった。薬草酒とはまた違うらしい。あとはトウガラシを全面にまぶされた肉なんてものもあったな。作り方はどれも難しくなく、注意点は鮮度《せんど》の良いうちに処理することだけだそうじゃ。あとは、保存食と言っても延々《えんえん》置いておけるわけでもないから、可食期間の見極めが大事なんじゃと。

ルーチェはどの料理も満足そうに食べ、おかわりもしておった。ただ保存食は一部を味見して、その強烈な味に顔を顰《しか》めとった。

「ではお返しに、まず調味料から教えよう。今教えてもらった村の料理にも使えるかもしれん。その辺りは各自の研究ってことでいいかの？」

皆に問いかけると、無言で頷いてくれた。

マヨネーズ、ケチャップ、トウガラシソース、トウガラシオイルと順に教える。テリヤキタレも気になってたらしく、他の調味料以上の質問攻《ぜ》めにあった。醤油の風味はやはり強いんじゃな。

料理も野菜と肉を一緒に煮込んだり、炒めたりしたものに興味津々な感じじゃった。慣れ親しんだ食材でも、作り方が変われば驚くからのぅ。同じようにパスタでも大きな反応を見せてくれた。パスタにケチャップを和えただけでも大いに喜んでくれ、キノコを使った醤油味のパスタには称賛《しょうさん》をもらえた。

皆が笑顔になる料理の交流に、満足な儂じゃった。

《 10　緑茶の魔力 》

翌日以降、シオンの家で不定期ながら料理教室が開催《かいさい》されるようになった。儂以外はほとんどが入れ替わり、シオンですら参加しないこともままあった。ただ、ナスティだけは皆勤賞《かいきんしょう》じゃ。毎回品を変え、何点かずつ保存食を教えとる。作り方が各家庭で微妙《びみょう》に違うらしく、他の参加者にとっても有意義な時間なんじゃと。

儂が今日教えるのはかりんとう。それも蕎麦粉を使って、ゴマを塗《まぶ》したものじゃ。村で慣れ親しんどる蕎麦粉で作れるとあって、皆期待の眼差しを向けてきとる。

作り方は、小麦粉に蕎麦粉を混ぜるだけで、普通のかりんとうと変わらんのじゃがな。炒ったゴマを糖蜜《とうみつ》に加え、からめて完成じゃ。ゴマは村で採れたもので、皆に受け入れられとる。ゴマは普段だと搾って出た油を使うくらいらしく、儂にも譲《ゆず》ってもらえた。今回は魚との交換じゃった。

かりんとうの味見に緑茶を用意した。紅茶やコーヒーは高価なものと知れとるので、遠慮されたからのぅ。それならばと緑茶を出したら好評を博《はく》しとる。

「はぁぁぁぁ。なんか落ち着くわね」

「かりんとうには緑茶だねぇ」

シオンとルーチェが、かりんとう片手に緑茶をすすっとる。他の者はすするのが難しいのか、湯呑《ゆの》みを傾けて少しずつ茶を飲む。皆がかりんとうを囲んでのんびりとした空気を醸《かも》し出《だ》しとるな。

「アサオさん、これ譲ってー」

「構わんが、紅茶と同じ値段じゃぞ？」

「ふぇっ⁉」

普段と違い、ゆったりとした口調で話していたシオンは、儂の言葉に思わず目を見開き湯呑みの中を凝視《ぎょうし》する。湯呑みを傾けていた者たちは、そのまま固まってしまったようじゃ。

「なんてものを振る舞ってるのよ！」

「いや、紅茶やコーヒーは嫌じゃと言うから――」

「ルーチェちゃんが普通に飲んでたから、高いものだとは思わなかったのよ！」

シオンの指摘に儂とルーチェ以外が頷いとる。

「アサオさ～ん。美味しいから納得しますけど～、騙《だま》し討《う》ちは心臓に悪いですよ～」

ナスティだけは相変《あいか》わらずののんびりじゃった。猫舌《ねこじた》だからか、冷ましたぬるめの緑茶をゆっくり飲んでおる。

「転売しないなら卸値《おろしね》で出せるが、どうする？」

「それでも紅茶と同じなんでしょ？　１００ランカに10万リルは払えないわよ」

「シオンさん、たしか20万だよ」

ルーチェに耳打ちされたシオンは驚きで固まり、周りにいる者も再び動きを止めてしまっとる。

「高いですね～」

のほほんとしたナスティの声だけが響《ひび》いておるな。

「……アサオさん、これって私たちでも作れたりする？」

「茶葉さえあればできるじゃろ。儂が教えてやってもいいぞ」

「教えて！　作り方も原料も！」

顎ひげをいじっていた儂の手を力強く握《にぎ》りしめ、シオンは懇願《こんがん》してきた。縋《すが》る……というよりも崇《あが》めるように儂を見上げとる。

「茶葉を教えるにも今あるものだと……あぁ、いいのがあったわい」

以前仕入れておいた、とっておきの手揉《ても》み茶を【無限収納《インベントリ》】から取り出す。これは全てを手作業で作るから大変なんじゃよ。その分、段違いの風味なんじゃがな。

「……針《はり》？」

「に見えるがこれも緑茶じゃ」

急須《きゅうす》に《浄水《ウォータ》》を入れてから《加熱《ヒート》》。いつもよりじんわりとゆっくり温めるつもりで丁寧に淹《い》れる。どうせならと皆に振る舞えば、そこかしこで感嘆《かんたん》の声が漏れとった。そうじゃろ、そうじゃろ。別物と思えるくらいに違うんじゃよ。

しかし、見本の為に本当に必要なのは、急須の中に残った開いた茶葉じゃ。

「これが緑茶の葉になる。これを見本に探すのがいいじゃろ」

「……ありがとう。緑茶ってすごいわね」

放心状態のシオンはなんとか言葉を紡《つむ》いどる。他の皆は放心状態じゃ……ナスティだけは相変わらずのにこにこ顔から変わらんな。

「儂らが下りてきた山にはなかったが、たまたま見かけなかっただけかもしれん。慌《あわ》てずのんびり探してみればいいじゃろ」

「慌てはしないけど、早速探すわよ。手の空《あ》いた人は最優先でやりましょう」

シオンの言葉に皆が頷き、旦那《だんな》や子供にやらせると口にしとる。

「アサオさんはまだ旅に出られませんよね～？」

「急がんが、何かあるんか？」

「はい～。そろそろ街へ買い出しに行こうかと思いまして～。よかったらご一緒しませんか〜？」

　にこりと微笑みながらナスティは首を傾げる。

「街？」

　ルーチェが耳をぴくりとさせながら、目を輝かせた。

「あぁ、そういえば野菜も売りに行かなきゃダメだわ。アサオさん、ナスティたちの護衛《ごえい》をお願いできる？」

「構わんが、それは商人に頼むことではないじゃろ」

「山越えして来たぐらいだから、腕は立つでしょ？　それに今この村に冒険者や傭兵《ようへい》はいないもの。なら村長としてお願いするしかないじゃない」

　まぁシオンの言う通りか……収穫した野菜も全てを干したり、漬けたりするわけではなかろう。なら鮮度の良いうちに売らんとダメじゃな。

「帰ってきたらまた塩釜焼きを頼む。それが依頼料でどうじゃ？」

「いいわよ。肉、魚、野菜の塩釜焼きを作ってあげる」

　儂からの提案に思わず笑い出すシオン。皆もつられて笑みがこぼれとる。それに「私はパンを」「なら私は煮込みよ」なんて声も聞こえてきた。

「準備でき次第行くとしようかのぅ。いつ行けそうじゃ？」

「荷をまとめるのはすぐ終わるから、明朝にでも出られるわよ」

「ですね～。私のほうも簡単にできますから～」

「じゃぁ、明日の朝出発で街へ行こー！」

元気よく発せられたルーチェの声に、皆が笑顔で拳を突き上げたのじゃった。

《11　港街へ》

「往復《おうふく》で二週間くらいでしょうか～？　行ってきますね～」

ナスティが、シオンを含めた何人かの村人にのんびり挨拶しとる。儂らはナスティを含む村人四人と同行して港街を目指すことになった。

指輪に付与《ふよ》されている《縮小《シュリンク》》の効果を解き、元の大きさに戻ったロッツァに、《拡大《グロウス》》で大きくした幌馬車《ほろばしゃ》を曳《ひ》いてもらう。こちらに人が乗り、連結させたもう一台の村所有の馬車に、果実と野菜、既に加工済みの肉や野菜などが満載《まんさい》されとる。二台を曳くことになるが、《浮遊《フロート》》を使うから問題ないじゃろ。それに本来の大きさに姿を戻せたロッツァは、やる気が漲《みなぎ》っとるようじゃ。

「ロッツァ、本気で走っちゃいかんぞ。亀が足速なのは常識なんじゃろうが、普通の人にロッツァの速さは耐えられん。馬より少し早いくらいで堪《こら》えてくれ」

「分かった」

「それとルーチェは馬車から飛び降りるの禁止じゃ」

頷くロッツァの横から馬車へ飛び込んだルーチェが、儂の言葉に振り返る。

「なんで？　魔物狩るなら飛び降りないと間に合わないよ？」

「ルーチェが大丈夫でも、皆が心配するんじゃよ。余計な心配はかけちゃいかん」

「はーい。でも狩りはしていいんだよね？」

素直な返事をするルーチェに、儂は頷く。クリムとルージュが馬車の中から顔を出し、じっと儂を見つめる。

「お前さんたちもルーチェと一緒じゃ」

二匹の頭を撫でながら話せば、こくりと頷いてくれた。

「アサオさん。皆をお願いします」

村人を代表してシオンが声を発した。その言葉を合図に見送りの皆が頭を下げとる。

「出発〜」

ルーチェの元気な声でロッツァが歩き出すと、村の皆が手を振って見送ってくれた。

村から少し行けば、街道《かいどう》に入った。

「さて、普通だと片道どのくらいかかるんじゃ？」

「五日だな。往《い》きに五日、街での買い出しに三日、帰りに五日。これが普段の日程となる」

儂に答えたのは同行するジョッピンカル。元冒険者の男でその時は盗賊《とうぞく》……今では農夫じゃ。現役の頃の腕を買われて、時々街から仕事を頼まれるんじゃと。今回も依頼がきたので行くんじゃが、腕っぷしはからっきしらしい。元冒険者といっても、戦闘より日々の雑務《ざつむ》をこなすのが主《おも》だったそうじゃ。専門職となるとそんなもんかのぅ。

「ロッツァだからもっと早いじゃない？」

「亀の曳く馬車はそんなに速いんですか？」

ルーチェの言葉に反応したのは村の女鍛冶師《かじし》アメス。鍛冶場を一手に取り仕切っとるそうじゃ。村では男も女も関係なく、できることをやる方針みたいじゃからな。『女だから』や『男だから』で就《つ》けない仕事はないんじゃと。

もう一人の同行者のウルカスは無言で首を傾げるだけ。とことん無口で、村でもほとんど声を聞いた者がおらんらしい。鳴かないし話さないクリムとルージュに何かを感じたみたいで、向かい合って首を傾けとる。これでも交渉《こうしょう》のスキルを持っているんじゃと。交渉の席でも無言なのに、持ち込んだ品の売値が上がって、仕入れ値は下がる。なんとも不思議な技能じゃな。それで毎回、街との取引には参加しとるらしい。

「速いが、あんまり急《せ》かさんでくれ。ロッツァが本気で走ったら身体がもたんぞ」

「それに荷も無事では済まないかもしれませんから～」

ルーチェとアメスに釘《くぎ》を刺す儂に、ナスティは頷いて同意しとる。

「とはいえ、揺《ゆ》れませんね～？　アサオさんが何かしたんですか～？」

「《浮遊《フロート》》をかけただけじゃよ。馬車が軽くなれば、ロッツァは楽じゃろ？　それに荷も人も揺れないほうが安全じゃ」

タネ明かしというほどでもないが、使った魔法と理由も指折り数えながらナスティに教える。

「そんな魔法を覚えてるなんて……荷運びの仕事でもしてたのかい？」

「しとらんよ。でもいろいろ使えそうじゃから覚えたんじゃ」

《浮遊《フロート》》を知っていたジョッピンカルの疑問は当然かのぅ。あんまり覚える人がいる魔法ではないようじゃからな。運搬《うんぱん》系や大工などの仕事に就く者が覚えるものと、教本にも書いてあったからのぅ。

「お尻が痛くならないのはいいことです～」

ナスティは手で○《まる》を作り、笑顔を儂に向ける。ひょろっとした痩《や》せ型のウルカスも同意らしく、首を縦に振っとる。

「いいことなんだけどな……こんな大型の馬車を浮かせて、普通より多く魔力を使ってるんだ、魔力切れには注意してくれよ？」

元冒険者としての忠告なんじゃろ。ジョッピンカルの言葉はありがたく受け取らんとな。親切な冒険者に会ったのは初めてかもしれんな。

「大丈夫じゃよ。じゃが、慢心《まんしん》せんように気を引き締《し》めておくかの」

袖《そで》をまくり気合《きあい》を入れる儂の隣で、ルーチェが真似をしておる。クリムとルージュもあるはずのない袖をまくろうと必死にもがいておった。

《 12 港街ブラン 》

「海と街が見えてきましたね～」

幌馬車から顔を出し、ロッツァ越《ご》しに前方を見やるナスティが、儂らに声をかける。まだ村を出て三日目じゃ。

「も、もうなのか？　しかし確かに、一昨日、昨日の野営地の間隔《かんかく》を考えたら……」

ジョッピンカルは驚きを隠《かく》せず、言葉に詰まりながら呟いとる。ウルカスは相変わらず無言でこくこく首を振るのみじゃ。アメスは昼寝の真っ最中。

「ぜんぜん魔物いなかった……」

しょぼんとするルーチェを挟んで座るクリムとルージュも、同じように力なく首を垂《た》れる。

「安全に来られたのは良いことですよ～」

振り返ったナスティは、ルーチェを慰《なぐさ》めるように諭《さと》す。

「ロッツァ、ここからは今の半分の速さで進んでくれ」

ロッツァの走りで巻き上がる土煙《つちけむり》は、なかなかな量になっとるからな。《結界《バリア》》があるから馬車には埃《ほこり》も砂も入らんが。

「ですね～。異変だと思われて警備《けいび》隊が出てくると面倒です～」

「分かった。普通の馬程度の速さにしよう」

儂とナスティの言葉に納得したロッツァは、徐々に速度を落としてくれた。

「街は見えとるが、あと少ししたら昼休憩にしよう。その間にルーチェは周囲を見回ってきてくれんか？　ごはんをゆっくり食べるには安全確保が大事でな」

「は～い。クリム、ルージュ、一緒に行こー」

ルーチェに頭を撫でながら頼めば、色よい返事をしてくれた。クリムたちも頷いてくれとるな。

「儂はその間に昼の準備じゃ。何がいいか――」

「「カツ丼‼」」

顎に手をやり、昼の献立《こんだて》を考えようとする儂に、ロッツァとルーチェが異口同音《いくどうおん》に答えた。

「ふむ。ならカツ丼にしよう。ナスティたちはどうする？」

「お任《まか》せします～。これまでの食事もとても美味しかったですから～」

視線をナスティたちに向けるが、答えは決まっていたようで、皆が力いっぱい頷いていた。

「村より旅先のほうが美味いものを食えるとはな……冒険者時代も含めて初めての経験だよ」

ジョッピンカルは両手を上げて苦笑いを浮かべとる。

「美味しいごはん……肉はいいですね……」

いつの間にか起きたアメスは、涎をぬぐいながら儂を見とった。

そうこうするうちにロッツァが止まり、ルーチェたちが馬車から飛び降りる。

「いってきまーす」

「気を付けろよ」

ジョッピンカルの忠告に手を振って応えるルーチェ。周囲に魔物の影はないが、退屈しとったみたいじゃから、たまには走らせてやらんとな。ルーチェ、クリム、ルージュが揃っておれば、怪我《けが》することもないじゃろ。

「カツを揚げる時間はなさそうじゃから、ちゃちゃっと仕上げようかのぅ」

魔道コンロなどを【無限収納《インベントリ》】からまとめて取り出し、早速料理開始じゃ。アメスたちには火の番をしてもらっとる。狩りの痕跡《こんせき》などはキチンと片付けんとダメじゃが、火を使った形跡《けいせき》は残したほうがいいんじゃと。他の冒険者や旅人が安全に野宿できる場所の目印になるそうじゃ。全部片付けてしまうもんだと思っていたから、そう教えてもらえたのはありがたい。儂らだけでの旅になった時にも役立つからのぅ。

皆の分のカツ丼が出来上がる頃には、周囲を見回ったルーチェたちが帰ってきた。魔物は見つからんかったが、走れたことで鬱憤は発散されたようじゃ。

食後の一服で少しだけのんびりした後、港街ブランへ向け再び歩き出す。二時間とかからず門に辿り着き、大きな問題もなく街中に入れた。

門番さんはロッツァの大きさに多少驚いてはいたがの。街の少し手前で馬車から降りて、儂が幌馬車を小さくし、ロッツァも自分を小さくしていたのが功を奏したんじゃろな。門番と顔見知りのジョッピンカルやナスティがいたのも大きかったのかもしれん。

「俺はこのまま冒険者ギルドに行く。今回の仕事は少々やっかいだから、帰りは別になるはずだ。ここまで世話になった」

「は～い。ジョッピンカルさんも気を付けてくださいね～。さてさて、まずは村からの荷を売ってしまいましょうか～」

ジョッピンカルに手を振るルーチェたちを横目に、ナスティはアメスとウルカスに話しかけていた。

「ここからはウルカスの仕事です」

アメスに肩を叩かれたウルカスは無言で頷く。

「で、どこに売るんじゃ？」

「懇意《こんい》にしている商店がありますからそこへ～。では行きましょ～」

ナスティたちに商店まで案内される。ウルカスとナスティが店内に入り、アメスと儂らは裏手へ回された。そのまま村からの荷を倉庫に搬入《はんにゅう》していき、それが終わる頃に商談も済んだらしく、皆が揃った。

「買い出しは明日にしましょう。ロッツァさんのおかげで早く着きました。焦らず買い物できますから、今日はゆっくりと旅の疲れを……と言うほど疲れてませんね。でものんびりしましょ」

アメスが苦笑いを見せる。走っていたロッツァにも全く疲れが見えんし、儂らは馬車に乗ってただけじゃからな。

《　13　港での仕入れならば魚介類じゃろ　》

港に近い宿を取って、魚介類中心の夕食を済ませ、そのまま一夜を過ごした。街の中心部だと広い宿がなく、ロッツァたちに狭い厩舎《きゅうしゃ》は可哀《かわい》そうじゃからな。一応商業ギルドに顔を出したが、家は借りられんかった。一ヶ月単位での賃貸《ちんたい》らしくてのぅ。そこで広い厩舎のある宿を紹介してもらったんじゃ。

朝食を取り終え、皆で一服してから買い出しの為に街中へ繰り出した。別々に宿を取るのもなんじゃからと、ナスティ、アメス、ウルカスも同じ宿にしたんじゃ。いつも使う宿と変わらない値段らしい。街中からは遠くなるが、その分港に近いので問題なかったそうじゃ。

「夕べも今朝《けさ》も食事に貝が並んだな。特産なのか?」

「そうですよ〜。砂浜を少し掘《ほ》るだけで沢山獲れます〜」

「海に潜《もぐ》っても獲れるそうですよ? 手の平より大きなものがごろごろしているらしいです」

儂に答えたナスティとアメスの言葉を、ウルカスが頷いて肯定しておる。

「そうかそうか。なら儂は貝を沢山買おうかのぅ」

「じいじが買うってことは美味しいものになるんだね? それならいっぱい買おうね」

ルーチェは瞳を輝かせながら儂を見上げる。

「我も食べよう。貝にも醤油が合うと思うのだ」

「ロッツァ、正解じゃ。貝なら、焼いても煮ても醤油が合う」

「それは楽しみですね〜。知り合いの漁師に頼んで〜、いっぱい獲ってもらいましょうか〜」

儂の言葉に反応して、ナスティがいつもの口調でそう話す。漁師に直接頼むのは……ありじゃな。

「ナスティさんの知り合いっていうと……カトゥーミさんですか?」

「そうですよ〜。私のお願いなら断らないって言ってくれてますから〜」

アメスは眉間に指を当てて渋《しぶ》い顔を見せとるな。

「いや、あの言葉は……」

「ん？　どうかしたのか？」

アメスのそばに寄ると、理由を教えてくれた。

「カトゥーミさんは、この街の領主さんの末娘です。なのに漁師をやってる変わり者でして……これは『自分の食《く》い扶持《ぶち》は自分で稼《かせ》げ』って家訓を守ってのことらしいんですけどね。そのカトゥーミさんはナスティさんに惚《ほ》れてまして、なんとか振り向いてもらいたくてそう言ったみたいなんですよ」

「……ん？　娘がナスティに惚れとるのか？」

「ええ、まぁ、その、美しい女性が好み……だそうで……」

言葉を濁《にご》し、目を逸らすアメス。ウルカスもそっぽを向いとる。

「では、私たちは食材以外を仕入れに行ってきます」

「行ってらっしゃ～い」

言うだけ言って、アメスとウルカスは儂らと別行動になった。

「それじゃ～、カトゥーミのところへ行きますか～」

ナスティに連れられ港へ行けば、小さな手漕《てこ》ぎの舟が並んでいた。そのうちの一艘《いっそう》に近付くと、青い髪を短く切り揃えた小柄な女性がおった。

「カトゥーミ～、お久しぶりです～。また貝を仕入れにきましたよ～」

「お？　ナスティアーナじゃん。そろそろ私に嫁《とつ》ぐ気になった？」

「嫁ぎませんよ～。私は素敵な男性を伴侶《はんりょ》にします」

何度も繰り返されたやりとりなんじゃろな、一切の淀《よど》みなく会話しとる。

「こちらのアサオさんが貝を美味しくしてくれるそうなので～、沢山仕入れようかと思いまして～」

「美味しく食べてくれるなら嬉しいね。漁師冥利《みょうり》に尽《つ》きるってもんだ」

ナスティに紹介され、カトゥーミと固い握手を交わす。女性とは思えんほどの力じゃ。

「小さい貝も大きい貝も欲しいんじゃが、あるかの？」

「私は大きい貝を潜って獲るのよ。小さいのは浜で直接買うほうが安いわよ。私の紹介だって言えば尚更《なおさら》ね」

カトゥーミは片目を閉じ、にやりと笑う。

「女性の素潜《すもぐ》り……海女《あま》さんは珍しくないのか？」

「珍しいわよ。女が乗ると船が沈《しず》むからって、男の船には乗せてくれないもの。だから小さい舟を自分で出すの。まったく尻《けつ》の穴が小さい……ところで、そのアマサンってなに？」

「儂の住んでた地方だと、お前さんのように素潜りで漁をする女性をそう呼ぶんじゃよ」

「へぇー。私も名乗ろうかしら」

興味深かったのか、カトゥーミはにんまりといたずら小僧のような笑みを見せる。

「貝の他にも海藻《かいそう》があるとありがたいんじゃが……獲れるかの？」

「いいわよ。獲ってあげる。舟から指示を出してくれれば、言われたものを獲るわよ」

意気投合《いきとうごう》したカトゥーミと儂は一緒に舟に乗り込み、沖へ向かう。ルーチェたちはナスティと共に浜で小さな貝などを仕入れてくれるそうじゃ。

数分とせずに着いた漁場で、カトゥーミは何度も潜っては貝を獲り、海藻を獲ってくれた。アワビやトコブシ、シャコガイにイワガキもあった。ついでにサザエやウニ、ワカメに昆布と大漁じゃった。

獲るものを儂が端《はし》から買ったので、カトゥーミはかなり驚いておった。ウニや海藻を欲しがる者はいないらしく、大量に仕入れられたわい。

陸に戻り、合流したルーチェが買ってきた貝はアサリとハマグリが主じゃった。他にもいくつか見たことない種類があったが、ナスティがぜひにと仕入れたらしいから、美味しいんじゃろ。


その後も何日かかけて、食料を中心に布や糸などの消耗品《しょうもうひん》、塩や砂糖などの調味料を仕入れて回った。干した豆が売られていたので、これも沢山仕入れておく。この辺りでは水煮にするのが主流で、あんまりウケがよくないみたいじゃ。蒸かし豆は美味しいのにのぅ。

煮物に使ってもよいし。この街では塩作りもしとるそうで、副産物の苦汁《にがり》が貰えた。これは豆腐《とうふ》を作らんといかんな。

アメスとウルカスは鉄や銅の塊《かたまり》、薪《まき》や炭を仕入れとった。アイテムバッグもアイテムボックスもないので、馬車に積《つ》み込んでもらう手筈《てはず》なんじゃと。儂のように買ったそばから【無限収納《インベントリ》】にじゃんじゃか詰め込むのは、やはり珍しいようじゃな。ルーチェの鞄にも生鮮《せいせん》食品を詰め込んどるから、アイテムバッグだと誤魔化《ごまか》せてると思うがの。

《 14 小魚の利用法 》

港街にいるのもあと僅《わず》かとなったので、カトゥーミへの礼として、少しばかり料理を披《ひ》露《ろう》することにした。

貝や海藻を沢山買えたし、他の漁師からもいろいろと安く仕入れられたからのぅ。レーカスやイレカンと同じように鮮魚《せんぎょ》を箱買いしたら、おまけで小魚をいっぱいくれたんじゃ。いろんな種類の雑魚《ざこ》が集められてたようで、ほんとごちゃ混ぜじゃった。

アメスとウルカスはまだ仕入れがあったので別行動しておったが、夕刻からやる食事会には参加できるそうじゃ。儂はそこにカトゥーミを含めた数人の漁師を招待しとる。食事の準備はこちらがするからと誘うと、こぞって参加すると返事をくれた。

買い物のない儂は、昼過ぎから料理を始める。

とりあえず仕入れた魚で作れるものは……さつま揚げが食べやすいかのぅ。たくさんある雑魚を刻んですり潰して揚げれば、さつま揚げになるんじゃよ。はらわたや頭、中骨以外は、ほぼそのまま使えるから、あまり無駄にならんしの。中骨もカリッと揚げてせんべいじゃよ。味付けはほんの少しの塩と砂糖、あとは卵くらいしか使わん。【無限収納《インベントリ》】に残っとる野菜の端切《はぎ》れを混ぜ込めば、色味もいいじゃろ。

時間がなかったので、昆布には《乾燥《シーズン》》をかけて天日干《てんぴぼ》しの代わりじゃ。今度、時間がある時に天日干しで作って、出来の比較をせんとな。

あと、するめも作った。とは言っても綺麗に開いて干しただけじゃ。クセも香りも強いからか、ロッツァ以外からは高評価を得とらん。するめ作りにも《乾燥《シーズン》》は大活躍じゃった。

「このイカ……生乾《なまかわ》きなの？」

料理しとる間にやってきたカトゥーミが、イカの一夜干《いちやぼ》しを指さしとる。するめと一緒に作ってみたんじゃが、保存食でもないから珍しいのかもしれん。

「塩水に漬けてから少しだけ干したんじゃ。味が濃くなって美味いんじゃよ？」

薪をくべた竈《かまど》に鉄網を載せてイカを並べると、香《こう》ばしさが周囲に広がる。さつま揚げの香りで刺激されていた皆の腹が大合唱《だいがっしょう》を奏《かな》でておるな。

「まだ食べてはダメですか～？」

「じいじ、我慢の限界……」

「生殺《なまごろ》しはきついぞ」

ナスティ、ルーチェ、ロッツァが物欲しそうな目で儂を見とる。

「仕上がったものからどんどん食べようかの」

「やたー！」

大喜びでルーチェが飛び上がり、その周囲をクリムとルージュが跳《は》ね回る。ついさっき帰ってきたアメスとウルカスも鼻と喉《のど》を鳴らし、ロッツァとナスティがじっと鉄板を見つめ、カトゥーミはさつま揚げをつまみ食いしようと手を伸ばしておった。

「……おぉ、漁師さんたちも来たみたいじゃな」

仕方なく儂がさつま揚げを渡すと、カトゥーミははふはふ言いながら笑顔で食べていた。そのカトゥーミ越しに見える数人の漁師は、誰も彼もが酒瓶片手に来とるな。

「皆来たね。んまいよ」

カトゥーミの笑顔に釣《つ》られ、皆が我先にとさつま揚げへ手を伸ばす。

そんな中、儂は鉄板や網《あみ》でイカ、魚、貝と焼いておる。口の開いたハマグリへ醤油を垂らせば、ジュッという音と共に香りが広がった。ぐつぐつ鳴るサザエに串を刺してゆっくり回せば、くるりと身が出てきおる。

さつま揚げ片手に、皆が儂を見とる……いや、手元のサザエに注目しとるな。

「じいじ、それは？」

「サザエじゃよ。ワタの苦《にが》みがオツでな」

酒を片手にサザエをぱくり。ほのかな苦みと、磯《いそ》の香りが口の中に広がる。醤油の風味も相《あい》まって最高じゃ。

儂を見ていた全員が唾《つば》を呑み込み、喉を鳴らした。

「他の貝でもやって！」

さつま揚げを呑み込んだカトゥーミが儂に迫ってくる。次いで漁師が全員、焼きハマグリを皿に載せてぱくり。皆驚きの表情をした後、満面の笑みを浮かべ、酒をあおっておった。

ロッツァは焼けた魚に醤油を垂らし、クリムとルージュはいつの間にかルーチェが網に載せた肉を食べておる。ルーチェは皿に醤油とマヨネーズを出して、さつま揚げを美味しそうに食べていた。

「ルーチェちゃ〜ん、私にもそれ下さ〜い」

ナスティに求められるまま、ルーチェはマヨネーズを皿に盛る。

マヨネーズを出したなら、唐辛子《とうがらし》マヨですするめじゃな。

炙《あぶ》ったイカの一夜干しを切り分け、空《あ》いた網ですするめをさっと炙る。裂《さ》いたするめを噛《か》みしめながら酒を飲めば……美味いのぅ。

儂を見ていた漁師たちは、恐る恐るするめを口にして、酒をあおった。その結果、半分は笑顔で、もう半分は顰《しか》めっ面《つら》じゃった。まぁ、独特《どくとく》の匂いじゃからな。無理して食べることはないぞ。

皆で大いに食べて飲んだ後は〆《しめ》の麺じゃ。今日は昆布でとったダシのうどんにした。

カトゥーミたちは、どこかほっとしたような顔を見せておる。昆布ダシにひと心地《ごこち》着いたんかのう。皆、腹をさすりながら、笑顔で帰っていった。何人か千鳥足《ちどりあし》の者がおったが、誰も気にかけとらんから平気じゃろ。

《15　帰り道は》

宴《うたげ》から一夜明け、ヴァンの村へ帰る日になった。ジョッピンカルだけはまだ仕事が終わらんらしく、間に合わんかったそうじゃ。

儂は主神イスリールに挨拶しとこうかと神殿を探したが、ブランにはないんじゃと。代わりに海神様を祀《まつ》る祭壇《さいだん》を教えられた。海沿《ぞ》いの街じゃから当然かの。もしやと思い覗いたが、以前会ったダゴンではなかった。筋骨隆々《きんこつりゅうりゅう》で厳《いか》つい顔した神様の像が置かれとった。イスリールへの挨拶も、気になっとった転移の魔法について聞くのも、しばらくお預けじゃや。

帰路《きろ》でも馬車には《浮遊《フロート》》をかける。積み荷の重さは往き以上になっとるし、ロッツァと荷の安全の為には必須《ひっす》じゃ。

幌馬車から顔を出したルーチェは、何かを探すように目を光らせておる。往きでは遭《あ》わんかった魔物を探しとるのかのぅ。一緒にクリムとルージュも顔を出しとるから、たぶんそうじゃろ。

「無理に探さんでもいいんじゃぞ？」

「美味しい料理は食べられたから、あとは運動だよ。じいじ」

儂に振り返ることなく答えるルーチェに、子熊二匹も同意しとる。

「ルーチェちゃん、狩るならアザラシをお願いします～」

「ノザラシアザラシ？　美味しくないんでしょ？」

「美味しくないです。でも、いい脂《あぶら》と毛皮が獲れるので、欲しいですね」

ルーチェの疑問にはアメスが答えてくれた。

「冒険者さんに頼んでも～、ギルドで買っても～、結構いいお値段するんですよ～。村で買い取りますからお願いできませんか～？」

「はーい。クリム、ルージュ、アザラシ探すよ」

こくりと頷く二匹と共に、一層目を凝《こ》らすルーチェ……儂も《索敵《レコナ》》で探すか。

「この辺りにいる美味しい魔物となると……斧手鳥《おのでとり》ですかね？」

「それはどんな鳥じゃ？」

「翼の先っぽに手斧みたいな爪が付いてる鳥です。赤や黄の派手《はで》な色をしていて、クチバシもかなりの大きさがあります。でも鳥なのに飛べないんですよ。大きいのに足が速いから捕まえにくいんですけど、味は絶品《ぜっぴん》です」

アメスの説明を聞く限り、ダチョウみたいなもんかのぅ。いや、飛べないとなるとペンギンかもしれんな。アザラシが野原におる地域じゃから、先入観《せんにゅうかん》は捨てておいたほうがいいじゃろ。

「右前方にいるぞ」

「じいじ、アザラシ見つけたから行ってきまーす」

アメスと話しとる間にロッツァが見つけたようで、馬車の速度を徐々に落としておる。あと少しで停まるといった時に、年少組は馬車から飛び出しておった。

「《堅牢《スタウト》》、《強健《ハーディ》》、《加速《クイック》》」

儂が魔法をかけてやり、ルーチェとクリムがアザラシに向かって駆けていく。ルージュは別行動なのか、馬車のそばで佇《たたず》んどる。

ルーチェが勢いそのままに右拳を突き出す。殴《なぐ》られたアザラシは丸まったまま吹っ飛んでいくが、ダメージはあまりなさそうじゃ。

飛んだアザラシを追いかけてクリムが飛びかかるが、ほんの少しだけ早くアザラシは転がり出した。クリムをかわし、ルーチェを避けて、アザラシは一直線に儂らの馬車へ向かってきとる。

そこに、待ち構えとったルージュがおもむろに前足を振り下ろすと、灰色の毛玉は押さえつけられた。

回転も勢いも止められて為《な》す術《すべ》なくなったアザラシに、ルーチェがスタンプをお見舞いする。

「皆強いですね～」

いつもの笑顔でのんびり話すナスティに、ウルカスが頬を引きつらせながら頷いておるな。

周囲に血の一滴もこぼさずにアザラシを退治したルーチェは、得意げに右手を挙げ、ルージュとハイタッチを交わしとる。ルーチェの後ろを見ると、クリムが大きな鳥を咥《くわ》えて戻ってくるところじゃった。

「おぉ、クリムも何か仕留めたんじゃな。偉いぞ」

クリムの頭を撫でてやると、ルーチェとルージュも儂をじっと見上げてくる。順番に撫でてやれば、皆が笑顔になった。

「アサオさん……それ、斧手鳥です」

「早く血抜きをせんといかんな」

アメスが指さしたその鳥は、首が妙な方向に曲《ま》がっておるだけで、他に目立った外傷《がいしょう》はなさそうじゃ。首を切ってから逆《さか》さまに吊るし、《穴掘《ディグ》》で作った穴に血を滴《したた》らせる。その後、羽根を毟《むし》り、内臓も取り出す。肉は【無限収納《インベントリ》】へ仕舞った。羽根も素材になると アメスが教えてくれたので、一緒に仕舞う。

血と内臓を埋《う》めて下処理は終わりじゃ。内臓も料理しようかと思ったんじゃが、鑑定で美味しくないと出たからのぅ。泥棒鳥《アイフー》とは違うんじゃな。

「手際《てぎわ》がいいですね～」

「数をこなしとるからな。命を無駄にするのはいかん。どうせなら美味しく食べてやらんと」

「いいことですよ～」

感心しとるナスティへ素直に答えると、満足したのかうんうんと頷いてくれた。

「さぁ、どんどん狩るよ」

「食べる分と必要な分だけじゃよ」

元気よく右拳を突き上げるルーチェに釘を刺すと、少しの間を空《あ》けて、

「……適度に狩るよー」

と修正しとった。クリムとルージュも頷いとるから、一応納得しとるようじゃ。

《 16 茶っ葉発見 》

儂らは往きと同じ三日で村に帰れた。まだ日の高いうちに村へ入ると、そのままシオン

邸《てい》へ向かった。

「おかえり、アサオさん。アザラシありがとう。ちゃんと市価で買うから安心してね。で、この中に緑茶の葉はある？」

おざなりな感じじゃが、一応礼を述べとるな。気持ちが急《せ》いておるのか、シオンはまくし立てるように詰めよってきよった。

アザラシは【無限収納《インベントリ》】に仕舞ってあるから、売買するのはいつでも構わんのじゃが……何で知っとるのかのぅ？　アメスかナスティから連絡がいったんじゃろか？

そして、目の前の食卓には何種類もの葉が並んでおる。明らかに違うものも混じっとるが、めぼしい葉を集めたんじゃろな。

「これは柿《かき》か？　こっちは椿《つばき》っぽいのぅ」

儂には分からん植物もちらほらあるので、一つずつ葉を摘《つ》まみながら鑑定していった。名前も知らんものばかりじゃったが、本命の茶の葉はしっかりあった。

「これが茶の葉じゃ。加工次第で緑茶、青茶、紅茶となるぞ」

濃い緑の大きな葉を示すと、シオンは目を輝かせて覗き込んできた。

「この葉っぱで緑茶が作れるのね」

「いや、これではできん。もっと若くて柔らかい葉で作るんじゃ」

「ダメなの？」

最近の機械刈《が》りじゃ一芯二葉《いっしんによう》なんて選べんが、儂が教えるなら本物にしたいからな。

「前に飲ませた緑茶を目指すならダメじゃな。質を落としてもいいならできんこともないがの」

「美味しいのがいいです」

シオンは迷うことなく即答する。やることは新茶も番茶も変わらんから、教える内容は同じなんじゃが……気分の問題かのぅ。どうせなら上質なものを目指したいし、教えたい。

「まず最初に茶葉を摘むところから教えないといかん。明日以降にせんか？」

「今からじゃダメ？　早いほうがいいでしょ？」

「シオンだけなら構わんが、村の皆にも教えるんじゃろ？　なら皆の予定が合うところで一斉にやったほうが効率的だと思うんじゃ」

「……それもそうね」

見本となる茶葉を手に早速出かけようとしていたシオンじゃが、思いとどまってくれたようじゃ。

「あとは茶を作る道具も拵《こしら》えなきゃならん。儂しか知らんし、作るには何日か欲しいからの」

「道具の完成を待ってから、皆で教わるように伝えておくわね」

シオンは回覧板《かいらんばん》のような何かに書き込んでおる。

「たっだいまー」

勢いよく扉が開くと、元気な声と共にルーチェが入ってきた。ナスティのところで荷を下ろし終えたのじゃな。後ろにはロッツァにクリム、ルージュもおる。

「鉄などは馬車ごと鍛冶場に置いてきた」

「細かく分けないといけないから、先に帰っていいってアメスさんに言われたよ。ありがとうございましたって伝えてくださいって言ってた」

「アメスのとこは頭数《あたまかず》いるから大丈夫よ。ルーチェちゃん、ロッツァさん、ありがとね。もちろん、クリムとルージュもね」

僕らは？　とでも言いたげな二匹と目線を合わせて、シオンはにこりと微笑む。

「鍛冶場で赤い芋と木の実を貰ったのだが、これはそのまま食べられるのか？」

ロッツァに言われ、クリムとルージュがそれぞれ抱えていた籠を下ろすと、中にはサツマイモと栗《くり》が入っておった。

「火を通さんとダメじゃが……今から仕込めば、夕飯には出せるじゃろ」

ルーチェたちが飛び跳ねて喜び、ロッツァは頷いとるな。シオンだけは乗り気じゃないのか、若干喜びの度合《どあ》いが薄いように見える。

「ぱさぱさするからあんまり得意じゃないのよね……でも、アサオさんが作るならきっと美味しくなるはず！」

「料理の仕方を失敗すると、ぱっさぱさになるからのぅ」

「お腹を空《す》かせる為にも、畑仕事頑張らなくちゃ。皆も来る？」

シオンの誘いに皆が頷く。空腹《くうふく》は最大のスパイスじゃから、しっかり働くのはいいことじゃな。

騒々《そうぞう》しく皆が出かけるのを見送り、儂は料理開始じゃ。まだ日は傾いておらんが、時間のかかる料理が多いからの。

ぱさぱさしない料理となると、焼き芋、焼き栗、芋ごはん、栗きんとん辺りが妥当《だとう》かのう。河口《かこう》近くで拾った角の取れた丸い石を綺麗に洗《あら》い、じっくり焼いて、燻製に使った土《ど》鍋《なべ》に放り込む。水洗いしたサツマイモと、切り込みを入れた栗も土鍋の中へ入れる。あとは放っておくだけじゃ。

甘く炊いた栗に、茹でたサツマイモを裏ごしして和える。それだけで栗きんとんは出来る。まぁもっと細かい手順や味を調《ととの》える必要もあるんじゃが、そこは好みになるからのぅ。クチナシの実があると尚良いが……ないものは仕方ないから我慢じゃ。

2センチ角くらいの大きさに切ったサツマイモを水にさらして、白米と一緒に炊けば、芋ごはんになる。味付けは塩と酒のみ。砂糖を入れる家もあるそうじゃが、儂は使わん。

焼き芋の甘い香りが広がったせいか、入れ替わり立ち替わり村の者が顔を見せる。石焼きは無理じゃろうから、弱火でじっくり時間をかけて焼くように教えたので、家に帰ったら作るかもしれん。

「村中で甘い香りがするんだけど、アサオさん何したの？」

帰ってくるなりシオンに迫られたが、土鍋の中を見せたら納得してくれた。栗と芋、両方の香りが広がってるからのぅ。

焼き芋、焼き栗、栗きんとんに芋ごはんと作ったものを食卓に並べると、皆が競《きそ》うように食べておった。ついでに作った芋の入った味噌汁《みそしる》も好評なようで、なによりじゃ。

《 17　茶摘《ちゃつ》み 》

茶っ葉を採りに行く前に、数日かけてまずは道具を拵えておいたが……蒸し器と布をぴんと張った木枠と、最低限しか作れんかった。

蒸して、揉んで、乾燥させる。あとはどれだけ素早く、丁寧な仕事をできるかで仕上がりが変わる。まぁ、まずは茶っ葉の摘み方から教えていかんとダメじゃな。

「アサオさん、お茶の葉採りに行くんでしょ？　場所は任せて」

シオンを含めた村人八人が籠を背負って、目の前で頷いとる。

「では早速行こうかの」

ルーチェとクリムが一緒に行くようで、儂の両隣《りょうどなり》を歩いておる。ロッツァとルージュは留守番じゃ。儂らの前をシオンたちが歩き、山へと向かう。赤族の村の方角とは違うな。

一時間ほど歩くと山際《やまぎわ》に到着。途中で狼、ラビ、蛇と魔物が現れたが、ルーチェとクリムがほぼほぼ退治しとった。シオンも魔法を使って何匹か退け、籠を背負った男衆は鎌《かま》で蛇の首を刈《か》っとったな。女衆は……蹴《け》とばしてから踏みつけておった。

「アサオさん、この木がお茶で合ってる？」

シオンが指さす先には、儂の背と同じくらいの茶の木が生《は》えておった。手入れがされていない野生じゃから、大きく育ってしまったんじゃろ。

「間違いなく、茶の木じゃな。随分大きく育ってしまっとるが、摘むのは若葉だけじゃから大丈夫じゃろ」

茶の木に触《ふ》れて葉を確認するが、若葉は柔らかく、問題なさそうじゃ。幹《みき》はしっかりしとるし、葉も生命力が溢れとる。エグみは……仕立ててみんと分からんな。

「どの葉っぱを採ってもいいわけじゃないの？」

「美味しいお茶にするなら、摘む葉を選ばんといかん。こんな感じで先っぽだけを摘むといいぞ」

手本として枝先の芯《しん》と若葉二枚を摘むところを、シオンに披露する。

「指先で軽く摘まむだけで採れるんじゃ」

「色の薄い葉を採るのね。緑の濃い葉は使えないの？」

「使えるが美味しい緑茶にはならん」

「へー」

シオンだけでなく、他の村人も茶の木と儂の摘んだ茶葉を見比べておる。

「アサオさん、この実は使える？」

拾い上げた茶の実を手の平で転がしながら、シオンが質問してきた。

「どこかで使い途《みち》を研究してたんじゃが、結果を知る前に儂は旅に出てしまったからのぅ。すまんが分からん」

「そっか。そのまま食べるのはどう？」

儂が止める間もなく、シオンは茶の実を口に放り込んでかじっておった。

「渋いじゃろ……」

目を閉じ、唇を歪《ゆが》め、茶の実を吐き出すシオン。

「……食べちゃダメ……これはダメ……」

なんとか声を絞り出すシオンじゃったが、相変わらず顔は歪んだままじゃった。

「なんでもかんでも口に入れるもんじゃないぞ」

シオンの姿に呆《あき》れた村人たちは、こくりと頷いた。騒《さわ》がないところを見るに、いつものことなのかもしれん。

「じいじたちが葉っぱ集めてる間、クリムと一緒に守るからね。魔物なんて近付けさせないから」

ルーチェが胸を張り、クリムが力強く首を縦に振る。

「ありがとな。儂らは茶摘みを頑張ろう」

儂の言葉に男衆も女衆も頷いてくれた。シオンだけは口を濯《ゆす》ぐのに忙しそうじゃった。

山際の茶の木はそこそこ群生《ぐんせい》しておるから、一芯二葉で摘んでも十分な量を採れる。茶の木が少ないなら、一芯三葉にしようかと思ったんじゃが、儂の慣れた方法で問題なさそうじゃ。

皆、もくもくと葉を摘んでおる。普段から畑作業で慣れておるからじゃろな。とはいっても休憩を挟みながらじゃないと身がもたん。

茶摘みの合間に緑茶で一服し、また茶摘み。塩気も欲しくなるから、茶請《ちゃう》けは漬物じゃ。女性陣とルーチェが甘味を欲したので、小さなホットケーキにジャムも出してやった。

昼を少し過ぎた頃に茶摘みは無事終わった。村に帰ってからとなるとかなり遅《おそ》くなるので、この場で昼ごはんにしてしまう。シオン以外はいつも昼は食べないようじゃが、気になっていたみたいじゃから振る舞った。ルーチェたちが狩ったラビを焼いた、テリヤキラビバーガーと緑茶。これだけなんじゃが、皆の腹を激しく刺激したみたいじゃ。

帰り道では男衆も女衆も関係なく、ラビを狩りまくっておった。今夜の晩ごはんに使うんじゃと。シオンは上空に魔法を放ち、鳥を狩っていた。先日見た斧手鳥ではなく山鳥じゃった。

「テリヤキはすごいね、じいじ」

皆が狩るので遠慮しとるのか、ルーチェとクリムは往きと同じく儂の両隣を歩いとる。

「ルーチェたちは狩らんでいいのか？」

「うん。皆が葉っぱ集めてる時にいっぱい狩ったから。ね、クリム」

こくりと頷くクリムも、ルーチェと同じで満足げな顔をしておった。

《 18　緑茶指導 》

皆が狩りをしながらの村への帰還《きかん》となったが、往きと時間はほとんど変わらん感じじゃ。緑茶作りに向けて溢れとるやる気と、テリヤキラビバーガーの影響じゃろな。

「帰ったらすぐに指導じゃからな」

念の為シオンたちに言ってみたが、驚いた顔をしとるのはなんでじゃ？

「すぐやるの？　置いておくとかしないで？」

「せんぞ。摘んだ後は早めに処理を始めんといかんからな」

「アサオさん、そういったことは先に言おう……皆、早く帰るよ！」

……伝えてなかったのぅ。すまん。

籠を背負っとるので、今までより若干速く歩くくらいじゃったが。

村に着くと、そのままシオンの家に皆で行き、籠を下ろす。

「さて、緑茶を作るならまずは葉を蒸らすことから始めるぞ」

港街で買ったセイロと儂が作った蒸し器に葉を並べて蒸す。

「緑茶なら、ってことは、他だと違う作り方なの？」

「青茶と紅茶ならまずは天日干しじゃな。最初に蒸らすのは緑茶だけじゃ」

シオンの質問に答えると、他の者はざるにあけた茶を何皿か外に干しに行ったようじゃ。

やれるだけ試してみるのかのぅ。

「蒸して、揉んで、乾《かわ》かすのが緑茶作りの手順じゃ。一緒にやっていくぞ」

蒸した茶葉を布がぴんと張った木枠に広げ、冷ましながら揉む。力は込めずに、丁寧に
それでいて手早くやらんといかん。茶葉が纏まったら広げて休ませる。その後何度か同じ
ことを繰り返し、茶葉が細長く撚《よ》ったようになれば乾煎《からい》りして完成じゃ。

ここまで一気にやったが、シオンたちは皆目を丸くしておった。

「アサオさん、魔法でも使ったの？」

「何も使っとらん。この手だけでやってたのを見てたじゃろ？」

「見てたんだけど、どんどん見た目が変わっていくんだもの。手が追いつかないわよ」

皆も同じ意見らしく、一様《いちよう》に頷いとる。

「完成品を見せたほうがいいと思ったんじゃが……失敗だったかの？」

シオンですら無言のまま首を横に振っとるな。

出来上がった茶葉をルーチェに渡すと、早速急須で淹れてくれた。湯呑《ゆのみ》に注がれた緑茶を見て、皆がため息をついておる。

「……本当に緑茶になるのね」

湯呑みに口を付けたシオンが思わず言葉を漏らしとるのぅ。

「失敗を恐れず、何度もやって覚えるんじゃぞ。力加減も、手の動かし方も、何もかもが初体験なんじゃから、失敗して当然じゃ。ただ、自分はできると思ってやるのは大事じゃからな」

儂の言葉に頷いた皆は、早速緑茶作りを始めた。外に干した茶葉と、まだ蒸していない茶葉はすでに【無限収納《インベントリ》】に仕舞ってある。

皆一斉にやると教えきれないので、二人ずつ順番に教えてみた。

全員にひと通り教え、何度も経験させる。一日でできるようになるわけもないから、これればかりは繰り返しやるだけじゃな。

【無限収納《インベントリ》】に仕舞っておいた山で摘んだ茶葉は、ヴァンの村にあったアイテムボックスに移しておいた。このアイテムボックスは容量があまり大きくないので、仕入れに持っていくのには心許《こころもと》ないそうじゃ。重さで入れられる量が決まるらしいので、軽い茶葉なら問題ないんじゃと。体積《たいせき》ではなく、重さが影響するのか……儂やルーチェの鞄は気にせず使ってたから、分からんかったわい。

晩ごはんまで皆で緑茶作りを繰り返したが、皆の満足いくものは一度も出来とらん。明日以降も指導を頼まれたので、みっちり教え込もうかの。旅を続けるのはもう少し先に延ばしても問題なさそうじゃからな。それにしても、こっちで緑茶の作り方を教えることになるとはのぅ。

晩ごはんは、予想通りテリヤキとなったのじゃった。

《 19　根《こん》を詰めるのもほどほどに 》

今日も今日とて朝から緑茶作りをしとる。

昨日ひと通りの流れを体験したので、村人たちも自分の向き、不向きが見えたようじゃ。まずは自分の得意なところを伸ばして、分業で緑茶を完成させる方向で話がついたらしい。それで昨日より人数を増やしとるんじゃが……揉み工程がやはり難しく、担《にな》い手が少ないのぅ。

一朝一夕で慣れることもないし、やらねば習熟《しゅうじゅく》もできんぞ。何回も何回もコツコツ繰り返して、やっと習得できる技能じゃからな。むしろ昨日今日でできてしまったら儂も少しショックじゃわい。

「じいじ、葉っぱを転がすの難しいんだね」

見よう見真似で茶葉を揉むルーチェじゃが、上手くはできとらん。

「手の動きは儂を真似るにしても、力加減は数をこなすしかないからのぅ。何度も失敗と成功を重《かさ》ねんと身に付かんよ」

皆、葉を力任せに揉むことはせん。逆に力が弱すぎるのか……汁が出るくらい力を入れるのが重要じゃ。

最初の蒸しと、最後の煎《い》りはかなり手馴《てな》れたようで、綺麗な色と香りが出せるようになっとる。

揉みを失敗した茶葉も無駄にはせん。深煎《ふかい》りをして、ほうじ茶に仕上げとる。上達具合が確認できて、廃棄《はいき》もしなくて済む。味も自分たちで飲む分にはいいじゃろ。

「皆が頑張っとるから、儂は茶に合うものを作るか」

甘味はそこそこ作っているから、今日はしょっぱいものがいいかのぅ。となると、煎餅《せんべい》あたりが無難《ぶなん》じゃな。いや、甘いものがないと残念がるかもしれんから、白玉団子も作っておこうか。

煎餅は温かいごはんを半殺しにして、薄く形を整《ととの》えて焼くだけじゃ。何度も返しながら焼いて、醤油やネギ味噌を塗《ぬ》ってさっと炙れば美味いのぅ。

醤油の焦《こ》げる香りが広がったので、茶を作っとる者も、家の近くを歩いていた者も儂の手元をじっと見とる。これは数を用意しないとダメみたいじゃ。

醤油、味噌、ゴマ、トウガラシと何種類も作り上げた。あまじょっぱいものも欲しくなったので、砂糖醤油を塗した煎餅も作ったんじゃが、他のよりも特に焦げやすくて大変じゃった。

白玉団子も簡単でな、以前仕込んだ寒《かん》ざらし粉を、水で溶いて茹で上げるだけじゃ。黒《くろ》蜜《みつ》の代わりに煮詰めた糖蜜か砂糖黄粉《きなこ》を添えるから、十分甘味になるんじゃよ。

ついでにゼリーも一緒に出したから、好きなものを好きなだけよそえばいい。

「緑茶作りは一旦《いったん》休憩じゃ。腹ごしらえと一服にせんか？」

テーブルに並んだ香ばしい香りの煎餅、色とりどりのゼリー、白玉を皆一様《みないちよう》に覗き込んでおる。作っている最中にもちらちら盗《ぬす》み見しとったな。香りも広がってたから、気になって仕様がなかったらしく、テーブルの周りは人だかりになった。ルーチェは取り皿片手に白玉の前で陣取《じんど》っとるな。

「アサオさん、食べていいの？」

「好きなものを皿に取り、好きなだけ食べてくれ」

儂の言葉を聞いたルーチェが先んじて白玉とゼリーをよそい、黄粉と糖蜜をかける。

ルーチェの盛り方を見て、皆が取り皿を手に整列して、順番によそっていく。

シオンは混雑《こんざつ》している白玉を避けて、先に煎餅をひと通り皿に盛っておった。

「シオンがとったのがしょっぱい煎餅で、ルーチェがよそったのは甘い白玉団子じゃ」

緑茶とほうじ茶の急須を用意して、味見がてらの一服が始まった。皆、自分たちが作った茶と儂の振る舞った茶を比較しているらしく、眉《まゆ》を顰《ひそ》めとる。求めた味には程遠いようじゃが、一応茶になっとるのは嬉しいみたいじゃ。

「白玉あまーい」

満面の笑みを浮かべ、ルーチェは白玉を頬張る。皆も釣られて白玉を口に含み、それから目を細めておった。

「煎餅も美味しいわよ。味噌の香ばしさもいいし、砂糖醤油の味もいいわね」

小気味《こきみ》よい音をさせる煎餅とほうじ茶に、シオンも笑顔じゃ。

いつの間にかルージュは儂の足元におり、煎餅を食べとった。来ないところを見ると、クリムとロッツァはまだ日向ぼっこをしとるんじゃろな。

一服を終えた後はまた皆で緑茶作りをし、昼ごはんにうどんを打ち、キノコ汁とつみれ汁でかけうどんにした。緑茶作りで終わる一日は、まだまだ続きそうじゃな。

《 20 自然薯《じねんじょ》 》

「アサオさん、今日は私たちだけでやってみてもいい？」

緑茶作りを始めて数日経ったある日、シオンがそう言ってきた。連日、皆で緑茶作りをしてたからのぅ。教えることはほとんど終えたから、そろそろ儂の監督《かんとく》なしでやってみたいんじゃな。いつ旅に戻るとも言っとらんが、自主性はありがたいもんじゃ。

「構わんぞ。丁寧に手早く作ることを守れば大失敗はせんからな」

免許皆伝《めんきょかいでん》とまでは言えんが、飲めんような代物にはなっとらんから大丈夫じゃろ。

「シオンたちが茶作りしとる間に、儂は醤油の実を集めようかの」

「私は鳥を狩って肉を集めます！」

儂の隣に立つルーチェが、元気にきりっとした表情を見せとる。その足元の両隣におるクリムとルージュも頷いておるな。

「ロッツァも行くでしょ？」

「うむ。ここ数日は甲羅干しばかりだったから、我も狩ろう」

ルーチェに問われたロッツァも首を縦に振る。

身支度《みじたく》を済ませて皆で向かったのは、先日茶摘みをした山際辺りじゃ。そういえば、茶の木のそばに生えとった樹木《じゅもく》に蔓が巻きついてたのぅ……ムカゴが生《な》ってたから、あれは自然薯だと思うんじゃよ。蔓は丈夫で紐に使えるし、芋も食べられるのに、シオンたちは気にしとらんかったな。茶摘みが主目的じゃったし、掘るのに時間がかかるから遠慮したんじゃろか？　今日は儂らだけじゃから、掘ってみるのには丁度よい。

「じいじ、狩り行っていーい？」

「怪我には気を付けるんじゃぞ。あと、狩るのは食べる分だけじゃからな」

「はーい」

儂の答えを待たずにルーチェの声が遠くなる。クリムとルージュもついていったので、残ったのは儂とロッツァだけ。

「ロッツァは行かんのか？」

「我はこの辺りで狩りをする」

「儂の護衛か……ありがとな」

「安心して採ってもらえば、我らの食事が豊かになる。それだけだ」

照れ隠しからかロッツァはそっぽを向いとる。

周囲の警戒をロッツァに任せて、儂は採取に勤《いそ》しんだ。茶の木の辺りから更に奥へ分け入り、醤油の実を集める。山菜も一緒に採れたのは嬉しいのぅ。ただし、山菜も木の実も採り過ぎないように注意じゃ。儂らは自然から分け与えてもらっているだけじゃからな。

山菜は一株から数本採って、数本残す。醤油の実は採りきれんほどの鈴生《すずな》りじゃが、加減して集める。そのくらいの気構《きがま》えでも、しないよりはマシじゃろ。採り尽くす馬鹿を日本で見とるからこその考えなのかもしんな。

「さてさて、自然薯はどんなもんかのぅ」

茶の木の生えている辺りに戻ると、遠くからルーチェの声、木を叩く音、軽い地揺れが伝わってきた……やり過ぎて自然破壊はしてくれるなよ。

ムカゴを採り、樹木に巻きついた蔓を地面まで辿ると、かなりの太さがあった。これはかなりの大物かもしれんな。周りの樹木にも、根本が少しだけ残っている蔓が何本かあるのぅ。あれも後で掘ってみるか。

本来なら自然薯掘りはかなりの重労働で、たった一本掘るのに数時間かかるなんてことも珍しくない。とはいってもここは魔法のある世界じゃから、有効活用せんとな。

芋の伸びている方向を予想しながら数回《穴掘《ディグ》》を使えば、深さ1メートル超《ちょう》の縦穴《たてあな》が掘れた。ここからは芋を折らんように手掘《てぼ》りじゃ。折っても味に変わりはないんじゃが、一本そのままを掘り出せると嬉しくてな。じっくり掘り出した自然薯は、1メートル半くらいの大物じゃった。そんな大物を三十分ほどで掘れるんじゃから《穴掘《ディグ》》は大したもんじゃ。

根本だけ残っていた蔓も同じ手順でやると、昼ごはんまでに合計三本掘れた。

昼ごはんに皆で集まり、食後はまた各々《おのおの》が好きなように狩りや採取に散《ち》った。日暮《ひぐ》れまでには村へ戻りたいから、あと三時間くらいがいいとこかのぅ。

「じいじ、いっぱい狩れたよ。シオンさんやナスティさんへのお土産にできるね」

笑顔で両手に鳥を一羽ずつ持って儂に見せるルーチェ。クリムは狼を、ルージュは鹿を儂に見せとる。ロッツァだけは美味しい魔物を狩れなかったようで、代わりに花を集めてきておった。なんでも甘くて美味しいんじゃと。そのまま食べて美味しいなら、簡単な料理に向いてそうじゃな。

「花の料理はほとんど知らんな……帰ったらナスティに聞いてみようかの」

ロッツァの集めた花を手に取りながら、そう呟く儂じゃった。

《 21　村への帰り道 》

「そこ行く翁《おきな》！　少し時間をくれぬか？」

皆で村へ戻る途中、突然現れた男に声をかけられた。隠れておったのは《索敵《レコナ》》で分かってたんじゃが、敵意を示す赤表示でなかったから放っておいたんじゃよ。

「……儂か？」

周囲にはルーチェもロッツァもおる。クリムたちは馬車の中でうたた寝をしとるが。

「拙者《せっしゃ》はトクラカ・ツィータン。追いはぎを生業《なりわい》としておる。物は相談なのだが、有り金と身ぐるみ全てを置いていってはくれまいか？　抵抗しないなら、一切の怪我はさせん……どうだろうか？」

自分のことを追いはぎと宣言しとる割には、《索敵《レコナ》》が赤に変わらんのはなんでじゃ？　悪意も敵意もなしだと、純粋《じゅんすい》な物乞《ものご》いと変わらんのか？　あと芝居《しばい》がかった台詞《せりふ》まわしはなんなんじゃ？

「お主に施《ほどこ》す理由がないから断るぞ」

一切のためらいを見せずに即答して、脇《わき》を通り過ぎようとしたんじゃが……

「あいや、待たれよ！」

声と共に伸ばされた追いはぎの左腕に阻《はば》まれた。

「ならば戦って奪《うば》うまで、いざ尋常《じんじょう》に――」

「《束縛《バインド》》」

台詞の最中に《索敵《レコナ》》が赤に変わったので、話しとる途中で縛り上げてやった。

「なんの！　これしきの縄《なわ》に捕まる拙者ではないわ！」

懐《ふところ》に隠していた短剣で魔法の蔓を切り、抜け出す追いはぎ。そのまま飛び退り、儂から距離をとると剣を抜く。魔法の蔓も切れるんじゃな。初めて逃げられたぞ。

「いきなり縛り上げるとは……なんという容赦《ようしゃ》のなさ……これだけの実力者ならかなりの額を持っていよう。さぁ、拙者に有り金を渡せい！」

「《束縛《バインド》》」

駆け出した追いはぎに再度蔓を浴《あ》びせるが、それを剣で切り刻んで儂に近付いてくる。

「拙者の魔剣に切れぬものはない！」

「《岩壁《ストーンウォール》》」

目の前に出した岩も一閃《いっせん》で切られた……が、儂の本命はこっちじゃ。

「《岩壁《ストーンウォール》》、《岩壁《ストーンウォール》》」

切られた岩の数歩先に、拳ほどの小さな岩を二つ並べておく。

「岩ごとき切って進むのみ！　さぁ拙者に――」

言いながら距離を詰める追いはぎが、儂の出した岩に蹴躓《けつまず》く。

「《泥沼《スワンプ》》、《麻痺《パラライズ》》」

剣を地面に突き刺して体勢を立て直そうとする追いはぎ。しかしその一歩先を麻痺沼に変えると、踏ん張った足から力なく地面へ沈んでいった。何とかしようと足掻《あが》くが抜け出せず、うつ伏《ぶ》せで沼に横たわっとる。

「じいじ、これ死んじゃわない？」

無言で事の成り行きを見ていたルーチェが、追いはぎを指さしながら儂に聞いてくる。

「仕方ないのぅ。仰向《あおむ》けにすれば大丈夫じゃろ。《浮遊《フロート》》」

沼から浮かせた追いはぎを地面に寝かせ、さっき蔓を切った短剣と剣を奪う。

「ん？　じいじ、剣使うの？」

「いや、武器を持たせたまま縛ってもまた切られると思ってな」

縛り上げた追いはぎを馬車に放り込み、短剣などは【無限収納《インベントリ》】へ仕舞う。

「一人でアサオ殿に立ち向かう勇気は買うが、足元にも及《およ》ばんとなると単なる蛮勇《ばんゆう》だな」

のんびり歩き出すロッツァが頷きながらそう呟いておった。馬車の中を覗くと、クリムとルージュが追いはぎをてしてしと叩いておる。

「この人も盗賊になるのかな？」

「じゃろうな。自分で言っておったし、手馴れた感じがしたからのぅ」

「港街まで届けるの？」

「行かんぞ。とはいえ野放《のばな》しにするわけにもいかんから、シオンとナスティに預けてしまうか」

適度に水と食料を与えておけば死なんじゃろ。

「とりあえず村に帰らぬか？　アサオ殿の採った芋が気になって仕方ないぞ」

「そうじゃな。帰って夕飯にしよう」

皆でいそいそと帰ると、シオンたちの茶作りは既に終わっとって、自分たちの作ったもので一服しておった。それなりに満足できる仕上がりだったようで、皆が笑顔じゃった。ルーチェたちの狩った鳥などをお裾《すそ》分《わ》けして、解散となった。

儂は自然薯で簡単な晩ごはん作りじゃ。芋をすってダシと卵でのばせば、とろろ汁になる。これを白いごはんにかけるだけで十分美味い。それだけでは少し寂《さび》しいので、魚や肉を焼いて添えるが、主菜は自然薯じゃ。

ロッツァに大変好評で、何杯もおかわりをしておった。反対にルーチェは苦手らしく、白飯に肉と魚で晩ごはんにしとった。ナスティとシオンはとろろ蕎麦が気に入ったみたいじゃな。クリムとルージュは、刻んだ自然薯に醤油をかけただけの小鉢《こばち》を食べ続けとる。

ロッツァの集めた花は、さっと茹でてサラダにすることが多いそうなので、それも作った。ほのかな甘みと苦みがクセになるのぅ。醤油と削《けず》り節《ぶし》でおひたしのようにしてみると、こちらも美味かった。

《 22　旅支度 》

「アサオさん、そろそろ旅に出ちゃう？」

皆で食卓を囲んで朝食をとっていたら、シオンが真面目《まじめ》な顔をして聞いてきた。

「ぼちぼち行こうかなってくらいじゃが……何かあったのか？」

「教えてもらってる緑茶も、とりあえずの目途《めど》が立ったから、なんとなく行っちゃうのかなって思ってさ。長いこといてくれたから寂しいじゃない。それでね」

「またふらっと来ることあると思うよ」

玉子焼きを美味しそうに食べていたルーチェが、儂の代わりに答えてくれる。

「そうじゃな。緑茶と生の茶葉の仕入れに寄るかもしれん。ただ、少し来にくいのがな……転移の魔法か道具があればいいんじゃが――」

「転移は限られた高位魔族にしか使えない魔法よ。どこかで見たの？」

儂の言葉に驚きながら、シオンは問いかける。確かに儂が見たのも一度きりじゃな。

「レーカスでダゴンが使っておったぞ」

「ダゴン様？　わざわざレーカスに来るような用事があったなんて聞いてないけど」

まだ連絡が来ていないのか、それとも海岸沿いに住む魔族だけにしか教えとらんのか知らんが、シオンの話しっぷりだと以前は連絡があったようじゃな。暴《あば》れとったクラーケンにはダゴンが直接手を下しておらんから、物見遊山扱いで済ませたんじゃろか？

「限定魔法か……儂では使えんのじゃろか？」

「主神様が最初に教えた魔族の血族限定なんだって。それ以外は誰も使えないって聞いたわよ」

ふむ。となるとイスリールに聞けば教えてくれるかもしれん。目指すカタシオラでは神殿を忘れずに訪れんといかんな。

「じいじ、出かける準備始めるの？　私は何すればいい？」

ごはんを味噌汁で呑み込んだルーチェが、頬に米粒を一つつけながら儂を見上げる。

「特にこれといって準備してもらう物はないのぅ。荷物は鞄に入っとるし、新たに買う物は儂と一緒に行くじゃろ……おぉ、ルーチェが仲良くなった人に挨拶するのは、ルーチェにしかできんな」

「分かった。今日からやっとくね」

ルーチェの頭を撫でると、今度はクリムとルージュが儂を見上げよる。ロッツァは我関《われかん》せずといった感じで、もくもくと食べとるな。分かっとるんじゃろ。

「お前さんたちはいつも通りじゃよ。畑の手伝いと、村に悪さしようとする魔物をロッツァと一緒にやっつけてくれ」

こくりと頷く子熊二匹の後ろで、ロッツァも首を縦に振ってくれた。

「私たちはアサオさんに緑茶の出来を見てもらわないといけないわね。あと少しだと思うのよ」

シオンが言っとるのは本当なんじゃろな。皆の作る緑茶は日に日に美味しくなっとるからな。儂の手持ちとは茶葉自体の品質の差があるものの、もうほぼほぼ問題ないかもしれん。熟練《じゅくれん》の技は無理でも、分業で得意なことを伸ばすと何とかなるもんじゃな。

「あ、あとあの追いはぎは村でもらっていいの？　私でも名前を知ってる懸賞首《けんしょうくび》だったけど」

「構わん。港街に突き出して懸賞金を貰えば、緑茶作りの道具の資金になるじゃろ」

いつまでもシオンの家で作業するわけにもいかんから、作業小屋代に回せるんじゃないかのぅ。それなりに名の知れた懸賞首なら、そんくらいの資金が賄《まかな》えんかな？

「ありがとね。さぁ、がんばるわよ」

気合張るシオンは、慌ただしく皆の待つ広間へ向かった。朝食を食べ終えた食器がそのままじゃったが、皆の分と一緒に儂が洗うから大丈夫じゃよ。

ルーチェは挨拶回りに、ロッツァたちは見回りへ出かけ、儂は台所で料理補充《ほじゅう》じゃ。ナスティから習った保存食を溜めんとな。儂としては、保存食というよりは料理の下準備に近いかもしれん。時短料理の為の、前処理かのぅ。

乾物《かんぶつ》にするものは、ざるに並べて天日干しをしとる。トマトなどの水分が多い野菜は、《乾燥《シーズン》》を使えばあっという間に終わらせられるから便利じゃ。

昨日、ロッツァが集めた花は、さっと湯引きしてから甘酢漬けにしてみた。色が変わる様子もないから、あと一品の見栄《みば》え足しによいかもな。

この村でも作れそうなゼリーを、差し入れ用として大量に仕込む。まだまだ二束三文《にそくさんもん》な天草《てんぐさ》を港街で仕入れて、村で加工するのはいい手だと思うからの。万が一売れなくても、村の食材が増えるからいいじゃろ。緑茶作りにあまり参加していないウルカス辺りに教え……ても、ほとんど話さんから広まらんかのぅ。無難なところでナスティにしておこうか。

儂らが村を離れるまであと数日。楽しくも忙しい日々になりそうじゃな。

《 23 村の緑茶 》

今、儂の前には、湯気《ゆげ》と爽《さわ》やかな香りを立ち昇らせる湯呑みと急須が置かれておる。机を挟んだ向かい側には、シオンをはじめ緑茶作りをしていた村人たち。誰もが固唾《かたず》を呑みながら儂の言葉を待っとるようじゃ。

儂は置かれた湯呑みをひとすすり……鼻に抜ける香り、口内に広がる苦み、喉を下りていく感覚。どれもが緑茶と名乗って問題ない代物になっておる。

「アサオさん、どう？」

「満点ではないが……合格じゃな。しっかり良い緑茶になっとるよ」

儂の言葉を聞いて、ほっと胸を撫で下ろす者、笑顔を見せる者、涙を流す者と感情の表し方は様々じゃが、一様に喜んでるようじゃ。

「村の特産品として売ってもいい？」

「儂の許可などいらんじゃろ。村で作った物をどう売ろうと勝手じゃよ」

「そういうわけにもいかないわよ。教えてくれたアサオさんの顔に泥《どろ》を塗《ぬ》ることになるもの」

わざわざシオンが言うのは、村長だからなんじゃろな。皆、頷いとるところを見ると、本当に代表として言っとるようじゃな。

「珍しいお茶じゃから、紅茶ほど普及《ふきゅう》せんかもしれん。ただ、普段飲みできるくらいの値段にすれば十分商機《しょうき》も見込めると思うぞ。先の目標としては、紅茶に負けない高級品を目指すのがいいじゃろな。高級品と中級品の作り分けができるくらいになれば万々歳《ばんばんざい》じゃ」

自分たちの作った緑茶が『高級品』になれなかったのは皆悔《くや》しいようじゃが、売る許可が出たことには笑顔を見せとる。まだまだ目指す先があるのも嬉しいのかもしれん。元々農業などをやっとった気質も関係しとるんじゃろな。

「皆に目指してほしい味と質を見せようかの」

以前、シオンとナスティに振る舞った手揉み茶を用意して、皆へ湯呑みを渡す。香り、味、色とどれをとっても一級……いや特級品じゃ。口にした者は誰もが呆《ほう》けとる。

その後、別の急須で儂が普段飲みしている茶葉よりも安いものを淹れる。いわゆる番茶じゃな。

「……こんなに違うのね。私たちの作ったのはこれよりも下よ……」

シオンの言葉に皆が頷く。

「それが番茶じゃ。作り方自体は変わらんが、茶葉自体の格が下でな。そのまま味の違いに繋《つな》がり、値段の差となっとるんじゃよ」

「ヴァン茶……私たちの村の名前と同じね」

いや、ヴァンでなく番なんじゃが……

「あのものすごく美味しいお茶の名は？」

「手揉み針茶じゃ」

地球《あっち》では機械で作るばかりになっとるから、普段は『手揉み茶』として売ってたんじゃが、こっちでは手揉みしかないから、差別化する為には『手揉み針茶』と言わにゃならん。

「普通、上、特上新茶と位《くらい》があるから、いろいろ村でも頑張っとくれ」

「まずはこの味を目指して、最終的には針茶に辿り着きたいわね」

シオンは湯呑みの中の番茶を見つめ、それから針茶の入った急須へ視線を動かす。皆も手元にある番茶を覗いてから顔を上げると、強い意思の籠《こ》もった瞳で儂を見てきよる。

「茶の木を大事にして、適度に刈ってやれば、もっと良い茶葉を採れる。幼い木を見つけたら村に移植するのも手じゃな。やれること、やるべきことはそれこそ沢山あるからの。皆で頑張るんじゃぞ」

これで儂がここでやるべきことは終わりじゃ。いつまでも村にいたら儂に頼ってしまうかもしれん。早々に旅を再開しようかのぅ。

「ありがとうございました」

シオンの声に合わせ、皆一斉に頭を下げてくる。

「さてと……それじゃ、またカタシオラへの旅に出るか。いろいろ世話になったのは儂らもじゃからな、こちらこそありがとさん」

夜は宴会じゃった。皆は儂らの旅の無事を祈り、儂らは村の発展を願う盛大《せいだい》な宴となった。村で教えた料理がそこかしこに置かれ、もちろん儂も【無限収納《インベントリ》】から振る舞っとる。

アメス、ウルカスに他の村人も皆笑顔じゃった。悲しい別れでないから当然じゃな。

ルーチェはぱくぱく食べ続け、ロッツァは酒をあおっとった。クリムとルージュは畑を手伝った者たちと一緒に肉を齧《かじ》っておる。

儂の周りは、最後まで料理を教わろうと熱心な主婦と主夫が沢山じゃ。ここまで貪欲《どんよく》なら何の心配もいらんじゃろ。シオンもしっかりしとるし、安心じゃな。

《 24 旅立ち 》

宴会も終わり、死屍累々《ししるいるい》の光景が広がっとる。シオンが振る舞った酒を、村人総出《そうで》で浴びるほど飲んだんじゃから、当然っちゃ当然じゃな。ただ、儂が出した料理も、村で作った料理も食べきられ、器は綺麗に空《から》じゃった。

「……じいじ、周りが臭い」

「うむ。儂も同じ意見じゃ」

そろそろ日が昇ろうかという頃で、空が白《しら》んできた。起きているのは儂とルーチェ、あとはロッツァくらいかの。クリムとルージュは馬車の中で眠《ねむ》っておる。家の中も外も騒がしいから避難《ひなん》したみたいじゃ。酒臭いのも苦手なようじゃからな。

「アサオ殿、そろそろ行くのか？」

「皆が起きてからだとまた宴会になりかねんからな……眠りこけとる間に出るのが吉じゃろ」

ロッツァの問いに、儂は頷きながら答える。

「それはちょっといただけないわね」

「そうですよ～。寂しいじゃないですか～」

声に振り返れば、シオンとナスティがおった。そういえば、寝転《ねころ》がっとる村人たちの中におらんかったな。

「これ以上おったら出かけにくくなるからのぅ。儂らの気持ち的にも楽なほうを選びたかったんじゃが……ダメか？」

「ダメ。酔《よ》いつぶれた人は仕方ないけど、私たちくらいは挨拶させてよ」

可愛らしく小首を傾げてみたが、シオンには通用せず、にべもなく断られたわい。

「お世話になりました。アサオさんから教わった技術は、商業ギルドにしっかり登録するからね」

「その利益は村で使うんじゃぞ。儂はいらんからな」

イレカンやレーカスの時と同じく、シオンに念を押す。

「私もお世話になりました～。まだまだ習いたいことがありましたけど～、又の機会にしますか～」

いつものののんびり口調のナスティも頭を下げる。

「私もナスティさんからまだまだ教わりたかったな……」

「あらあら～。ルーチェちゃん、それじゃ私もご一緒してもいいですか～？」

「「へっ⁉」」

ナスティのまさかの返しに、シオンとルーチェは目を見開いて動きを止めとる。

「ナ、ナスティ？　村を出るの？」

「せっかくのお話ですから～。ここ何十年も帰ってませんし、久しぶりにドルマへ顔を出そうかと～」

シオンがなんとか声を絞り出すが、動揺《どうよう》が抜け切っておらんな。

「ナスティさんと一緒に旅できるの？　いいの？」

ルーチェはルーチェで、驚きのあまり思考が追い付かんか。なんとか儂を見上げて質問するのがやっとのようじゃ。

「本人がいいなら構わんが……村長さんの意向は聞かんのかのぅ」

ルーチェに答え、シオンへ話を振るが、返事は来んかった。代わりにナスティが、

「私は独《ひと》り者ですから問題ないですよ～。家もお店も誰かが使えばいいんですから～。それじゃ準備してきますね～」

と述べ、動揺したままのシオンを置いて家へ帰っていく。

「こりゃ、本気で一緒に行くみたいじゃな」

「や、やったー‼」

両手を上げ、飛び上がり、全身で喜びを表すルーチェの声に、屍《しかばね》の如《ごと》く寝ていた村人が驚き、びくりと身体を震わせてのそりと起き上がるが、ルーチェを見てまた寝る。可愛い孫じゃが、夜明け目前の時間だということを忘れちゃいかんぞ。

「ナスティが……アサオさんに盗《と》られた……」

ぶつぶつ呟くシオンは、焦点《しょうてん》の定まっていない目で儂のほうを見とる。微かに聞こえた言葉は非常に失敬《しっけい》なもんじゃった。儂が頼んだのでも、誑《たぶら》かしたのでもないわい。

「ところでドルマってなんじゃろな？」

「街か村ではなかろうか」

儂の問いかけにロッツァだけが答えてくれた。

「そういえばナスティの名前に、ドルマと入ってたのぅ。ドルマ出身のナスティさんってことじゃったんか」

「その通りですよ～。ドルマの村出身で～、カーマイン家のナスティアーナです～」

顎ひげを指先でくるくるいじりながら呟いた儂に、戻ってきたナスティが答えてくれた。

港街へ行った時の格好で荷車を曳き、意気揚々《いきようよう》としておる。

「随分早い身支度じゃったな。まさか、用意しとったんか？」

「い～え～。してませんよ～。保存食と着替え、あとは現金くらいしか用意するものがありませんから～。台車に載せれば終わりです～」

保存食が入っとる瓶や甕《かめ》、壺の数は多いが、衣服と思われる包みは少ないのぅ。

「ナスティ！　本当に行くの？」

「ええ、行ってきます～。家とお店は好きに使ってくださいね～」

思いの丈《たけ》を込めたかのような大声を出すシオンに、普段と変わらないナスティが、いつもと同じようにのんびり答える。

「そこまで言うなら私を倒して――」

「分かりました～」

シオンが言い終わる前にナスティが動き、蛇の下半身でシオンを締め上げる。僅かにはみ出た右手でナスティの身体を叩き、降参《こうさん》の意思を伝えるシオンが若干哀《あわ》れに思えるのぅ。

「まだ話してたでしょう！　最後まで言わせてよ！」

「早いほうがいいかと思いまして～」

顔を真《ま》っ赤《か》に染《そ》め、肩で息をしながらも、シオンは笑っておる。ナスティも笑顔じゃ。いつもの他愛ないやりとりなんじゃろ。

「……アサオさん！　ナスティをお願いします……泣かせたら承知《しょうち》しないんだから」

「分かっとる。女性を泣かす趣味はないから安心せぇ」

ひとしきり笑ったシオンの真面目な言葉と表情に、儂は真正面から答える。

「それじゃ行ってきます～」

「ばいばーい」

シオンへ手を振りながら、儂らは村を出た。ロッツァの曳く馬車の中では、クリムとルージュがまだ寝ておる。ロッツァの右を儂が歩き、左をナスティが行く。ルーチェは

ロッツァの背に仁王立《におうだ》ちじゃ。一応高いところからの目視《もくし》で警戒中ってことになっとる。

さてさて、次はどんな出会いが待っとるんじゃろな。

《 25 最初にすることは 》

ヴァンの村を出て少し歩くと、クリムとルージュが目を覚ました。ロッツァの隣におるナスティに首を傾げとるが、そんなことよりも腹が減ったのが重要らしく、儂にせがんできよる。皆も腹を空《す》かせていたので、周囲に《結界《バリア》》を張って朝ごはんじゃな。

即席の竈《かまど》を作り、ちゃちゃっと魚を焼き、ついで玉子焼きと味噌汁も作る。しかし、フライパンや鍋に煤《すす》が付いて真っ黒になるのは、なんとかならんもんかのぅ。《清浄《クリーン》》で綺麗にならなかったら、洗うだけでも毎度毎度大変な労力じゃぞ。

「アサオさん、朝から随分食べるんですね～」

「朝ごはんは大事だよ、ナスティさん。ちゃんと食べないと力が出ないもん」

儂が作る様《さま》を見ながら聞いてくるナスティに、ルーチェが代わりに答えてくれた。

「それに逃げる体力がなかったら大変だしね」

「逃げるんですか～？　ルーチェちゃんたちなら逃げなくてもいいんじゃないですか～？」

「儂らは『いのちだいじに』を合言葉に旅しとるからな。ゴブリンと盗賊には容赦せんが、無駄な戦いや狩りはせん。どんなに強くても死ぬ時はあっけないもんじゃ。だから無理も無茶もせんで、逃げられる時は逃げてやり過ごすんじゃよ」

首を傾げて疑問を口にしたナスティは、儂の言葉に納得したのかそれ以上何も言わん。

「食べる分は狩っていいってじいじに言われてるから、美味しい魔物は狩るよ。じいじがもっと美味しくしてくれるしね」

にかっと笑顔をナスティに向けるルーチェ。クリムとロッツァもこっくりと首を振り同意しておる。ルージュは焼いてる魚に気を惹《ひ》かれておるらしく、じっと見つめとる。

「『いのちだいじに』の次に大事にしているのが、食事になる。朝から美味いものが食べられて我は幸せだ」

ロッツァは大きく頷きながらも、味噌汁の香りを吸い込んでいるようじゃ。

「村での朝ごはんはパンと生野菜か塩漬けくらいでしたね〜。卵を食べられるなんて贅沢《ぜいたく》ですよ〜」

「儂らは自分たちで集めたりしとるからな。何をするにも身体が資本じゃから、食事をケチらんのじゃよ」

炊いた土鍋ごと仕舞っておいたごはんを【無限収納《インベントリ》】から取り出し、茶碗へよそい皆へ渡す。焼き魚、味噌汁、玉子焼き、漬物も人数分用意してある。

「美味しいです〜」

「ねー、じいじのごはんは美味しいよねー」

焼き魚を頬張りながら目を細めるナスティに、ルーチェが賛同しとる。ルーチェ、ナスティは骨やはらわたを残して綺麗に身だけを食べて、ロッツァ、クリム、ルージュは頭から丸ごと齧りついておる。

「ナスティ、苦手なものがあったら言っとくれ。無理して食べたって、楽しくも美味しくもないからな」

「は～い。分かりました～。ドルマでもヴァンでも気にしなかったので～、たぶん大丈夫だと思いますよ～」

「……蛇肉も食べるけど平気？」

「マーマンが魚を食べるのと同じ感覚ですから問題ないですよ～」

ルーチェの問いに、ナスティは事もなげに答えてくれた。確かにそうじゃな。獣肉を食べる獣人、鳥肉を食べる鳥人は街でも見かけたのぅ。そのうち豚肉を食べるオークや、牛肉を食べるミノタウロス、馬肉を食べるケンタウロスなんかにも出会うかもしれんな。

「ところでナスティは戦う術を持っとるのか？」

「あまり強くないですけど魔法が使えますよ～。あとはこの尻尾《しっぽ》ですね～。美味しい魔物には絶対毒を使いません～。私以外が食べられなくなっちゃいますから～」

思った以上に多才じゃな。

「ナスティさん、近くても遠くても手があるなんてすごいね。私は格闘ばっかだから、近づかないと戦えないなぁ。遠い相手には、やっと石とか投げて当たるようになったくらいだし」

「我は基本体当たりだな。あとはこの顎と少しばかりの魔法だ」

ルーチェとロッツァも手の内を明かし、クリムとルージュは両前足を掲《かか》げ、鋭い爪をナスティに見せる。

「毒で倒した後で《治療《パナシア》》か《解毒《デトキ》》をかけたら治《なお》らんかのぅ？」

「私はどちらも使えません～……アサオさんが使えるなら今度試してみましょうか～」

「儂もこれまで《猛毒《ヴェノム》》で倒した魔物を食べようとは思わんかったから、試しとらんな。機会があったら試してみるか」

「それじゃ美味しい魔物を探さなくちゃだね」

目をきらきらさせたルーチェが儂を見上げる。クリムとルージュもそれを真似とる。

ロッツァは……既に魔物を探してるみたいじゃな。

「今日はのんびり進んで、食べられる魔物を狩ろうかの。ただ、無闇矢鱈《むやみやたら》と狩るんじゃないぞ」

「はーい」

元気な返事をするルーチェは、食べ終えた食器に《清浄《クリーン》》をかけて儂へ手渡す。クリムたちの分も次々綺麗にしとるな。

「ナスティも無理せんくらいに手伝ってくれるか？」

「分かりました～。自分の食べる分くらいはなんとか狩ってみますよ～」

特に表情を変えることなく、ナスティはのんびりした口調のまま、胸の前で可愛らしく両の拳を握る。ルーチェと同じく綺麗にした食器を儂へ渡すと、身支度を始め、ひと振りの短剣を手にした。

「それはなんじゃ？」

「私が実家を出る時に貰った魔法の短剣です～。魔法を効率よく使えるようになるんですよ～」

「儂の杖みたいなもんか」

「そうですね～。杖が苦手な私は重宝《ちょうほう》してます～」

儂とナスティが話している間に、ルーチェたちも準備万端《ばんたん》整ったようじゃな。跳《と》んだり跳ねたりしながら身体を温めておる。

「さて、カタシオラに向けて出発じゃ」

儂の掛け声を合図にルーチェ、クリム、ルージュは駆け出した。儂らもそのあとを追うようにのんびり歩き始めるのじゃった。

《 26　ディープトード 》

朝ごはんの後は、のんびり移動しつつも狩りをしておる。ロッツァとナスティの知識を元に、美味しい魔物を中心に狩ってるんじゃが……どうも好戦的なのは不味《まず》いのや食べちゃならんものばかりみたいじゃ。かなり素早い魔物が多いのは、隠れる場所の少ない平野だからなんじゃろな。ロッツァの知識と目の当《ま》たりにした魔物に違いがあるようじゃから、環境適応《かんきょう》による進化かもしれん。

移動と狩りの最中は、幌馬車の中にナスティの荷物を入れておこうとも思ったが、儂らの荷物の少なさで早々にアイテムボックスの存在がばれてな。ナスティとしては、港街の買い物の時点で怪《あや》しんでたそうじゃ。ついでじゃから【無限収納《インベントリ》】のことも明かしたら、他言は控《ひか》えるようにと忠告されたわい。やはり希少《きしょう》なスキルのようじゃな。

「アサオさん～、あそこにいる短角蟹で毒を試してもいいですか～？」

「蟹に角《つの》が生えとるのぅ……美味しくない蟹なのか？」

「生臭いし、スジばかりで食べられませんよ～。逆に私たちを食べようと襲《おそ》ってくるんです～」

ナスティの話を肯定するかのように、蟹が儂らを目指してしゃかしゃかと真正面から迫ってきよる。前にも歩けるのは知っとるが、かなりの速さで走ってくるのは気色悪《きしょくわる》いのぅ。

「では、いきますよ～」

のんびりした口調のままのナスティは、両手の爪から毒を滴らせ鋭く突く。尻尾をとぐろのように巻いたら、バネの要領《ようりょう》で勢いよく飛び出し、蟹のハサミを避けてその付け根の柔らかい部分に爪を突き立てる。上手い具合に腱《けん》を傷つけられたのか、ハサミを持ち上げられなくなった蟹は、一目散《いちもくさん》に逃げようと後退する……が、ナスティは既に後ろに回り込んでおる。尻尾で足を払われた蟹は、うつぶせに倒れてじたばたするばかり。立ち上がろうとする蟹を尻尾で器用にひっくり返すと、あとは動かなくなるのを待つみたいじゃ。少し待つと毒が回ったのか、蟹は泡《あわ》を吹いたまままぴくりともしなくなった。

甲羅をむいた蟹を鑑定すれば『毒の回った蟹肉、食べてはいけません』と出おった。《解毒《デト》》をかけたが、鑑定結果に変化なし。《治療《パナシア》》も同じじゃった。ふと思いついて《清浄《クリーン》》も試してみたが、表面だけ綺麗になりよった。

「こりゃ、ダメじゃな。美味しい魔物には毒を使うのはやめようか」

「ですね～。折角狩っても食べられないのは勿体ないです～」

「とはいっても、危なくなったら毒を使うんじゃぞ？　食べることは大事じゃが、命あってこそじゃからな」

「は～い。食べる為にも『いのちだいじに』ですね～」

毒の付いた爪をぺろりと舐《な》めながら、ナスティはにこりと笑う。自分の毒に中《あた》ることはないじゃろが、見た目的にどうかと思うぞ。

「じいじ、そっちに蛙《かえる》行ったー！」

ルーチェの声に振り返れば、腹が真っ赤な蛙が飛び跳ねておった。着地で見えた背中は焦げ茶色。黒く縁《ふち》取《ど》られた蛍光緑の斑点《はんてん》も見えて、『食べてはいけません』と訴《うった》えとるような色味じゃな。蛙と言っておるが、大きさはロッツァくらいあって、足は八本もありよる……

「我の記憶が正しければ、そやつはかなり美味いぞ！」

ロッツァがルーチェの後ろから教えてくれる。ナスティも首をこくりと縦に振っておる。

「かなり美味しいですよ～。ただ粘液《ねんえき》まみれだから切っても叩いても効果が殆《ほとん》どなくて～、魔法も効き目が薄いですね～。でも皮も高く買ってもらえますから皆頑張って狩るんですよ～」

「それどうやって狩るんじゃ？」

「何度も何度もやるだけです～。ダメージはゼロではないですから～」

首を傾げるナスティ。ゴリ押ししか手がないとは、美しい戦いではないのぅ。

「《束縛《バインド》》」

蛙に蔓が絡《から》みつくが、表面を滑《すべ》るように解《ほど》けてしまう。

「《鈍足《スロウ》》」

儂の魔法を受けても、一切動きが遅くなることなく跳ね続ける蛙。状態変化も効果ないとなると、麻痺も毒もダメそうじゃな。肉が美味しいなら毒は最初から選択しちゃいかんかったか。

「《火球《ファイアーボール》》」

まだ距離があるので数発の火球で牽制《けんせい》するも、効果はなさそうじゃ。同じように《氷針《アイスニードル》》、《石弾《ストーンバレット》》、《風刃《ウィンドエッジ》》も試すが、蛙の動きが鈍《にぶ》ることはないのぅ。

勢いそのままに大きく跳んだ蛙は、さっきまで儂のいたところへ着地する。避けざまに再び火球をお見舞いするがやはり効果なし。若干ぐらついたくらいじゃ。

ん？　少しだけ表面が乾いとる。熱で乾いたのかもしれんな。

「《炎柱《フレイムピラー》》」

蛙の周りを炎で囲むと、初めて嫌がる素振《そぶ》りを見せよった。ならば追加の一手じゃ。

「《乾燥《シーズン》》」

炎の熱と《乾燥《シーズン》》によって、蛙の身体から蒸気《じょうき》が上がる。炎を飛び越《こ》えて逃げ出した蛙の表面は、てかりが消えておった。

蛙との距離を詰め、右前足に触れ――

「《加熱《ヒート》》」

と唱えれば、悶絶《もんぜつ》しよった。粘液がないからまともに魔法が通ったのかもしれん。

必死に逃げようともがく蛙に、走ってきたルーチェが飛び蹴《げ》りをかますと、数メートル吹き飛び転がっていった。

「え？　なんで？」

蹴り飛ばした本人が、驚きの表情を浮かべて儂の隣に降り立つ。

「さっきまでロッツァと二人で何やっても効かなかったのに……じいじ、何したの？」

「表面の粘液を乾かしてみたんじゃよ。《炎柱《フレイムピラー》》で囲って、《乾燥《シーズン》》で更に乾かしたってわけじゃ。粘液がなくなれば、攻撃が効くかと思ったんじゃが……予想以上に効果がありよるな」

儂のタネ明かしを聞いたルーチェが蛙を見ると、ロッツァに潰される寸前じゃった。儂らを飛び越し舞い上がったロッツァは、蛙の頭にプロレスで言うところのセントーンの要領で甲羅から落ちる。ずずんと地面が揺れ、音が響く。舞い上がった砂埃《すなぼこり》が消えると、そこにはぴくりとも動かない蛙とロッツァがおった。

「ぺしゃんこですね～」

儂の隣で見ていたナスティが言う。

「自爆技はあまり感心せんぞ、《快癒《ヒールオール》》」

「アサオ殿、すまんな。あやつは頭を潰すのが一番手っ取り早いのだ。飛び回るから隙《すき》が見つからんかったが、あんな無防備な姿を見せられたら思わずやってしまった」

くるりと身体を回し、いつもの姿勢になったロッツァがそう言って、儂に頭を下げる。

「で、この蛙はどうするんじゃ？」

「唐揚《からあ》げだな」

儂の問いにロッツァが即答してくれた。

「とりあえず血抜きしましょうか～。美味しいお肉が不味くなっちゃいますからね～」

ナスティは手際よく蛙の後ろ足に縄をかけ、そばに生える木に吊るす。流石《さすが》に持ち上げるのは無理だったようで、ロッツァが手伝っておる。

ルーチェがナイフで皮を剥《は》ぎ、儂が肉を切り分け【無限収納《インベントリ》】へ仕舞う。

解体が終わる頃に、クリムとルージュが帰ってきた。どう倒したのか分からんが、二匹とも2メートルを超《こ》える鳥を咥えておった。皆で鳥を捌《さば》き、【無限収納《インベントリ》】へ仕舞うと、昼ごはん時になった。

蛙の唐揚げをすぐに食べられると思っていたロッツァは、昼には食べられないと知って少しショックを受けておったが、晩ごはんで沢山揚げる約束をしたら立ち直ってくれた。

そんなロッツァの為に昼ごはんを作りながら蛙を仕込み、アイテムバッグへと入れておく。

晩ごはんの唐揚げの際に蛙肉を鑑定したら『ディープトードの肉。最高級の蛙肉。煮ても焼いても美味』と出た。

薄々感じてはいたが、儂の《鑑定《エヴァルア》》は食材に対して妙に強くなっとるな。いいことじゃ。

《 27　ラットマン 》

「ルーチェちゃん、ジャーンプですよ～」

蛙の唐揚げ祭りを終えた翌日から儂らは、半日ロッツァで走り、残る半日を歩いて旅しておる。今も獲物《えもの》を見つけて飛び出したルーチェに、ナスティが声をかけた。

「はーい！」

振り返ることもなく駆け続けるルーチェは、言われるまま飛び、着地と同時にまた走り出し、短角牛っぽい魔物に一直線に向かっておる。

「なんぞ見つけたのか？」

「ええ～。たぶん落とし穴ですね～。この辺りはラットマンの縄張《なわば》りですから～」

ナスティの指さす先、ルーチェが飛び越えた場所には、色の違う地面が見えるな。

「罠《わな》に嵌《はま》ると～、隠れてるのが一斉に襲い掛かるんですよ～、こんな風に～」

言いながらナスティが小石を投げると、落とし穴が開き、どこからか湧《わ》いたネズミがわらわらと穴に飛び込んでいった。鋭い爪と牙《きば》で襲うみたいじゃ。

「……あれが、ラットマンか？」

「そうです～。とにかく数が多くて厄介な魔物ですよ～」

「獣人ではないんじゃな？」

「二足歩行ができるネズミの魔物ですね～。多少知恵があって～、落とし穴を掘ったり～、石を置いたりするんですけど～、魔族でも獣人でもないんですよ～」

穴から出て儂らを見る姿を見たら、確かに獣人とは思えんな。目付きが悪く、目も血走っておる。そのクセ脚《あし》だけが妙に長くて、あれは怖いのぅ。

「一匹に手を出したら、十匹は倒さないとダメだと思ってくださいね～」

「油虫のようで嫌じゃな……ナスティの口ぶりだと美味しくもないんじゃろ？」

「とても不味いから相手したくないのが本音《ほんね》です～。害獣だから狩らなきゃいけないんですけどね～」

困った顔をしながらも視線をラットマンからすっと外すところが、ナスティの本音を表しとる。

「じいじ、でっかいネズミ狩れたよー」

ルーチェの声に顔を戻せば、足元にネズミが転がっておった。ぴょんこぴょんこ跳ねるルーチェに、次から次へとネズミたちが集《たか》っておる。それらをものともせずに、ちぎっては投げちぎっては投げを繰り返すルーチェはいい笑顔じゃった。

「……ああなるんじゃな」

「……そうです～」

ナスティは儂の問いに答えるので精一杯《せいいっぱい》みたいで、力なく項垂《うなだ》れておる。

「ルーチェだけでも問題なさそうじゃが、万一を考えるとやらないわけにはいかんな」

「お手伝いします～……ルーチェちゃんにはいろいろ教えないとダメですね～」

「すまんが頼めるか？　儂やロッツァはその辺りに疎《うと》くてな」

儂は杖を携《たずさ》え、ルーチェのもとに向かう。ナスティも追いかけてきて、一緒にラットマン退治となった。

ナスティから聞いた話通り、ラットマンは何十……いや何百と湧いてきおった。度々《たびたび》、儂らの周りがネズミの死体で山となったので、《炎柱《フレイムピラー》》と《火球《ファイアーボール》》で燃やし、《穴掘《ディグ》》で掘った穴へと埋めるのを何度やったことか……ナスティが嫌がるのも納得じゃよ。食材としても素材としても使えん。死体をそのままにして流行《はや》り病《やまい》が蔓延《まんえん》しても困るから、ナスティに教わった通りにできる限り燃やして埋めたが、本当に手間じゃった。

「ルーチェちゃん、相手を選んで戦うのも大事ですよ～。ラットマンは面倒なのに見返りがなくて散々だったでしょ～？」

「うん。弱いから吸収してもステータス増えないし、美味しくないから最悪だった」

ナスティの問いかけに素直に頷くルーチェ。

「害獣ですから狩ることは大事なんですよ～。ここは人通りがほとんどないからいいですけど～、それを仕事にしている冒険者もいるから、ほどほどにしましょうね～」

「はい！　美味しいのと強いのをちゃんと狙《ねら》うようにします！」

日が傾くまで三人でラットマン狩りをやり、今はナスティによるルーチェへの指導の時間。ロッツァたちはまだ戻ってきとらん。美味しい魔物が見つかったのかもしれんな……あっちでもラットマンを狩っとるとは考えたくないぞ。

ルーチェはアイテムボックスである鞄から、最初に倒した短角牛っぽい魔物を取り出すと、ナスティと一緒に解体を始めた。いつも通り殴って倒したようで、牛の眉間に拳の跡《あと》が付いておる。鑑定を使えんルーチェが、なんでこれを仕舞っておいたのかと聞けば、

「美味しいお肉な気がしたから」

と笑顔で答えよった。

儂が鑑定すれば確かに『上質な赤身肉』と出たから、ルーチェの勘《かん》はすごいのぅ。内臓も食べられるみたいじゃから、《氷壁《アイスウォール》》と《浄水《ウォータ》》を使ってしっかり下処理をしておいた。ナスティは内臓を食べたことが今までなかったらしく、儂のやる下処理を興味津々に眺《なが》めておった。

処理が終わると、タイミングを図《はか》ったかのようにクリムとルージュが帰ってきた。今日は手ぶらだったので疑問に思っていたら、少し遅れてきたロッツァがまとめておいたんじゃと。

馬車の中にはラビと小ぶりな鹿が数頭ずつあり、あとは先日採った花がまた積まれとっ

た。更には野草もあったのでロッツァに聞いたら、クリムとルージュが頑張って集めたと教えてくれた。狩りだけでなく採取も頑張る二匹の頭を撫でると、もの凄く喜んでおった。

《 28　野営 》

今日はラットマンの大群《たいぐん》を退けただけで、さして進めなかった。この辺りで野宿になるかのぅ。しかし、ラットマンの死体を処理した近くで寝るのは、気分的によろしくなくてな……


「あと少しだけ進んでから晩ごはんにしようかの」

「はーい。今日は何作るの？」

元気よく答えたルーチェは、既に晩ごはんの献立《こんだて》を気にしておる。

「ルーチェの狩った牛でステーキか、ロッツァたちの狩った鹿の煮込みかのぅ」

儂が【無限収納《インベントリ》】を開き、仕舞ってある肉の一覧《いちらん》を見ながらそう口にすれば、

「それじゃ今日が煮込みで、明日がステーキだね」

とルーチェは儂を見上げてくる。

「一晩置いたほうが煮込みは美味いじゃろ？」

「だから、その違いを楽しむ為に今日も食べるの♪」

満面の笑みなルーチェの言葉に同意らしく、ロッツァもナスティも頷いておる。クリム

とルージュは馬車の中で眠っとるから、献立決めには参加しとらん。

献立が決まれば、あとは野営地を決めて、竈《かまど》を用意するだけじゃ。《結界《バリア》》さえかけておけばどこでも問題はないんじゃが、気分的な理由でいつも大木の根元や岩の近くなどを選んでおる。ただ、この辺りは大きな木があまり生えとらんので、幹の直径が50センチくらいの細い木の下になってしまったわい。見通しが良すぎるのも善《よ》し悪《あ》しじゃな。

鹿肉の煮込みは、ハーブや根菜《こんさい》と一緒に赤ワインでじっくりことこと煮込む以外、特別なことはせん。味付けも塩で調えるくらいかのぅ。野菜から出るダシ、肉から沁《し》み出る旨《うま》味《み》が具に戻って美味くなるんじゃ。

煮込みだけの晩ごはんも味気《あじけ》ないので、鹿肉を少しだけマリネしてから焼いてみた。漬け込んだ肉を焼くのもナスティは初見だったらしく、目を輝かせながら見ておった。

保存の為に塩漬けにした肉は、水に浸して塩抜きをしてから調理するのが普通のようじゃったからな。あれとは違って味を染《し》み込ませた肉に期待の眼差しを向けられとるが、村で教えた料理と同じで、儂は簡単なものしか作れんのじゃよ。手抜きでも豪華《ごうか》っぽく見えるのは、数をこなしたからなんじゃろな。

それでも、婆さんの作る料理のほうが数段美味かったのぅ。儂以上に手抜きをしておったのに……

「ルーチェちゃんたちが野営を嫌わないのも納得ですよ～。街や村で食べる料理より美味しいんですものね～」

鹿肉のソテーにかぶりついたナスティが、頬を押さえながら語っとる。

「じいじが作る料理は美味しいよー。それに皆で寝るのも嬉しいんだ」

にかっと笑うルーチェの隣で、クリムとルージュが器に顔を突《つ》っ込《こ》んで鹿肉の煮込みを食べ、ロッツァは花のおひたしをむしゃむしゃと食《は》んでおる。

「美味しい料理があって、寝床も万端。寝ずの番がなくて、皆で一緒に寝られる。村よりいいかもしれませんね～」

ソテーを咀嚼しつつ指折り数えたナスティは、納得の表情を浮かべとる。

儂は晩ごはんを食べながら、寸胴鍋《ずんどうなべ》で牛の骨と野菜くずを煮込む。肉を取り尽くした牛から採れた太腿骨《だいたいこつ》やアバラ骨が、予想以上に綺麗でな。良いダシが取れそうだと思ってのぅ。野菜の皮や切り落としたヘタなどを一緒に煮込んでるんじゃ。

じっくりことことアクを取りつつ様子を見れば、澄《す》んだスープが出来上がった。これは牛タンシチューを仕込むべきじゃな。こんなことならデミグラスソースの作り方を覚えておくんじゃった……とはいえ、香味野菜と赤ワインで煮込んでも、十分な出来になりそうじゃ。

しかし、バラした牛はやはり地球と違ったわい。大まかな身体の作りは同じなんじゃが、胃が六個あって、心臓も二個あったからのぅ。腸《ちょう》も思った以上の長さじゃったし、排泄物《はいせつぶつ》関係の器官も大きかった。

食べたくない内臓や骨などを焼いて埋めようとしたら、小さなスライムが儂らのそばで待機しておった。敵意もないのか《索敵《レコナ》》は反応しとらん。

匂いで寄ってきたのか、儂らを覚えて付いてきたのか分からんが、わざわざ退治する相手でもないからか皆放置しとる。ルーチェの同族かもしれんスライムを狩ろうとは思わんしな。

「これ食べる?」

ルーチェが食べ終えた鹿肉のソテーの骨を、スライムの前に置く。ぷるぷる震えながら骨に覆いかぶさるスライムを優《やさ》しい眼差しで見とるのは……同族への慈《いつく》しみかのぅ?

「小さい子に優しくするのはいいことですよ～」

ルーチェを眺めるナスティも柔らかな笑みを浮かべとる。

「でも、おいたをする子にはお仕置きで～す」

ナスティの食べかけ鹿肉に飛びかかった別のスライムは、握りつぶす勢いで絞《し》められとった。

「はーい。分かりましたー」

素直に返事したルーチェは、ロッツァが食べ終えた分の骨をスライムに与えておった。

クリムとルージュはがしがしと骨を齧っておるからな。

儂は【無限収納《インベントリ》】からタンを取り出して処理をする。剥いだ皮はスライムに与え、形を整える為に切り落とした根元は炭火で炙る。あとは弱火でのんびり下茹《したゆ》でじゃ。ある程度タンに火が通ったら、赤ワインを入れたダシで煮込むべきじゃな。慌てずじっくり料理して、明日以降に食べるとするかの。

じっと見とるクリムと儂で半分こにしたタンの炙りは絶品じゃった。ルージュはまだ骨を齧っとる。

使った食器などを片付け、【無限収納《インベントリ》】からベッドを取り出し、周囲に《結界《バリア》》を張れば寝床の完成じゃ。スライムは《結界《バリア》》の外に出てもらっとる。

ルーチェが横になるベッドを、ナスティが羨《うらや》ましそうに見るので、儂は自分のベッドを譲り、馬車の中でクリムとルージュに挟まれて眠った。

ロッツァはいつも通りベッドの隣で丸くなっておる。儂らの野営に驚いとったナスティじゃが、もう慣れ始めたようでよかったわい。

《 29　喧嘩 》

「じいじ、盗賊とゴブリンが喧嘩してるっぽいよ」

ロッツァの背で前を見張っていたルーチェが、馬車の中の儂らへ報告してくる。

「この辺りは旅する人がほとんどいないので～、盗賊もゴブリンも見かけないんですけどね～」

「そうじゃな。儂らもレーカスを出てから初めて出くわしたからのぅ」

「でもなんか変なんだよね。ゴブリンのほうがまとまって動いてるよ？」

ルーチェの疑問を聞いた儂が馬車から顔を出すと、それは喧嘩と呼ぶ規模《きぼ》ではなかった。まだまだ距離はあるが、双方共に百を超える集団で、まさに戦《いくさ》といった雰囲気じゃった。

ロッツァに足を緩《ゆる》めてもらって、戦線から距離をとったまま様子見《ようすみ》をすることにした。

「確かにゴブリンの動きは集団戦のそれじゃな……あのゴブリンたちはかなり良い装備を身に着けとるし、小綺麗《こぎれい》にしとらんか？」

「う～ん、ゴブリンは盗賊を殺さないようにしてますね～」

儂と共に馬車から顔を出したナスティは、ゴブリンの動きが気になるようじゃ。

「そんなこと分かるの？」

「剣を持っているのに、殴って無力化してますよ～。槍も穂先《ほさき》で突いてませんね～」

ナスティの言葉を確認する為にゴブリンたちを見れば、確かに殺さず無力化しておった。

「あのゴブリンたちは、なかなか強いぞ」

ロッツァも集団戦を眺めながらそう口にする。

「アサオ殿が以前言っていた役割分担がしっかりできている。それぞれが自分の仕事をこなして、死なない、殺さない戦いをしているぞ」

ロッツァの言葉通り、ゴブリンたちは基本的な立ち回りを皆がこなしておった。盾持ちが盗賊からの攻撃を受け止め、槍使いが動きの止まった盗賊を気絶《きぜつ》させる。弓やスリング、魔法を使う者たちは支援《しえん》と牽制に徹《てっ》しとるようじゃ。逆に盗賊たちは連携《れんけい》などまったく見られず、烏合《うごう》の衆《しゅう》にしか見えん。

半刻もしないうちに、盗賊たちは散り散りになって逃げおった。残ったゴブリンたちは、気絶した盗賊たちから武器を奪う姿からも、ほぼ被害なしに見えるのぅ。

盗賊を退けたゴブリンたちは儂らをじっと見ておるが、こっちには別に攻撃する意思はないぞ。もしかしたら会話が成り立つかもしれんな。盗賊でさえ殺さないこやつらは、イレカンやレーカスの周りにいたゴブリンとは明らかに雰囲気が違うからのぅ。

「お前さんたちが、人をさらったり、襲ったりしとらんのなら、儂らに攻撃の意思はないぞ」

両手を広げながら語りかける儂を無言で見つめるゴブリンたちは、何も語らず踵《きびす》を返した。少しだけ近寄ると、一匹だけが振り返り、こちらへ歩いてくる。

「オレタチ、オソワナイ……コドモ、マモル……コイツラ、オソウ」

気絶したまま転がる盗賊を指さし、ゴブリンはカタコトながらそう話すと、群れへ戻っていった。

マップを見れば、そこそこ離れた場所に集落のようなものがあった。今話したゴブリンも、踵を返した者たちも、《索敵《レコナ》》が赤表示をせんかった。イレカンやレーカスではどんなに離れていても真っ赤じゃったから、ゴブリンでも全然違うんじゃな。

「あれだけの数がいるとなると、土着のゴブリンかもしれませんね～」

「どちゃく？」

ナスティの言葉に首を傾げるルーチェ。

「自分たちで村を作って住んでいるんだと思いますよ～。そうなると人を襲うことは、まずないですから～」

「人と同じことを、ゴブリンたちがするとはのぅ……」

「街や村が近くにないからこその変化なんでしょうね～。もしかしたら特別知恵の回る個体が生まれたのかもしれませんし～。珍しいことですけど、ないことではありませんから～」

となると、儂らが殲滅《せんめつ》したゴブリンたちはどうなんじゃろか……

「あ、心配しないで大丈夫ですよ～。村や街の近くのゴブリンは、絶対に人を襲いますから～」

儂の気がかりを察したのか、ナスティは説明を付け足してくれた。

「あのゴブリンも魔族になるの？」

「かもしれませんよ～。でも、私たちが決めることでもないですからね～」

ロッツァに乗ったままのルーチェが、ナスティを見下《みお》ろしながら問いかける。

「盗賊がゴブリンの村を襲ったんじゃろ。マップに集落みたいなのが見えるからのぅ」

「村を襲ったらやり返されたのか。実力も測《はか》れんとは情けない……いや、だからこそ盗賊などしているのか」

「じゃろうな」

首を振って盗賊を見下ろすロッツァの言《げん》が的《まと》を射《い》とるじゃろ。盗賊といえど人、下手に殺してしまったら、討伐《とうばつ》隊が組まれるかもしれん。その辺りまで考えて殺さなかったのだとしたら、あのゴブリンたちは魔族と言っても過言ではなさそうじゃ。

「人を襲わず、人に襲われんようにと、この辺りに住んでるのかもしれんな。それなのに盗賊たちが突っついて、生活域を荒らしたんじゃろ。儂らも触れずに過ごすのがよさそうじゃ」

「ですね～。このまま平穏《へいおん》無事に過ごさせてあげましょ～」

ナスティが儂に賛成してくれたからか、ロッツァもルーチェも頷いてくれとる。そのままロッツァの曳く馬車に乗り込み、その場をあとにした。

ゴブリンにもいろいろおるのが分かったのは今日の収穫じゃな。この目で見た上で、ナスティに教えてもらわんかったら、知らないまま過ごしていたと思うんじゃよ。無害で無益な魔物を殺戮《さつりく》するのは、儂らの旅とは違うからのぅ。

《 30　ビーフステーキ 》

魔族っぽいゴブリンに出会ったのが数時間前。そして今、儂らの前には盗賊がおる。服装や装備を見た限りだと、先程逃げ帰った盗賊団の一部なんじゃろな。

「我らツィータン義賊《ぎぞく》団へ金品を差し出すがいい。さすれば無傷でここを通れるぞ」

「義賊団？　義賊なのに老人から金品を奪うのか？」

儂の目の前に並ぶ盗賊は八人。その中で一番背の大きい男が、儂へ金の無心をしてきよる。

「人族以外は排除《はいじょ》しなくてはならない。人族の為に活動する我らの崇高《すうこう》な志《こころざし》に感銘《かんめい》を受けた者は、皆喜んで差し出している。お主はなぜ人族以外と旅をする？　恥《は》ずかしくないのか？」

「まったく恥《はじ》とは思わん。仲間や家族を恥と思う馬鹿がどこにおる？　人族以外を認めんお前さんのほうがよっぽど恥ずかしいわい」

売り言葉に買い言葉で、真正面から返答してしまったが、失礼な物言いは頭に来るぞ。

「我らの活動を理解できないとはなんと愚《おろ》かな……武を以《もっ》て指導せねばならんのか」

嘆《なげ》くように頭を振った盗賊の目つきが鋭くなる。事前の打ち合わせ通りなのか、男の言葉を合図に盗賊たちは儂らを囲った。《索敵《レコナ》》が真っ赤になったのぅ。

「ツィータン……アサオさんが捕まえた追いはぎさんと同じ名前ですね～」

「総長《そうちょう》を捕まえた？　ふふ、おかしなことを言う。総長が老人になど捕まるものか！」

儂の背後へ回った盗賊が縄を投げてくるが、儂らは既に《結界《バリア》》の中じゃ。それにルーチェがひと突きしてもうそやつの意識を刈っておる。

「じいじに手を出すな！」

「ルーチェちゃん、怪我しちゃダメですよ～」

「いや、怪我させちゃダメだと言うべきところじゃろ」

しっかり手加減ができるルーチェが怪我させたり、殺《あや》めたりすることはないと思うが、ナスティは蔑視《べっし》されたことに腹を立てとるんじゃろか。注意が若干ズレておるぞ。

「《束縛《バインド》》」

儂が長身盗賊を縛り上げるまでの間に、ルーチェは最初の一人を含めて五人気絶させよった。残る二人はナスティが尻尾で巻きつき、身動きを封《ふう》じとる。

「この短剣と剣の持ち主がお前さんたちの首領《しゅりょう》じゃろ？　今頃、港街の警備隊に引き渡されとると思うぞ」

「そ、その剣は！　こんな爺にやられる総長ではない！　それをどこで手に入れた‼」

「追いはぎをとっちめて武器を奪っただけじゃよ。そういえばこれをシオンに渡すの忘れとったわい。お前さんたちも縛り上げて警備隊に渡さんとならんか……面倒じゃのぅ」

今までの落ち着いた雰囲気を脱《ぬ》ぎ捨てた長身盗賊は、目を白黒させておる。それを放って悩む儂に、ナスティが妙案《みょうあん》を一つ示してくれた。

「アサオさ～ん、この人たちもシオンに任せましょうか～。ここから村までなら私の魔法で伝えられますから～」

「それはありがたいが、どんな魔法なんじゃ？　念話みたいなものか」

「い～え～。念話と違って、使う魔力量次第で遠方にも言葉を届けられる感じですよ～。《言伝》《クルッポウ》と言います～」

そう言って詠唱したナスティの腕の中、胸の前辺りに光る玉が現れる。少しばかりナスティが話しかけると、玉は鳩《はと》に姿を変えて飛んでいった。まるで伝書鳩《でんしょばと》のようじゃな。

「この魔法は届けた後に返事が来るので、ちゃんと届いたかどうか分かるんですよ～。でも～、届ける相手をしっかり認識してないとできません～」

「《言伝》《クルッポウ》」

儂も同じく呪文を唱え、現れた光る玉に二、三声をかけると鳩が飛び立つ。その鳩は儂の斜《なな》め後ろにおるロッツァに留《とど》まると、また光る玉に変わった。ロッツァが何かを話すと再度鳩に変わり、儂の元へと戻ってきた。

『ぜひ、具だくさんの汁物もお願いしたい』

鳩に触れると、念話と同じように頭の中にロッツァの声が響いた。実験がてら、ステーキ以外で晩ごはんに食べたいものを聞いてみた答えじゃ。

「じいじ！　目の前の盗賊が逃げたらどうするの！　ちゃんと見てなくちゃダメでしょ！」

ルーチェに叱《しか》られて見てみれば、儂の《束縛《バインド》》を抜け出した長身盗賊が仰向けに倒れて泡を吹いとった。

「おぉ⁉　逃げとったのか！　すまんすまん」

「ダメでしょ！　追いはぎと同じような武器を持ってたのかもしれないよ！」

ルーチェの指摘通り、小さなナイフが落ちとる。鑑定したら、これにも魔法を断《た》ち切る効果があると分かった。

「ルーチェのおかげで助かったわい。危険を前に気を抜いちゃいかんな」

「アサオさ〜ん。シオンが引き取りに来るのは大変だそうです〜。カタシオラまで連れていきますか〜」

倒れた盗賊全員から武器を取り上げて《束縛《バインド》》をかけ、《浮遊《フロート》》、《結界《バリア》》、《沈黙《サイレス》》と、いつもの盗賊用拘束《こうそく》をしておく。

「明日の朝いちで儂がシオンのところへ走るかのぅ……儂が戻るまでは、この辺りで狩りをしててくれるか？」

「アサオさんが走るのですか〜？　村を出てからもう何日も経ってますけど〜」

「じいじなら……明後日《あさって》の朝までには帰ってこれるんじゃない？」

「うむ。アサオ殿なら可能だな。我だと丸二日はかかりそうだ」

ナスティの疑問にルーチェとロッツァが答えてくれとる。遠慮なしの支援魔法を満載すれば、それくらいでいけるじゃろ。

「アサオさんは何でもありですね～」

若干の呆れを見せるナスティの言葉を受け流し、儂は晩ごはんの支度を始める。明日の朝から走ることを考えると、今夜はしっかり食べんと持たんからな。

【無限収納《インベントリ》】から取り出した赤身肉のスジ切りをして、包丁の背で叩いて伸ばす。伸びた肉の形を整え、軽めに塩と胡椒《こしょう》を振れば、下ごしらえは終わりじゃ。

タマネギのみじん切りを炒め、大根おろし、酒、醤油で味を調えてステーキソースを作る。

肉を焼く前に、ニンニクの薄切りを炒めてオイルに香りを移す。炒めたニンニクも後で使うから、捨てたりはせんぞ。

しっかり熱したフライパンに赤身肉を載せたら、もういじってはならん。焼き目が付いたらひっくり返す。触れるのは最低限にせんと上手く焼けないからの。両面焼けた肉を皿に盛り、ステーキソースをたっぷりかければ完成じゃ。

盗賊とのひと悶着《もんちゃく》の時は馬車から顔を出しただけだったクリムとルージュも、既に準備万端で待っとるな。皆の前にごはん、ステーキ、【無限収納《インベントリ》】から取り出した豚汁を並べて、いただきます。

皆、しっかり肉を噛みしめ味わっておる。ただ量だけ食べたいような輩《やから》は、儂の家族には誰一人としておらん。次々とおかわりを頼まれるから、儂は肉を焼きまくりじゃ。

何度焼いてもぺろりと平らげ、皆笑顔で晩ごはんを終えた。

食後、儂は追加で焼いたステーキで丼《どんぶり》を作り、ルーチェの鞄に入れていく。パンで挟んだステーキサンドも。夜までには戻りたいが、念の為、皆の明日のごはんじゃ。昨日作った煮込みも鍋を分けておくかの。

さてと、明日は久しぶりのマラソンじゃな……いや、こっちでは初めてか。身体が鈍《なま》っとらんといいんじゃが、どうじゃろな。

《 31 本気の走り 》

「万が一危なくなったら、ちゃんと逃げるんじゃぞ」

辺りが明るくなった頃、身支度を終えて出発じゃ。皆の朝食を作り、全員に支援魔法をふんだんにかけておいた。儂がいない間に、万が一のことなどあったらいかんからな。

「心配性ですね～」

自分にかけられた魔法に、ナスティは苦笑いを浮かべとる。

「じいじ、ちゃんと休まないとダメだよ。走りっぱなしはいけないんだからね」

ルーチェの注意に、儂は笑顔を向ける。

「では、行ってくる」

自称義賊団をまとめた《束縛《バインド》》の蔓を掴《つか》み、儂は走り出す。《堅牢《スタウト》》、《強健《ハーディ》》、《加速《クイック》》を最大限の効果でかけた儂は、文字通り風になっとるのかもしれん。景色が後ろに流れておる。

太陽がてっぺんを超え、そこそこ落ちてきた頃、儂はヴァンの村に到着した。一切休憩を取らんかったのに、思った以上にかかってしまったのぅ。

シオンに引き渡した自称義賊団は、ひどい有様《ありさま》じゃった。《結界《バリア》》と《浮遊《フロート》》で守ったんじゃが、景色の変化に身体が追い付かんかったのかもしれん。いろいろと出てしまったようで、《清浄《クリーン》》を何度もかけてやっと綺麗になったくらいじゃ。塗《まみ》れたものがなくなっても、シオンは一切触れようとはせんかった。

「ばっちぃもの」

嫌々《いやいや》ながらも自称義賊団を引き取ってくれたシオンにあとを任せ、儂は来たばかりの道を引き返す。寝ずに走れば夜中には皆のところへ戻れそうじゃったが、無理をすると怒られるので、日が暮《く》れてからは走らんかった。

魔族ゴブリンと自称義賊団が戦った辺りで日が沈んだ。今日はここで野宿じゃ。

卵かけごはんと漬物で晩ごはんを済ませる。《駆除《リドベスト》》をかけても、生卵には拒否《きょひ》反応があるかもしれんからな、一応皆の前では食べないようにしとるんじゃよ。緑茶で一服してから毛布に包《くる》まり、眠りに落ちた。

目を覚ましたのは、真っ暗な夜空が少しだけ白《しら》み始めた頃じゃった。おにぎりと漬物、味噌汁を朝ごはんに腹を膨《ふく》らます。一服して腹が少しこなれるのを待ってから、また走り始めた。

四時間ほど走り、太陽がまだてっぺんに差し掛からない頃、皆の元へと戻れた。誰より早く儂を見つけたルージュが飛びかかってきたのには驚いたぞ。ルーチェが悔しがっとるのは、ルージュに負けたからじゃろか？　クリムはいつも通りの穏《おだ》やかな表情のまま儂のそばまで歩いてきて、背にのしかかってきた。ルージュもクリムも少し離れただけで甘えたがりになってしまったようじゃ。ロッツァとナスティはそんな儂らの様《さま》を見ながら、のんびり一服しておった。

「じいじ、おかえりなさーい」

「久しぶりに走ったが、思ったより疲れとらんのぅ。皆はどうじゃった？」

ルージュを抱《だ》っこし、クリムをおんぶした儂は、ルーチェの頭を撫でながらロッツァとナスティに声をかけた。

「昨日も今日も、少しだけ狩りをしたくらいですよ～」

「そうだな。それと、ナスティ殿に魔法を教えてもらっていた」

「うん。少しだけ上手になった」

得意げな表情を見せるルーチェは、ナスティとロッツァの言葉に頷きながらも胸を張る。

「ほぅ。それはよかったのぅ」

「クリムとルージュも魔法覚えたんだよ」

ルーチェに言われて儂の前後におる二匹を見れば、共に頷き儂から飛び降りる。

見ていると、クリムたちの眼前の地面に突然穴が開く。二匹は驚く儂を気にかけず、ぽこぽこと何個も穴を開けておった。

「おぉ！　《穴掘《ディグ》》か！」

「そうですよ～。魔法を使いたそうだったんで教えたんです～。まだ《穴掘《ディグ》》だけしか使えないんですけどね～。アサオさんの役に立ちたかったんじゃないですか～？」

「解体してる時、何かしたそうにじいじを見ていたもんね」

ナスティとルーチェに言われた通りなのか、クリムとルージュはこくりと頭を揺らしとる。

「血や内臓を捨てるのに《穴掘《ディグ》》を使うからのぅ……これからはお願いできるか？」

二匹の頭を撫でながら聞くと、嬉しそうに頷いた。

「ナスティ、ありがとな。この子らのできることが増えるのはいいことじゃ」

「い～え～、でも～、土属性だけなのはなんでですかね～？」

「ノームの首輪をしておるからだろう」

「ノームの首輪ですか～」

儂の代わりにロッツァが答えてくれた。ナスティが二匹を見れば、ドリルの付いた首輪を前足で器用に見せびらかしておる。

「よく似合ってますね～。かっこいいですよ～」

ナスティに褒《ほ》められ、ルージュたちは嬉しそうじゃ。

「まだ解体をしとらん魔物があれば、早速手伝ってもらおうかの」

「はーい」

元気な返事と共に、ルーチェは鞄から倒した魔物を取り出す。目新《めあたら》しい魔物はおらんかったが、大きな魔物が何匹かおった。ナスティは解体のコツも教えてくれたらしく、これでもかなり減ってるそうじゃ。さすがに大物を儂抜きで解体するのは骨が折れるので、残したんじゃと。

儂を手伝ってくれるクリムとルージュは、《穴掘《ディグ》》をすぐ使う為にそばでじっと見ておった。血を抜く際にクリムが《穴掘《ディグ》》をし、内臓を捨てる時にはルージュが《穴掘《ディグ》》を使《つこ》うてくれた。

儂に褒められるのが嬉しいらしく、何度も何度も手伝ってくれたが、しまいにはＭＰが切れてしまったみたいじゃ。MP切れは精神的な疲労になるとナスティが教えてくれたでな、【無限収納《インベントリ》】から甘いものを出してやったら、また喜んでおったわい。

二匹が可愛いくて構っていたら、ルーチェが少しだけ不機嫌になっとった。皆可愛いのに変わりはないんじゃが、儂の腕は二本しかないからのぅ。

《 32 鳩の届く距離 》

クリムとルージュの手伝いがあったので、思った以上に早く解体を終えられたわい。昨日から出来合いのごはんばかりだったので、昼ごはんは儂が腕によりをかけて作ることにした。

「さて、何がいいかのぅ。ロッツァは――」

「具だくさんの汁物……いや、蕎麦が食べたいな」

予想通りの汁物を頼まれた。

「よし蕎麦にするか。あとは玉子焼きと漬物くらいじゃろか？」

「じいじ、テリヤキでごはんが食べたいから作ってー。お肉はおまかせでー」

ごはんに蕎麦とは、なんとも肉体労働者的な組み合わせじゃな。ただ、ルーチェの意見に賛成なのか、クリムとルージュは頷いた後、儂をじーっと見上げとる。

「私は漬物とごはんがいいですね～。葉野菜がごはんに合うんですよ～」

ナスティは儂らと旅を始めてから、三食きっかり食べるようになった。特に気に入っとるのが野菜を使った惣菜《そうざい》みたいじゃ。漬物や煮しめは好物と言っても過言ではないほどじゃよ。

それに適度な運動の影響か、儂の作るごはんが村にいた頃よりも美味しく感じるそうじゃ。村では狩りなどに参加することがなかったし、保存食の研究と販売が主だったようじゃから、当然かもしれん。狩りや歩きで腹を空《す》かせて、温かいごはんを皆で食べる。そりゃ美味いに決まっとるよ。

そしてここ数日、ナスティは葉野菜の漬物でごはんを包んで食べるのにはまっとる。儂がナスティにだけひもじい思いをさせとるわけではないんじゃぞ。ただ、常備菜《じょうびさい》にしとる煮物を何品か並べようかの。

「蕎麦は茹でる直前に【無限収納《インベントリ》】から出すとして、まずは汁とテリヤキじゃな」

蛙のもも肉を何枚か取り出し、筋切りをして厚みと大きさを揃え、炭火で焼く。魔道具コンロで湯を沸《わ》かし、鰹節でダシをとり、キノコを放り込んでしばらく煮込む。その間に、まだ旨味の残る鰹節を乾煎りして、ふりかけにしておく。白ゴマと鰹節だけの簡単なふりかけでも、十分にごはんのおともになるからの。

蕎麦を茹で、椀に盛ってつゆをかける。削《そ》ぎ切りした蛙肉にテリヤキタレをからめて、白飯の盛られた丼の上に載せる。今日は刻み海苔もかかっとるから少しばかり豪華じゃな。

厚焼《あつや》き玉子、漬物、根菜をいろいろ煮含めた筑前煮《ちくぜんに》、と並べて皆で昼ごはんじゃ。

ガツガツと食べ進めるルーチェとルージュ。椀に顔を突っ込みながらもこぼさず食べるロッツァとクリム。青菜の漬物でごはんを巻いとるナスティ。皆それぞれの速さで食べておる。

スプーンとフォークしか使えんかったナスティも、ルーチェとさして変わらないくらいの箸使《はしつか》いになっとる。人間、食べる為なら大抵はなんとかなるし、するもんじゃからな。

「おぉ、そうじゃった。ナスティ、《言伝《クルッポウ》》はどのくらいまで届くんじゃ？」

緑茶でひと息ついていたナスティに、儂は昨日から気になっていたことを聞いてみた。

「込める魔力次第ですよ～。それこそ隣の国にだって届きます～。送る相手をちゃんと思い浮かべれば、自然と使う魔力が分かりますから～」

「《言伝《クルッポウ》》」

ぼんやりとイスリールを思い浮かべて唱えたが、魔力も減らんし、光の玉も現れなかった。

「顔と名前、あとはどこの街や村にいるかが分からないと使えませんよ～」

「ふむ。街と人をちゃんと思い浮かべて、《言伝《クルッポウ》》」

光の玉が儂の胸辺りに浮かび、鳩へ姿を変えて、儂が今来た道を辿るように飛んでいく。

「今度は成功ですね～。アサオさんを見ていると、無詠唱《むえいしょう》スキルが欲しくなりますよ～」

「儂のスキルはもらったものじゃから、教えようがなくてな」

ルーチェたちの先生をしてくれたナスティに申し訳なく思い、儂は頬を掻くばかりじゃった。

「無詠唱は便利ですけど～、威力が落ちてしまうんです～。でもアサオさんの場合は、威力が変わってるようには見えませんけどね～」

「そうなのか？　儂は込める魔力の増減《ぞうげん》で威力を変えとるんじゃが、それって普通じゃないんかのぅ？」

儂のやり方を伝えると、ナスティは目を丸くしよった。

「《言伝《クルッポウ》》みたいに消費魔力が変わる魔法はありますよ～。でも自分で調整できるという話は聞きませんね～」

「ふむ。そっちのやり方は教えられるかもしれんな」

「それじゃ～、今度お願いします～」

ナスティが緑茶を飲みながら儂に答える。その時、儂の元へ鳩が帰ってきた。

『先日はお世話になりました。私たちは無事です。アサオさんもお元気そうで安心しました。またレーカスにお立ち寄りの際は、お顔を見せていただけたら幸いです』

ウコキナに無事届いて、返事も帰ってきたな。続いて、儂の知る限りの一番遠い街だと、イレカンかフォスかのぅ……

「《言伝《クルッポウ》》」

鳩が西の山へ向かって飛び立つ。

今度は北寄りに山を越えようと鳩が飛んでいく。

「《言伝《クルッポウ》》」

「アサオさん、楽しそうです～」

ナスティは儂を笑顔のまま見とる。

「今まで遠い場所との連絡ができんかったからな。どこまで届くか気になって飛ばしとるんじゃよ」

「ナスティさん、私でもできる？」

テリヤキ丼を三杯食べ終えたルーチェが、ナスティを見上げる。ナスティと儂が話している間に、ルーチェは二杯、クリムとルージュは一杯ずつおかわりをしとる。ロッツァはわんこ蕎麦のようにキノコ蕎麦を食べるので、椀に蕎麦だけ盛っておいた。つゆをかけるのはルーチェにもできるからのぅ。

「ルーチェちゃんには難しいですね～。魔力が少ないのと、魔法が得意ではないみたいですから～」

「そっかー。ざんねんだー」

ルーチェはしょぼんと項垂れ、肩を落とす。

「誰か送りたい相手がおるんか？」

「ニーナちゃんに送りたかったなー」

「アサオさんの出した光の玉に話しかければ届きますよ～」

ナスティが解決策を口にすれば、ルーチェは満面の笑みを浮かべた。

「《言伝》《クルッポウ》」

すぐさまルーチェが光の玉に話しかけ、儂は一言二言付け足すだけじゃった。

儂の懐から飛び立った鳩は、西の山を目がけ一目散じゃ。

「綺麗に飛んでるから大丈夫ですね～」

手の平をひさし代わりに山を見るナスティは、いつもの笑顔を見せとる。

飛び立ったばかりの鳩と入れ違いで、一羽が帰ってきた。

『この鳩《こ》がどこから来たか分かりませんが、元気みたいですね。フォスの街は今日も平和です。ポウロニアさんの漆《うるし》がかなり綺麗なものになりました。またいらしてください』

アディエも元気そうじゃ。そういえば現在地を伝えるのをころっと忘れとったな。

『私も元気だよー。また遊ぼうねー。おじちゃんもまた来てね、ぜったいだよ』

同じ軌道で帰ってきた鳩が儂の前で光の玉になると、ニーナの声が聞こえる。隣におるルーチェはまたにこにこ笑顔じゃよ。

『アサオさん、お元気そうですね。私たちも変わりなく過ごしています。アサオさんに教えていただいた料理が、レーカスで大流行していますよ？　今度お顔を見せてくださいな。また逢《あ》える日を願います』
イルミナも息災《そくさい》なようでなにより。儂が声を届けたい場所へは無事に届くみたいじゃな。消費する魔力量を考えると、儂から送るべきじゃろ。
「送る相手が女性ばかりとは、アサオさんも隅《すみ》に置けませんね〜」
ナスティのからかうような言葉に、儂は苦笑いを浮かべるしかなかったわい。ルーチェが笑い、クリムとルージュはロッツァと一緒に日向ぼっこしながら舟を漕《こ》いでおった。

《 33 川賊《せんぞく》 》

「止まれー！」

川を渡ろうと橋に近付いた時、大きな声が聞こえた。声のほうを見ると、ぼさぼさ頭の男が三人おった。背の高さが大中小とはっきりしとるから、見分けやすそうじゃ。

「この橋を渡るなら、維持費として通行料を頂きたい」

「魔物から人と橋を守っている」

「……お金下さい」

背の高い男、中くらいの男、低い男と順番に話すのは、取り決めでもあるんかのぅ？　それとも言うことを覚える為に分けとるんか？

「こんな人通りの少ない場所で採算《さいさん》とれるのか？」

「大丈夫じゃないですか～？　橋守《はしもり》は手当てが出ますからね～。橋もなくすわけにいきませんので～」

小声でナスティに相談すると、小さめの声で答えてくれた。

「いくらじゃ？」

「一人４千リルを頂きたい」

「お主たちは全部で２万４千リルだ」

「……もっと下さい」

他の二人と違って、小さい男だけは願望を口にしとらんか？　背の高い男に睨《にら》まれて、中くらいの男に叩かれとるが、全くこたえとらんな。

「その金、我らが貰い受ける！」

儂らのやり取りの最中に川上から声が響く。見やると、筏《いかだ》に黒山の人だかりがあった。橋げたに鉤縄《かぎなわ》をかけ、半数が上陸しよった。残りはそのまま流れていったな。

「お前たちは帰れ！　何度も何度も来よってからに……山賊の真似事《まねごと》をして楽しいか？」

「山賊じゃねぇ！　我らは川賊！　ツィータン川賊団だ！」

「《束縛《バインド》》」

声を荒《あら》らげる背の高い橋守相手に、堂々と自分を『賊』と名乗る男たちを、儂は即座に縛り上げた。

「させん！」

　男は魔法の蔓を切り、脱出しよった。前に出会った追いはぎや自称義賊たちと同じで、魔法を切れる刃物を持っとるようじゃ。

「ならば個別にかければいいだけじゃ。《束縛《バインド》》」

「じいじの蔓を切っちゃダメでしょ！」

　ルーチェに刃物を構える男を任せると、真正面から腹へのひと突きで黙《だま》らせとった。それ以外は、儂の《束縛《バインド》》と《沈黙《サイレス》》で無力化に成功した。

　儂がちょっと魔法を付与した武器ですら、通常の二倍の値で買い取ってくれるからのぅ。魔法を切れる武器となれば、全員に持たせるのは資金的に無理じゃよな。

「協力、感謝する！」

　背の高い男が声を発すれば、残る二人も声に合わせて自分の胸に拳を当て、感謝の構えっぽいものをとった。

「こやつらはどうするんじゃ？」

「口だけ達者で、何も罪を犯《おか》していない。なので取り調べをしてから解放する」

「武器は取り上げるぞ」

「……結構良い値段がしそうでした」

背の低い橋守の一瞬で価値を見抜く眼に驚くべきか、全くぶれずに金絡《かねがら》みを口にすることに驚くべきか……どっちが正解なんじゃろ？　他の二人は、構えを解《と》かずに呆れた顔をしとるから、儂は苦笑しておくべきじゃな。

「ツィータン一族と言えば、一時代を築《きず》いた家系ではないか。それがここまで落ちぶれるとは……情けない」

「カタシオラ周辺の水運を取りまとめていたぞ」

「……お金持ちが盗賊……ふふ」

盛者必衰《じょうしゃひっすい》といえども、随分と転落しとるな。追いはぎにしろ、義賊にしろ、かつての隆盛《りゅうせい》を忘れられずに、他人から奪ってまで妄想《もうそう》を追い求める……ある種の病にしか思えんわい。背高橋守の顔からは、哀れみが見てとれるぞ。

「私が小さい頃に潰れた大商会の一族ですよ～。相手の種族によって扱いを変えるから、使ってもらえなくなったらしいです～。だからアサオさんが運《はこ》んだ義賊団も～、魔族や獣人を馬鹿にしてたんですね～」

悪《あ》しき風習を引きずって、縋《すが》って、何とか生き長らえていたとは……残念な輩じゃな。

「儂らが見えなくなるまでは縛ったままで頼む。これが通行料じゃ」

橋守に2万4千リルを手渡し、皆で橋を渡る。

「あと一週間で塔《とう》の街です～。そこからまた数日でカタシオラに着きますよ～」

「塔の街?」

橋守に手を振っていたルーチェは、初めて聞く街に興味を惹かれたようで、ナスティを見上げとる。

「街の中に大きな塔があるんです～。誰が作ったのか、何をする為なのか分からない塔なんですけど～、昔からあるので塔の街って呼ばれてます～」

「他にも珍しい物はある？」

「ないですよ～。塔以外は何もない街でしたから～」

「そっか。じゃあいいかな」

ルーチェは何もないと言われた途端《とたん》に視線を落としおった。

「何かあるかもしれんから、一応寄ってみんか？　もしかしたら何か出来とるかもしれんし、目新しい食材もあるかもしれんぞ？」

「そうだね。美味しいものがあるかもしれないもんね」

儂の言葉で元気を取り戻したルーチェは、前を向いて笑っとる。ルーチェの表情の変化で、少し気落ちしていたナスティも笑顔に戻ったな。

「アサオ殿、決まったか？」

「カタシオラの前に塔の街じゃな。道案内はナスティにお願いできるか？」

「は～い。橋守さんたちに聞かれても問題ないよう一週間って言いましたけど～、私たちの進み方だと三日もあれば十分ですね～」

ルーチェのように手を挙げて答えるナスティ。いろいろと気を使ってくれたようじゃ。ロッツァは無言のまま普通の亀を演じとったし、クリムとルージュも顔を見せただけじゃったな。ありがたいが、あんまり気にせんでもいいぞ？

「私たちも『普通』っぽくなったね」

にこっと笑うルーチェに、儂以外が頷いておった。

《 34　海辺の家 》

塔の街への道すがら、道を塞《ふさ》ぐようにいくつも並ぶ大岩を迂回《うかい》する為に海岸線へ逸れると、一軒家があった。石と木で出来た村や街で見慣れた家と違い、モルタル外壁《がいへき》じゃった。目地の白とレンガの赤茶が綺麗な井戸も併設《へいせつ》されとる。それに小さいながら家庭菜園のようなものも見えるのぅ。

「こんなところに住んでる人もおるんじゃな」

「珍しい造《つく》りですね～」

儂には普通でも、ナスティが珍しいと口にするなら、こっちの世界じゃあまり見かけん型の家なんじゃろ。

何より目を引いたのは、玄関扉の上に飾《かざ》られとる時計じゃ。丸型で白い盤面《ばんめん》にアラビア数字が書かれたよく見る形なんじゃが、こっちに来てからは目にしとらん。

「じいじ、あの丸いのなに？」

「あれは時計ですよ〜。あると便利ですけど、高いので貴族くらいしか持てませんね〜。あんなに綺麗で大きいものは初めて見ました〜」

儂の代わりにナスティが、時計を指さすルーチェに答えてくれた。時間が分からんと困るのは、貴族くらいじゃな。商業ギルドでも時間きっかりの約束なんぞしとらんかったしのぅ。

「こんな辺鄙《へんぴ》な場所に、時計職人が住んどるんじゃろか？」

「街を嫌ったのかもしれません〜。職人さんにそういった方は多いですから〜」

儂がナスティに聞いている間に、ルージュが馬車から降りて扉をノックしておった。

「はーい。どちらさまですか？」

「旅の商人のアサオと言うんじゃが、こちらは時計を扱う店で合っとるかのぅ？」

扉の中から女性の声がしたので、儂が代表して答える。ノックしたルージュは、声がしたからか儂の背中に駆け上がりよった。

「ローデンヴァルト時計店に御用《ごよう》ですか？」

今度は男性の声と共に扉が少し開かれた。黒髪で青い瞳をした、四十歳くらいの男性がその隙間《すきま》から顔を出す。

「扉の上の時計が気になってな。アラビア数字を見られるとは思わなかったから驚いてのぅ」

儂が扉の上を指さし、笑みを浮かべて男性に答えると、

「アラビア数字に見えるんですか！　……となると貴方はどこからいらしたんですか!?」

扉が開け放たれ、男性が飛び出してきよった。そのままの勢いで儂の肩を掴み、揺さぶる。

「見えるぞ？　ん？　違かったか？」

肩を掴まれたまま上体を逸らして時計を見るが、アラビア数字が描《か》かれとるのは間違いないぞ。

「やっと……やっと会えた……ユーリア……この方はきっと私たちと同じだ」

「本当に？」

「ああ、ここに、私たちの前に今いるんだ。間違いないさ」

家の中の女性に振り返った男性は、目に涙を浮かべて喜びを噛みしめるように言葉を紡ぎ出す。

「状況が分からんのじゃが……」

儂を含めた全員が、時計職人らしき二人を見つめておった。

「すみませんでした。嬉しさの余り思わず……」

少し落ち着いた二人が家の中に招《まね》いてくれたので、皆で入ろうとしたんじゃが、ロッツァとナスティが入れんかった。それに気付いた女性が庭先に案内してくれた。今は皆でカップを傾けながら話をしとる。

「私はフォルツハイム……ドイツで妻と二人、時計職人をしながら暮らしていました。ある日、スイスに移住した師匠《ししょう》に会う為、久しぶりの旅行も兼ねて出かけたんです。その途中、昼間だというのに突然周りが真っ暗になって気を失い……気が付いたらここにいました。信じられないかもしれないですが、神様って方に助けてもらい、なんとか今日まで生きています。でも、この国の食べ物を口にしてしまったから、ドイツには帰れないそうです……こんなおとぎ話みたいな話を信じられますか？」

カップの中のコーヒーで喉を潤《うるお》しながら話す男性は、努《つと》めて平静を保っておる。隣に座る女性は男性の手をぎゅっと握りながら、優しい目でそれを見つめとる。

「私は妻がいたから今までやってこられた。これからもそうです。帰れないにしても生きねばなりません。幸い私たちは時計を作れた。神様がいろいろ融通《ゆうずう》してくれたみたいで、争うこと以外はなんとかなりました。その争いも、魔物や悪意から守ってくれる加護《かご》のおかげで防げています。加護が働くのは、私たちと、この住まいにです。だから私たちは生きていられるんです」

「お二人もアサオさんと同じなんですね～」

「儂は争いに巻き込まれたりしとるんじゃが――」

「じいじは簡単に突破してるでしょ」

「うむ。自分から入っていったりもしているな」

儂の弁明は、即座にルーチェとロッツァによって否定された。

「街までは遠いですけど、なんとかやってます。私たちの作る時計は評判良いんですよ？　お一ついかがですか？」

奥さんは笑顔を見せ、儂に時計をすすめてくれる。

「一つ……いや、皆の分もらおうかのぅ。地球《あっち》ですら出会わなかった時計職人に、フィロソフで会《こっち》うなんて何かの縁《えん》じゃろ。時計も儂好みの素朴《そぼく》な感じじゃし」

「ありがとうございます。えっと、アサオさんでしたか？」

笑顔のまま奥さんは儂に頭を下げる。

「儂がアサオ・セイタロウじゃ。名前で分かるかもしれんが元日本人じゃよ」

「私はアサオ・ルーチェ。スライムです」

元気に右手を挙げ名乗ったルーチェは、左手だけをスライムにして見せておる。

「エキドナのナスティです～」

笑みを見せるナスティは、いつものののんびり口調のまま目を細める。

「アサオ殿の騎獣《きじゅう》、ロッツァだ」

威圧感《いあつかん》を与えないようにと頭を下げた状態で言うロッツァ。

「で、この子らはクリムとルージュじゃ」

儂に抱きつくクリムと、おぶさるルージュを見せると、夫妻は笑ってくれた。

「随分と大所帯《おおじょたい》ですね。私はイェルク。時計職人のイェルク・ローデンヴァルト」

「妻のユーリアです」

儂に右手を差し出すイェルクと握手を交わす。ユーリアは優しい眼差しで儂らを見ておった。

「この出会いを祝して、我《わ》が家で夕食はいかがですか？　あまり豪華な食事は出せませんが……」

「なら、儂が作ろうかのぅ。いろいろ食材は持っとるから、一緒に作らんか？」

ユーリアの提案に賛同して声をかけると、笑みを返してくれた。

「イェルク、あなたは何が食べたいの？」

「ソーセージ《ブルスト》！」

「はいはい、いつも通りね」

即答するイェルクに、やれやれといった表情を見せるユーリアじゃが、その目は優しいままじゃった。

《35　加護も一長一短《いっちょういったん》》

「スパイスにお肉、野菜に魚まで。本当にたくさんあるんですね」

儂が【無限収納《インベントリ》】から取り出した食材に、竈《かまど》に火を入れ始めたユーリアが驚きの声を上げておる。

「こんなものもあるぞ？」

食材に続いて、儂は紅茶とコーヒー豆、緑茶を取り出す。

「こ、これは！　コーヒーじゃないですか！」

袋のまま入れ替えとらんコーヒー豆に、イェルクが頬《ほお》ずりしとる。ユーリアは茶筒《ちゃづつ》の蓋を開けて、香りと色を吟味《ぎんみ》しておるな。

「街で買うコーヒーに絶望《ぜつぼう》していたんです。高いのに味も香りも悪くて……でも、それしかないんですよ……私たちが神様からもらった力では作り出せませんでしたし」

涙を浮かべながらイェルクは熱く語り出し、ユーリアは力なく頷いておる。

「美味しくないものにお金は払えません。アサオさん、このコーヒーを売ってもらえませんか？」

家庭の財布を握るユーリアとして、無駄遣《むだづか》いは許せんじゃろな。

「儂らが買う時計の代金を、コーヒーと紅茶で支払うのはどうじゃ？　こっちは仕入れ値で譲るぞ？　フィロソフでの卸値だと目玉が飛び出るくらいじゃからな」

「いいんですか？」

イェルクが目を見開いて喜色満面《きしょくまんめん》になっとる。

「それだと私たちにとって有難《ありがた》すぎる話になりませんか？」

「同郷の好《よし》みじゃよ。物々交換で補《おぎな》えない分の金額もちゃんと払うから安心しとくれ。どのくらい欲しいんじゃ？」

「鞄と箱に入るだけ欲しいです！　あぁ、神様ありがとうございます」

イェルクは見えない神様に祈りを捧《ささ》げ始めよった。

「二人のもらった鞄と箱は……これじゃな。少し見ていいか？」

「構いませんよ。まだまだたくさん入るので、本当にお願いします」

祈るイェルクを優しく見守るユーリアは、竈《かまど》の隣にある鞄と箱を指さすと、儂に頭を下げよった。

鞄と箱を鑑定すると、予想通りマジックボックスじゃった。容量も10トンは入ると出とるのぅ。

「アサオさん、この赤身肉も譲ってください。美味しい赤身肉って書かれてます」

儂が鑑定しとる間に、ユーリアは食卓に並ぶ食材も見たようじゃ。神様からいろいろもらった中に鑑定スキルがあったんじゃな。

「争いに巻き込まれない加護のおかげで、どんなに小さな動物や魔物でも近寄ってこず、お肉や魚は街で買うだけなんです。やはり鮮度の良いものは買えなくて……」

「私たちが狩ってこよーか？」

少し視線を伏《ふ》せたユーリアを、ルーチェが見上げる。

「なら我は魚を獲《と》ろう」

そう言ったロッツァの首に、ルージュがまとわりついた。クリムはルーチェの足元にちょこんと座っとる。

「でしたら私は何しましょうか～？」

「儂の手伝いをしてくれんか？　ちょっと手の込んだ料理を作りたくてな」

首を傾げとったナスティは、儂の頼みに頷いてくれた。

「じゃ、いってきまーす」

ルーチェたちは庭先から元気に飛び出していった。

「大丈夫なんですか？　ルーチェちゃんは、小さいですけど……」

飛び出した皆を見送ったイェルクは、心配そうな顔をしつつ目を白黒させておる。

「ルーチェちゃんは美味しい魔物を覚えているから大丈夫ですよ～」

「問題ないじゃろ。手強《てごわ》い魔物もおらんし、危なそうなら逃げるように言っとるからな」

ナスティと儂は、やりすぎないかとは思っていても、怪我の心配はしとらん。

「さて、儂はハンバーグを作ろうかのぅ」

豚の塊肉、牛の塊肉、下処理を済ませたタン、内臓を【無限収納《インベントリ》】から取り出す。ユーリアはタンを見て目を輝かせとる。

「アサオさん、その肉でシチューを作ってもいいですか？」

「おぉ、そうじゃや。ユーリアはデミグラスソースを作れんか？　できるなら教えてほしいんじゃよ」

「作れますよ。それじゃデミグラスソースのタンシチューにしますか」

「ヴルストは？」

ユーリアに再度注文するイェルク。余程好きなんじゃな。ん？　そういえば、何でヴルストはそのまま聞こえるんじゃろか？

「イェルク、牛タンはなんと言うんじゃ？」

「牛タンは牛タンでしょう？」

儂はイェルクの口の動きを見ていたが、『牛タン』とは動いとらんな。

「ヴルストは？」

「ヴルストです」

きりっとした顔で話すイェルクの口の動きそのままで聞こえるのぅ。これは、儂が知ってるドイツ語はそのままなのかもしれん。言語理解のスキルが影響しとるんじゃな。なんともゆるい感じじゃが、イスリールのくれたスキルだと思えば納得か。

儂がハンバーグを作る隣で、ユーリアがデミグラスソースを仕込む。ナスティは火を使わないでできる付け合せを作ってくれとる。イェルクは儂が渡したコーヒーをドリップしておる。

何日もかけて作る本格デミグラスソースは大変なので、レシピだけ教わった。今回作ったのは小麦粉を使わない手軽な方法で、ウスターソースやケチャップなどを使った簡略版《かんりゃくばん》じゃった。

シチューを煮込んでる間に、ハンバーグの仕込みも完了した。一部は煮込みハンバーグにするので先に焼き、先日作った鹿肉の赤ワイン煮に入れ込んだ。

仕上がりを待つだけとなった儂らは、イェルクの淹れたコーヒーで一服じゃ。

「はぁ……美味しいです……これからはちゃんとしたコーヒーが飲めるんですね」

「インスタントコーヒーもあるが、欲しいかの？」

「それは私が欲しいです。ドリップコーヒーと違って、簡単に楽しめるのがいいですよね」

目を閉じてコーヒーの風味を楽しむイェルクに聞いたんじゃが、ユーリアが小さく手を上げて答えてくれた。

「時計六個の代金はいくらになる？」

「全部で80万リルですね。どれも同じでは面白くないですから、少しずつデザインを変えましょうか……となると、腕時計と懐中時計《かいちゅうどけい》、あとはチェーンを通してペンダントがいいかな。そのくらいはサービスさせてください」

職人の顔を見せるイェルクに、ユーリアも頷く。

「儂の扱う紅茶とコーヒー豆を全部交換すると、200キロを超えるが、どうする？　インスタントコーヒーだと300キロくらいになるぞ？」

「お金は時計で手に入ります。でもコーヒーと紅茶は無理ですから、全部そっちでお願いしたいです。イェルク、いいわよね？」

即答するユーリア。イェルクもこくりと頷く。

「それじゃここに出していくから、確かめて仕舞ってってくれ」

商業ギルドでの取引と違い、容《い》れ物を入れ替えないので楽じゃが、それでも出す量が多いのう。いつもの数倍じゃよ。

「アサオさん、すごいです。箱がいっぱいになりました。時計の材料なども入ってるとはいえ驚きですね」

イェルクは笑いながら儂に話しかけおる。

「こんなにあって飲みきれますかねぇ」

困ったような口調のイェルクじゃが、笑顔が崩れとらん。コーヒー豆と紅茶でいっぱいになった箱を竈《かまど》の横に戻し、今度はユーリアがインスタントコーヒーを鞄に仕舞っていく。

「この容れ物がドイツにあったらどんなに便利か……」

「儂もそう思ったわい。荷運びも貴重品《きちょうひん》管理も楽じゃったろうな」

少しだけ遠い目をしとったユーリアと儂は、ナスティの言葉で我に返った。

「ミズキさんも同じようなこと言ってましたけど～、美味しい料理はこちらに少ないですからね～。一長一短ですよ～」

うんうんとナスティの言葉に頷くイェルクは真顔じゃった。

《 36 自重《じちょう》を忘れた 》

「そういえば、ルーチェたちはどこまで行ったんじゃ？」

「そろそろ帰ってきますよ～。料理の良い匂いがしてますから～」

儂の問いにナスティが笑顔で答える。

「確かにいつも出来上がる頃を見計《みはか》らったように帰ってくるのぅ」

「ただいまー！　じいじ、今日は何作ったの？」

噂《うわさ》をすれば影とばかりに、ルーチェが出かけた時と変わらない姿で帰ってくる。クリムもその少し後ろを追いかけてきおる。

「儂がハンバーグで、ユーリアがタンシチューじゃよ」

目の前で止まったルーチェの頭を撫でていると、クリムが勢いのまま儂の懐に飛び込んできた。儂は仰《の》け反《ぞ》ることもなくクリムを抱き留《と》め、その頭を撫でてやった。

「クリムも頑張ったんじゃな？　後で見せてくれ」

ルーチェが得意げに鞄を掲げとるから、たくさん狩ってきたんじゃろ。

二人を撫でていると、ロッツァもルージュと一緒に戻ってきた。

「我らのほうが遅かったか。しかし、たくさん獲れたぞ、なぁ、ルージュ？」

ロッツァは自分の背に声をかけておったが、そこには既にルージュはおらん。儂に抱えられとるクリムを見つけたからか、儂の背中に飛び降りてきたわい。前後を挟まれるとさすがに暑いぞ。

「ルーチェちゃんもロッツァさんも自慢するって、どのくらい獲ったんでしょうね～」

ナスティにのんびり言われ、儂ははたと気が付いた。気が付いてしまった。ルーチェたちに加減するように伝え忘れたんじゃよ。

アイテムボックスはルーチェと儂しか持っとらんから、儂の鞄をロッツァに渡しておいたんじゃ。使用者制限がある儂の鞄も、儂の認めた相手なら中に詰め込むのは可能だったので、そうしたんじゃが……返された鞄の中身を見るのが若干怖いのぅ。

覚悟を決めて確認すると、少しだけ目眩《めまい》がした。なんじゃこの量は？

ロッツァに目をやれば、笑顔を見せよる。儂の背中に乗ったままのルージュも鼻息荒く

『褒めろ』とばかりに弾《はず》んどる。

ルーチェのほうは鞄から獲物を取り出し、庭先に並べておる。美味しくない魔物はいないようなのは流石じゃが、ちょっとした小山のようになっとるぞ。

「ルーチェ殿もなかなか狩ったのだな」

「えへへー。ちょっとだけ頑張ったよー」

ロッツァに褒められ、照れ笑いを見せるルーチェ。儂の胸に顔を埋《うず》めとるクリムは、自分も頑張ったと主張しておる。

「アサオさん、こんなにいいんですか？」

口を開けて唖然《あぜん》とするイェルクを放って、ユーリアが何とか声を絞り出した。

「欲しい分、買える分だけで構わんぞ。残りは儂らが食べるから安心せぇ」

儂はにこりと微笑んで応えるが、ユーリアの頬がひくついとる。

「お肉はどれだけあってもいいからね」

「同じく魚も困らん」

ルーチェとロッツァは潤沢《じゅんたく》な食料にご満悦《まんえつ》みたいじゃ。

「悪くなる前に解体しちゃいましょうね～」

ナスティを手伝ってクリムとルージュが穴を掘ろうとしたが、それは止めた。庭先に血やはらわたを大量に埋めるわけにはいかん。

なので家から数百メートル離れて、イェルクとユーリアも一緒になって取り分けた。予想以上に手際がよかった二人は、ドイツにいた頃からやっていたそうじゃ。二人の欲しいものを先に解体して、鞄に仕舞っていく。今日解体しない分は【無限収納《インベントリ》】に詰めておいた。

ロッツァたちの獲った魚もいろいろ並べて、希望のものだけ鞄に仕舞わせた。

「これだけあれば、当分鮮度の良いものが食べられます。ありがとうございました」

ユーリアは血で汚《よご》れた手を気にすることもなく、ほくほく顔をしとる。イェルクも美味しそうな肉と魚に大満足のようじゃ。しかし二人に渡した魔物や魚は、ルーチェたちが獲ってきた半分にも達しとらん。

全員に《清浄《クリーン》》をかけて綺麗にしてやると、イェルクとユーリアは一瞬で綺麗になった自分の手や身体を見て驚いておった。

「皆、獲りすぎじゃ。しばらくは狩りを控えんとならんな」

「えぇぇぇぇ！　食べられるから狩ろうよ！」

儂の言葉に驚いたルーチェは、儂にしがみついて必死に抗議《こうぎ》しおる。

「美味しいのだけにするから！　あとは私たちに攻撃してきたのだけにするから！」

「……それはいつもと同じじゃろ？」

「……」

すっと視線を外したルーチェはそれきり無言になった。勢いで押せると思っとったんじゃな。

「放っておくと危ないですから～、攻撃してくるのは狩りましょう～」

ナスティが出した助け舟に、ルーチェは目を輝かせておる。

「とりあえず晩ごはんにしませんか？」

「そうじゃな」

ユーリアに促されて家に戻ると、ハンバーグとタンシチューが少しだけ冷めておった。温め直すのと一緒にハンバーグステーキも仕上げ、皆で晩ごはんを食べる。

ナスティが作った付け合わせは儂が教えたタラモサラダじゃった。珍しい魚卵を使った料理だったので、早速作ったようじゃ。イェルクとユーリアも抵抗なく美味しそうに食べていたから、何の問題もない。

イェルクは今日渡した肉でヴルストを作ると言っておった。街で買えた肉ではどうにも納得できん味だったらしい。スパイスは既に入手しとって、鮮度の良い肉と腸が決め手なんじゃと。モツは煮込みと焼く以外の調理法を知らんから、儂も作り方を教えてもらおうかのう。

儂とイェルクは晩ごはんの後で、ヴルストを作ってみた。イェルクの言っていた通り、何よりも鮮度が大事なのがよく分かった。

儂らの作ったヴルストはそれぞれの鞄と【無限収納《インベントリ》】に仕舞われたが、皆がそれをしっかり見ておったから、数日で消えてなくなるじゃろな。

《 37 塔の街 》

「じいじ、綺麗だねー」

ルーチェは時計店で買った懐中時計を目の前で揺らし、うっとり眺めとる。

「こんな高価な品をいいんですか～?」

ナスティは儂と同じ腕時計を、クリムとルージュはチェーンを通したペンダント風を持っておる。ロッツァはルーチェと同じ懐中時計じゃ。

「稼ぎは十分あるし、ナスティは皆の教育もしてくれとるからな。これくらい安いもんじゃ」

儂らはローデンヴァルド家で三日間世話になってから、旅を再開した。地球《あっち》のことを気《き》兼《が》ねなく話せる相手は、儂にとっても嬉しかったからのぅ。図《はか》らずも長居してしまったわい。良い機会だからと、大雑把にしか話しとらんかった儂のことを皆にも話したんじゃが、さして驚かれんかった。

「じいじはじいじでしょ?」

とルーチェに言われて、思わず涙が滲《にじ》んできたわい。

三日間の滞在《たいざい》中、儂はユーリアたちと料理を披露し合っておった。それこそ食べきれんくらい作ったが、ルーチェをはじめとした全員が本当にたくさん食べよった。イェルクも負けじと張り合っとったが、身体の大きさも種族も違うからまったく相手になっとらんかったな。

使うかどうかは分からんが、醤油の実と米も譲っておいた。ドイツの米は分からんし、そもそも日本の米しかないんじゃが、それでも喜んでくれたわい。その代金として、壁掛け時計を三個もらった。

旅立つ時、また会う約束をするくらいには、仲を深められたのぅ。

「あと少しで街に着きますよ～」

ロッツァの甲羅に乗るナスティが、前を指さしながら馬車の中の儂らに声をかけてくれた。顔を出して前方を見ると、まだ小さいながら塔のようなものが確認できる。

走っていたロッツァは徐々に速度を緩め、二時間もかからず街に着いた。街中に入る頃には歩くくらいの速さになっていたので、警戒されるようなことにはなっとらん。ただ、旅人が珍しいのか、儂らの周りに人だかりが出来てしまったがのぅ。ロッツァとナスティだけが外におり、儂とルーチェ、クリム、ルージュは馬車の中から外を見ることしかできんかった。

「旅の方は珍しくてね……申し訳ない。ほらほら皆、仕事に戻って」

西部劇に出てくる保安官のような恰好《かっこう》の男性が群衆《ぐんしゅう》をかき分けながら進み出て、儂らに頭を下げつつ、集まった人々に指示を出す。

「何もされとらんからいいんじゃがな……そんなに人が来んのか？」

「年に数人ですかね。だからこんなに集まっちゃうんですよ。あーもう、皆早く帰ってー！」

周囲の人々にもみくちゃにされながら、儂の質問に答えてくれる男性。が、誰一人としてこの男性の言葉を聞いとらんな。

「儂らが泊まれる宿屋か貸家はあるかのぅ？　あと、食事をとれるのはどこじゃろか？」

「貸家はないねぇ。でも、うちは宿屋もやってるよ。一人一泊８千リルでどうだい？　食事は宿の隣にある酒場でとれるさね」

小さな男の子を連れた恰幅《かっぷく》のいい女性が、手を上げて教えてくれる。

「この子らも一緒に泊まれるじゃろか？」

儂の声に合わせてクリムとルージュがひょこっと顔を出す。現れた子熊に一瞬驚く女性じゃったが、

「大人《おとな》しいなら構わないよ。ただ、この亀さんは無理かな」

と答えてくれた。

「それは仕方ない。我は大きいからな。宿に厩舎はあるだろうか？」

思ってもいなかったところから声がしたので、今度こそ目を見開く女性じゃった。それでも頷く辺り、肝《きも》が据《す》わっておるな。

「それじゃ、案内してもらおうかのぅ。道を開けてくれんか？」

「はーい、解散解散。道開けてー。通るよー」

もみくちゃにされ続けていた男性が、儂の言葉を受けて再度指示をしてくれた。今度は聞いてくれたようで、皆が動き出した。

「私、治安維持が仕事なのに……事件もないし、今回みたいな時にも役に立たないなんて……」

男性は項垂れながら、儂らと一緒に宿屋へと進んでいった。

途中、人の群れに酔ったのか、村人が何人か気分を悪くしておったので、《治療《パナシア》》と《治癒《エイド》》を使ってみた。時間が経てば治ると言ってたが、治す手立てがあるなら使うべきじゃや。

「なんと優しいお方じゃ……ありがたや、ありがたや」

なぜか儂を拝《おが》む者が何人も出たので、男性に止めさせてもらった。どうやらここらで唯一回復魔法を使えた神官が、十数年前に他界してしまったんじゃと。その後は誰も赴任《ふにん》しないままで、神殿は崩れたらしい。石造りではなく木造だったので朽《く》ちたそうじゃ。人が手入れせん家屋《かおく》は、ダメになるのが早いからのぅ。

「ここが宿だよ。他に客もいないから貸切だ。泊まるかい？」

案内された宿屋は、木造ながら大きな家じゃった。周りの家屋が平屋ばかりだったので、ひときわ大きく見えるのぅ。

「良さそうな宿じゃ。とりあえず何日か休ませてもらおうか」

「あいよ、三名と三匹様ご案内ー。父ちゃんに言っといで」

女性に頼まれた男の子は元気に宿へと入っていった。中から「父ちゃん、お客さんだよー」と声が響いてきよる。

宿の前に厩舎へ入り、ロッツァに必要なものを並べておく。クリムとルージュは、宿の部屋を使えても食事はロッツァと一緒にとることになるので、二匹の分も合わせて食べ物を出しておいた。

儂らはとりあえず酒場に行ってからじゃ。そこの料理が口に合わないようなら、クリムらと一緒に手持ちを食べることにすればいいじゃろ。

《 38　武器屋 》

宿屋でひと息ついてから訪れた酒場は、まだ日が高いのに人で溢れ返っておった。儂らが来るのを待っとったみたいじゃや。先刻、儂らを囲んだ人が皆おるんじゃなかろうか……

「旅の人、外の話を聞かせてくれ」

「おぉ、儂らは遠くまで行かんからな」

「おじちゃん、魔法もっと見せて！」

老若男女《ろうにゃくなんにょ》関係なく、儂に質問を投げかける。酒場に来たのは儂だけでなく、ルーチェもナスティもおるんじゃが、小さい子とエキドナに話しかけるのを躊躇《ためら》っとるようじゃ。クリムとルージュは、人に囲まれるよりもロッツァと一緒にのんびりしたいらしく、厩舎でまったりしとる。

「儂は行商人じゃから、そんなに詳《くわ》しくないんじゃよ。今まで行った街もスール、フォス、イレカン、レーカスしかないからのぅ」

「それだけで十分だ。俺なんてここカタシオラくらいだぜ。そのカタシオラだってまだ二回しか行ってねぇ」

「私は街の外でちょっと狩りするくらいよ」

禿《は》げ上がった頭を自分で叩きながら大笑いする男に、右の拳を突き出す女性。

「そりゃそうだ。姐《ねえ》さんは肉を獲ってくるのが仕事なんだぜ。俺らが行くより早く、多く狩っちまうんだからな」

がははと大声で笑うのはまた別の男。誰も彼もが片手に酒の入った陶製《とうせい》カップを持っとる。

腰にぶら下げたグラブを装着する女性を見て、今まで馬鹿笑いをしとった男衆は水を打ったように静まり返った。

「こんなか弱い私に狩りをさせるなんてヒドイ男たちだよ」

ぎろりと男たちを睨みつけるその眼光は、今まで見たどの冒険者より鋭いもんじゃった。

「お姉さん、殴ったり蹴ったりして魔物倒すの？　私も同じだよ」

ルーチェは一切物怖《ものお》じすることなく女性に話しかける。

「私はこの拳だけだね。嬢《じょう》ちゃんは蹴りも使うのかい？」

「うん。絞めたり、極《き》めたり、投げたりもするよ」

グラブを装備したままの女性とルーチェは、早速格闘談義《だんぎ》を始めてしまったようじゃ。

睨まれた男たちは気配を消しながら、女性の視界から外れ、儂のそばに固まりおった。

「あの姉さんとの間の子かい？　若いねぇ」

「いや、あれは孫じゃよ。で、こっちは家族……みたいなもんじゃな」

「は～い。家族ですけど～、奥さんでも～、娘でもありませんよ～。あ、強めのお酒ありますか～？」

儂の隣で手持ち無沙汰《ぶさた》にしておったナスティが、カウンターの店員へ注文する。

「私はお酒とおつまみを楽しみます～」

出てきた酒を受け取ると、ついでにつまみを何品か頼むナスティ。飲みながらも、魔法が気になった子供たちの相手をしてくれとる。

　儂が男衆といろいろ話してみたところ、この街は自給自足で暮らせとることが分かった。昔は塔へ観光に来る人がいたんじゃが、ここ十年はほとんど来とらんらしい。年に十数人の観光客だけで暮らせるわけもないので、細々とやっていた狩りや農業に街を挙げて力を入れたからこその自給自足なんじゃと。

　狩猟《しゅりょう》と農業のどちらにも必要な鍛冶《かじ》は、武器屋が担ったらしい。今じゃ武器を扱うよりも農具の調整や開発が主な仕事になったと、また禿げ上がった頭を叩いて男が嘆いておる。それでも武器作りは諦《あきら》めとらんらしく、新作を何本も打ったそうじゃ。ぜひ見てくれと言われたので、酔った禿げ親父と一緒に武器屋へ場所を移す。

　ルーチェとナスティは、酒場で食事を済ませたら自分で宿屋に戻るじゃろ。

　武器屋の中は、農具が壁一面に飾られていた。鍬《すき》、鎌、鋤簾《じょれん》、ホーク、剣先スコップ、角スコップ……欲しい農具を身体に合うように仕立ててくれるそうじゃ。出来がよかったので、思わず鍬と鎌を頼んでしまった。

　本命の新作は、売れると思ってないのでそれぞれ一本ずつしか作らんかったそうじゃ。槍に剣、打撃面だけを金物にしたハンマー、棘付きのグラブなどがあった。

　一つだけどうにも用途が分からんものがあったので聞いてみたら、

「自信作の『やわらかモーニングスター』だ」

と得意げな顔を見せてきよった。見た目は先が丸くて棘付きの棍棒《こんぼう》なんじゃが、先端《せんたん》の棘付き部分がぷるぷる震えとる。

街の外で見かけた棘だらけのスパイクスライムを模《も》したらこんな形になったんじゃと。鑑定させてもらったが、面白い効果じゃった。

打撃武器のはずなのに物理ダメージはほぼセロ。素材の影響か、持ち主の魔力をぐんと高めるそうじゃ。ただ、その素材が分からんかった。鑑定したのに『未知の素材と技法による逸品《いっぴん》』としか出ん。親父は、鍛冶場で鉄を打ったはずなのになぜかできてしまった、と言いよる。もう一度と同じように打ったが、そちらは普通の棘付き棍棒に仕上がったそうじゃ。

摘まんだり引っ張ったりして伸ばしても元に戻る『やわらかモーニングスター』。切っても切れないとは、スライムそのものじゃな。

クリムとルージュのおもちゃにできるかもしれんから、他の新作と一緒に買ってしまった。在庫処分したかっただけなのか、全部まとめて5万リルもせんかったからいいじゃろ。

ありものを買うだけじゃったが、親父はほくほく顔をしとる。

買い物も終わったので酒場に戻ると、ルーチェとナスティは既におらんかった。男衆は残っていたので一緒に晩ごはんをとったが、お世辞《せじ》にも美味いとは言えんものじゃった。ただ、皆でわいわいと食事をとるのは楽しかったから、よしとしておこうかの。

《 39　仕立て屋 》

自分たちで狩った獲物の解体をするようになってから、皮や骨などの素材が余ってのぅ。【無限収納《インベントリ》】に仕舞いっぱなしもなんじゃから売り払おうにも、この街には商業ギルドも冒険者ギルドもなくてな……で、武器屋の親父にいろいろ聞いたら、素材と加工賃を渡せば衣服や装備品に仕上げてくれる仕立て屋を紹介してくれたんじゃ。

儂は武器も防具もいらんが、ルーチェにグラブを与えようかと思ってな。武器屋の親父の話だと、グラブは武器屋よりも仕立て屋の領分になるらしいんじゃ。ナスティには防具の一つでも渡して、ロッツァ、クリム、ルージュには動きを妨《ふせ》げない何かを……何がいいじゃろか。

「……素材と加工賃次第で何でも作るよ」

「あんた！　お客さんに何言ってるんだい！」

仕立て屋の扉を開けて入った儂に、ぶすっとした表情で挨拶してくる親父。それを即座に叱り、頭をはたくおば……姐さんが一人。

「すみませんね。こんなでも腕は良いんですよ。あんたは工房に入ってな！」

親父を一喝《いっかつ》した般若面《はんにゃづら》を消した姐さんが、営業スマイル全開で応対してくれる。儂に続いて入店したルーチェとナスティは、若干面喰《めんくら》って入口で止まってしまっとる。

そんな二人の足元をすり抜けて、クリムとルージュが儂の隣に並ぶ。その間に、怒られた親父は奥の工房へ姿を消しておった。

「この子らに防具を作ってほしいんじゃが、どんな物がいいか分からなくてのぅ。あぁそれと、この子にはグラブを作ってくれんか？」

ルーチェの頭をぽんと叩こうと思ったが、まだ入口で佇んでおるので、振り返って指さしておく。

「蹴りは使いますか？」

「使います！　殴って、蹴って、投げて、絞めます」

気を取り直したルーチェが、カウンターに歩き寄りつつ答えよる。

「となると、グラブは指先まで包むとよくないわね……足はスパイクシューズがいいかしら」

姐さんは話しながら見本品を並べてくれた。指先がむき出しじゃが拳を守る造りのグローブと、足の甲《こう》から脛《すね》までを守るレガースのような物じゃな。

「動きにくくなりませんか？」

「主な素材を皮にして、一部に金属や鉱石を使うようにしましょう。そうすれば動きを制限することはありませんよ」

ルーチェの疑問にも分かり易《やす》く答えてくれる。

「大きめに仕立てて、調整できるように《縮小《シュリンク》》を付与しておきましょうか」

「お願いします」

ぺこりと頭を下げ、ルーチェは依頼を済ませる。儂でも付与できるが、失敗したら壊れてしまうからのぅ。慣れた職人に任せたほうが無難じゃろ。

「他の方はどうしましょう？」

そう言いながらナスティ、クリム、ルージュを見回す姐さん。

「私もいいんですか～？」

儂の隣まで進んできたナスティが小声で相談してくるのに、儂は頷いて応える。

「この子たちには首飾り……もうしていますね。なら帽子か腰巻、胴当てがいいでしょうか」

クリムとルージュを見ながら、姐さんはカウンターに防具や装飾品を並べていく。その品をナスティが眺めとる。

「ロッツァには何がいいかのぅ？」

「じいじ、指輪がいいんじゃない？　今も付けてるし、あれどんどん増やそうよ」

ルーチェに言われた通り、《縮小《シュリンク》》の付与された指輪を甲羅にはめとるから、同じような物がよさそうじゃな。

「アサオさ～ん。私は前掛けがいいです～」

カウンターに並べてある前掛けと、今身に着けている前掛けを交互に指さしながら、ナスティは微笑んでおる。

「あとは皆でお揃いの腕輪も頼もうか」

クリムとルージュは、お揃いが嬉しいらしく飛び跳ねて喜ぶ。ルーチェもにっこり笑顔じゃ。

「素材はこれでお願いできるかの」

【無限収納《インベントリ》】からジャイアントボアの皮、巨鳥の羽根、色とりどりの熊の毛皮、ウルフの牙などを取り出し、カウンターに並べる。鞄から出しているように偽装したんじゃが、姐さんの目が点になっとるな。金属も鉱石も持っとらんから、コボルトにもらった原石を一緒に置いてみた。

「儂には詳しいことは分からん。各々で素材を決めとくれ」

クリムとルージュは羽根を選び、ナスティは熊の毛皮を指さした。ルーチェは素材から全て任せるみたいじゃな。揃いの腕輪は、同じ色の石にすることにした。儂の腕を基準にして四個に《縮小《シュリンク》》を、一個に《拡大《グロウス》》を付与してもらう。

「なんて素晴らしい素材でしょうか……残った素材の買い取りをお願いしたいくらいです」

「構わんぞ。カタシオラで売るつもりじゃったから、ここで売っても一緒じゃし」

ジャイアントボアの皮を撫で、熊の毛皮に手を這《は》わせとる姐さんは、儂の答えに驚いておる。

「……欲しいと言った手前アレなんですが、ほんの少量でも構いませんか？」

申し訳なさそうに眉をハの字にしておるが、儂のほうには何ら問題ない。頷くだけじゃ。

「仕立ての代金は93万リル、先払いになります」

カウンターに並べた素材の隣に、儂は言われた分の代金を置く。

「確かに承《うけたまわ》りました。全てを仕立て上げ、お渡しするのは六日後の昼です。何もない街ですが、それまではぜひ観光でもしてお待ちください」

姐さんは綺麗なお辞儀《じぎ》で儂らを店の外まで見送ると、奥にいる旦那へ発注したようじゃ。

「あんた！　腕の見せ所だよ！　迅速《じんそく》丁寧、精確な仕事を頼むよ！」

店の外まで普通に聞こえとるが、この発破《はっぱ》具合なら良い品が受け取れそうじゃな。

「さて、受取まではのんびりしようかの」

儂の笑顔を見て、皆も笑っておった。

《　40　ニイチャン　》

仕立てが終わるまで、儂はのんびり畑を見て回った。ついでに畑仕事をしている農夫さんたちに回復魔法をかけて回ってたんじゃ。《治癒《エイド》》だけで賄えるくらいの軽いものばかりじゃったが、それなりに疲労が蓄積《ちくせき》されてたようでな。

ルーチェは酒場で会った拳士の姐さんと一緒に狩りに行き、ロッツァはローデンヴァルト時計店まで走っておる。《言伝《クルッポウ》》で定期連絡をすることになったんじゃが、早速納得のヴァルストが出来上がったらしくてな、ロッツァが喜んで受け取りに向かってくれとるんじゃよ。

クリムとルージュは、ナスティに頼んで魔法の練習じゃ。ナスティも、儂が伝えた込める魔力で威力を変える練習ができると喜んでいた。二匹に教えながら、初歩の魔法でやるのがいいんじゃと。

「ありがたいねぇ。これだけで本当にいいのかい？」

儂に回復魔法をかけられた農夫さんが、拳大《こぶしだい》のジャガイモを渡しながら感謝してくれとる。

最初はお礼にお金を出そうとしてきたので、代わりに野菜を頼んだら、各々自信の作物をくれるようになってしもうた。

「儂の欲しい野菜がもらえるんじゃから十分じゃよ」

芋を受け取り【無限収納《インベントリ》】へ仕舞うと、次の畑へ向かう。

一度請《う》けたら、隣の畑もと次々紹介されてな。気が付けば端から順にめぐっとる。

ここの畑も堆肥を使っとらんが、その割にはかなり出来がよかった。主に腹に溜まるものを作るから根菜が多いようじゃが、日本では見慣れん野菜がそこそこあって面白いのぅ。鑑定で見る限りは煮物に向いとる野菜が多い感じじゃな。皮付きのまま炙るのもよさそうじゃ。

「なぁ、じいちゃん。その魔法、兄ちゃんに使ってほしいんだ。兄ちゃんずっと起きなくてさ」

次の畑へ歩いていると、ルーチェくらいの背丈《せたけ》の男の子から声をかけられた。

「構わんが……寝た子を起こす魔法は知らんから、どうなるか分からんのぅ」

「それでもいいんだ。試してくれないかな」

悲壮感《ひそうかん》を宿す目をした子に手を引かれ、儂は街の外れへ歩を進めた。

「お、爺さん。次はそっちかい？」

昨日、回復魔法をかけた青年に手を振って挨拶するが、少年は前を向いたままじゃった。

「あっちになんかあったか？」

「いや、塔くらいしかないな。畑は逆側だし、一人なんだから観光じゃないか？」

「外から来た客人には珍しいもんかねぇ」

儂らを見送る青年らが何か話しておるが、ほとんど聞こえんかった。

少年はずんずん進む。街から出て、寂れた道をしばらく歩くとそびえ立つ塔の前に着いた。

「この中にいるんだ。こっちだよ」

塔の正面扉を迂回して裏へ連れていかれる。藪を掻き分け、隠れた扉を開けて塔の中へ入ると、中央を遮《さえぎ》る鉄柵《てっさく》の向こうに大きな扉が見えた。

「じいじ、何かあったの？」

声に振り向けばルーチェがおった。

「おぉ、ルーチェ、狩りは終わったのか？」

「うん。宿に帰ろうと思ったらじいじが見えたから来たんだ。塔の中ってこんなだったんだね」

ルーチェと一緒に塔の中を見上げるが、壁沿いに階段があって、あとは天井が見えるだけじゃな。

「じいちゃん、こっち」

男の子は階段を上がりながら手招きしておる。ルーチェと儂は後を追い、階段を上って上階へ進んでいく。何度も天井を越え、点在する窓から見える外の景色も段々と上がってきた。最上階に着くと、部屋にはベッドだけがあり、横になる人影らしきものがあった。

「これは……」

「じいちゃん、お願いします。兄ちゃんを魔法で起こしてください」

儂が言葉に詰まっておると、男の子は横たわる人影に寄り添い、儂に頭を下げた。

「じいじ、この人……骨だけだよ」

儂の隣からベッドを覗き込んだルーチェが、怯《おび》えることもなく事実を述べる。横たわる男の子の兄は、骨だけの身体に衣服を纏い、胸を上下させておる。

「《鑑定《エヴァルア》》」

少年の兄を診《み》ると、ただ死んでおらんかっただけで、生きているとは言いにくい状況じゃった。

「兄ちゃん起きて。じいちゃんの魔法で起きてよ」

「無理じゃよ。死んでいないだけで、生きとらん。なんで骨だけなのに息しとるんじゃ？」

男の子が兄を揺すっても、全く反応はない。

「前に兄ちゃんが病気で苦しんでたら、魔法使いのおじちゃんが治してくれたんだ。でも何日かしたら兄ちゃん起きてこなくなってさ。それから寝たまんまなんだ」

じっと兄を見つめる男の子の瞳からは、生気が消えておった。

「看取《みと》るような魔法は知らんのじゃ。心安らかに逝《い》っとくれ。《復活《リザレクション》》」

ベッドで眠る兄に魔法を唱えると、柔らかな笑みを浮かべたまま、その姿が霞《かす》んでいった。

「お前さんも兄ちゃんと一緒にもう休め。《復活《リザレクション》》」

「兄……ちゃん……また……あそぼ」

そっと男の子の顔に手を添え瞼《まぶた》を閉じさせると、兄を追うように姿が霧散《むさん》していく。

「……魔法使いは何の為に治療したんじゃ？　それとも治しきれなかったのか？」

「じいじ、大丈夫？」

険《けわ》しい顔で拳を握りしめる儂を見上げ、ルーチェは心配そうな表情を見せとる。

「やりきれんな」

儂はルーチェの頭を優しく撫でることしかできんかった。

《 41　病 》

塔から出て街へ戻ったが、その間、儂とルーチェは無言じゃった。

宿屋で一服して気を取り直したら、酒場へ顔を出す。男の子が口にしていた『魔法使い』のことを知っとる者がおらんか、手当たり次第聞いて回ったんじゃよ。

男の子の言っていた数年前の病気は、街を半壊《はんかい》させるほど蔓延したそうじゃ。年老《としお》いた者と幼い子ほど重症になり、命を落としてしまったんじゃと。たまたま立ち寄った魔法使いが、数日かけて回復魔法を住民に使って回ったそうじゃ。それでも快復《かいふく》に向かわず、魔法使いは感染《かんせん》を恐れて立ち去ってしまったらしい。己の命が大事なのを責《せ》めることはできん。

「街の大きさの割に人が少ないのは、そんな理由もあったんじゃな……」

「でも～、アサオさんたちの見た子はなんだったんでしょうね～？　街の人が誰も知らなかったのはおかしいですよ～」

ぽつり呟く儂に、ナスティが言う。

「そんな酷《ひど》い病気が流行ったなら～、もっと騒がれてもいいと思うんですけどね～」

確かにそうじゃ。街の人口が半減するって、一大事なんてもんじゃなかろう？　それなのに、国を挙げて何かするでもなく、病気を沈静化《ちんせいか》できたらそのまま住まわせるなんて、どう考えても正気《しょうき》とは思えん。原因究明も、今後の再発にも策を打っていないんじゃぞ？　国ぐるみの仕業《しわざ》としか思えんじゃろ。

なのに街の住人は、一切疑問に思ってる節《ふし》がないんじゃ……

「すまんが見させてもらうぞ。《鑑定《エヴァルア》》」

儂は保安官のような恰好をした男性に断りを入れてから、鑑定で詳細を見るが、思わず愕然《がくぜん》とした。見間違いだと思いたくて、通りを歩く人を片《かた》っ端《ぱし》から鑑定するが、どの人にも同じ文言が出とる。

「……この街は人族ばかりなんじゃよな？」

「ええ、ここ数年は獣人族すら見てませんよ。アサオさんたちがいらして久しぶりに魔族を見ました……どうかしましたか？」

緊張感《きんちょうかん》のかけらもない顔で儂を見る男性。対して儂は若干引き攣《つ》っておるじゃろう。

「ちょっと人目の少ない場所で話せるか？　儂も信じたくないモノが見えてしまってな」

「何か分かりませんが、私の家に行きましょうか」

ロッツァにクリムとルージュを任せて、儂とルーチェ、ナスティは案内された家へ向かった。

さして大きくない家は、囲炉裏《いろり》のようなものがある造りじゃった。その囲炉裏を皆で囲むと、儂はひと息ついてから口を開いた。

「人に聞かれたくないこととはなんでしょうか？」

「お主ら皆が『半死人《はんしにん》』となっとるんじゃよ。これはなんでじゃ？」

遠回りすることもないと思い、単刀直入《たんとうちょくにゅう》で聞いてみた。

「例の病が流行った後からそうなってるらしいです。病の後遺症《こういしょう》だと説明されました」

何のことはないと、男性は素直に教えてくれる。

「どういうことじゃ？」

「そのままですよ。領主様から派遣《はけん》された神官様が教えてくれました。今までと変わらない生活が送れるし、税も半減してくれるとのことでしたから、皆何の文句も言いませんでしたよ？」

保安官は首を傾げ、一切の疑問を持っていない。

「種族が変わるのは一大事じゃろ？　それだけで済ませるものなのか？」

「い～え～。一大事ですよ～」

「だと思うよ。じいじ、私が神族になったら驚くでしょ？」

儂が小さな声で発した疑問に、ナスティとルーチェは首を横に振る。ルーチェの問いに儂は頷くだけじゃ。

「人の減った街を再興《さいこう》する為に税は半減、生活は今までと変わらない。おかしいですか？」

さっきと逆側へ首を傾げる男性の目に、生気は見られん。焦点も定まっておらんな。

「一部の記憶……常識などを弄《いじ》られとるのかもしれんな」

儂の呟いた仮説にナスティが頷く。ルーチェは男性を物悲しい目で見とる。

「昼も夜も普通の暮らしができて、問題はないんじゃな？」

「ええ！　何の問題もありません」

男性は輝きの戻った目を細め、にこりと笑う。

「なら儂がこれ以上言うことはないのぅ。時間をとらせてすまんかったな」

「納得してもらえたなら、構いませんよ」

儂は彼と握手した後、ルーチェたちと一緒に家を出た。儂を見送る男性の姿からは、先ほどの生気を失った様子はみじんも感じられんな。

「アサオさん、いいんですか～？」

「どうにもキナ臭いんじゃよ。魔法使い、神官、領主……もしかしたら国ぐるみかもしれん」

宿への帰り道、ナスティは儂の右側から寄り添い、小さな声で話しかけてきよった。街の住人に聞かれてもきっと問題にはならんじゃろうが、一応念の為じゃろな。

「じいじ、いいの？」

ルーチェが儂を心配そうに見上げる。

「ここでできることはないからのぅ。儂の考えを押し付けて、皆をあの兄弟のようにするわけにはいかんじゃろ？　あの子らには頼まれたからこそやったんじゃ……このままここにいて余計な世話を焼く前に、頼んだ品を受け取り次第、カタシオラへ向かおう」

優しく頭を撫でると、安心したのか目を細めてにこりと笑うルーチェじゃった。

《 42　カタシオラまであと少し 》

塔の街を出た儂らは、一路《いちろ》カタシオラを目指しておる。大きな街が近くにある為か、盗賊がちらほら出たので、いつも通り退治して《束縛《バインド》》でひと括《くく》りにしてやった。

塔の街で仕立てた腕輪と帽子を気に入ったらしく、クリムとルージュは汚さないよう慎《しん》重《ちょう》に攻撃しておった。ただやる気も溢れていたみたいで、ナスティに教わった魔法も織《お》り交ぜ、ほぼ二匹のみで退治した盗賊団もあったくらいじゃ。

やわらかモーニングスターは予想通りクリムたちの玩具《おもちゃ》になったが、普段はナスティが使うことになっとる。近距離ではまったく役に立たんものの、思った以上に魔力が上がるんじゃと。ついでに、殴って相手の気を引くこともできるそうじゃ。

盗賊団は六つ潰したんじゃが、人質《ひとじち》は一人もおらんかった。ゴブリンの巣を一つも見かけんかったのも驚きじゃ。先日出会ったゴブリンたちが、この辺り一帯を縄張りにしとるんかのぅ……盗品も食料しか見当たらず、既に売り払った後とも思えんくらいしか現金もなかったし、まだ出来て間もない盗賊団だったんじゃろか？　追いはぎや川賊が名乗っていたツィータンの一味はおらんかった。

「アサオさ～ん。この移動速度なら明日の夕方にはカタシオラに着きますよ～」

「カタシオラより先にナスティの実家へ向かうか？」

「後でいいですよ～。ちょっと顔見せするだけのつもりですから～」

「私も行ってみたい。だから一緒に行こうよ、ナスティさん」

ナスティは実家を見られるのが恥ずかしいのかもしれんな……となるとルーチェとナスティの二人で行ってもらうのが得策《とくさく》かのぅ。

「カタシオラのほうが近いから、とりあえず先に行って家を借りてしまおうか。その後ルーチェとナスティで挨拶に行ってもらうのはどうじゃ？　あまり大勢で押しかけるのはよくないじゃろ」

顎ひげで遊びながらそう口にすると、ルーチェの目が輝き、ナスティは驚きで目を丸くしておる。

「じゃぁ、カタシオラに早く行こう！　ロッツァ走ろう！」

「分かった」

ルーチェに急かされたロッツァは頷き、準備運動とばかりに首を回しとる。クリムとルージュは、首を傾げながらも黙々《もくもく》と荷物を運んでくれておる。自分たちで潰した盗賊団なので、率先して運んでくれとるんじゃ。先日の魔法もそうじゃったが、儂の役に立つのが嬉しいらしく、何かと手伝ってくれるわい。

「そんなに急がなくても――」

「早く着けば、それだけ早く休めるでしょ？　それにナスティさんのいた村？　街？　も早く見たいんだもん。それに私たちが出かけてる間は、クリムたちがじいじとお留守番だよ？」

ナスティの言葉を遮り、ルーチェはクリムたちにまくしたてとる。ルーチェの言葉を聞いたクリムとルージュは、今度は目を輝かせおった。これまでもちょこまかちょこまか動いていた二匹が、更に素早くてきぱき荷運びしよる。もう少しかかるかと思ったが、儂らは三十分とかからずに盗賊団のアジトをあとにしておった。

「クリムとルージュは、ホントじいじが好きだね」

「ルーチェちゃんもでしょ～？」

「え？　そうだよ？　だって私のじいじだもん」

自分で二匹を煽《あお》ったクセに、ルーチェは何を言うとるんじゃか……それにナスティに問われて、真顔で答えるのも、見てるこっちが恥ずかしいわい。

「アサオ殿は相変わらず大人気だな」

ロッツァもここぞとばかりにからかってきよる。

「さて、街まであと少しじゃ。気を抜かずに進まんとな」

したり顔のロッツァの首をひと撫でしてから馬車に乗り込む。

儂が馬車の中に腰を下ろすと、右にクリムが座り、左にルージュが陣取る。ロッツァの背にルーチェが立ち、目視で警戒。ナスティは馬車の中から顔を出してルーチェの手伝いじゃな。儂はいつも通り《索敵《レコナ》》で周囲を確認しておるよ。ひと纏めにした盗賊は馬車の後ろに繋いで浮かせとるから、漏らされても問題ないな。

魔物の反応を時々見つけるが、そのほとんどは街道から離れておるので放置じゃ。街道沿いにおる魔物の中でも危険なものだけを選んで退治しとる。人通りが少ないとはいっても、万が一があるからのぅ。その時だけ移動速度を緩めてもらい、ナスティが倒して、儂が埋める。食べられる魔物の場合はちゃんと回収しとるよ。

日が暮れる直前までそんなことを繰り返したら、予想を遥かに超える移動距離を稼いでしまったようで、

「明日の昼前にカタシオラに着けちゃいますよ～」

と、晩ごはんの支度をしてる最中にナスティから言われたわい。

ずっと走ってくれたロッツァを労《ねぎら》う為、今夜は本人の希望通り先日狩った牛をカツにしとる。揚げるそばからビフカツは消えていくが、大量に仕込んだからのぅ。ナスティが増え、相手が三名と二匹連合になっても儂は負けんよ。

明日の朝か昼の仕込みとして、カツサンドも作ったんじゃ。ソースとカツだけのシンプルなカツサンド。儂としては少しもの足りんから、カタシオラでカラシを探さんといかんな。あの鼻に抜ける辛みが欲しいんじゃよ……あとはワサビもまだ見つけてなかったか。まだまだ欲しいものは尽きんな。

カタシオラ……とりわけ市場の品揃《しなぞろ》えに、期待せずにはいられん儂じゃった。

《 43 目の前なのに 》

いつも通り心地《ここち》よい朝を迎《むか》え、美味しい朝ごはんで腹を満たしてカタシオラを目指す。

「そろそろ見えそうじゃな」

「そうですね～。この上り坂を越えれば……はい、見えました～」

ロッツァの背に跨《またが》る儂が《索敵《レコナ》》を見ながら振り返ると、昨日と同じ場所に座るナスティが頷く。ナスティの言葉につられて視線を戻せば、遠くに街をぐるりと囲むくすんだ白い壁が見えた。目を凝らさずとも、海がしっかり見えるわい。少しだけ白波が立っておって、綺麗なもんじゃ。

「はわぁー。でっかいねー」

ナスティの隣に身を乗り出したルーチェは、目を丸くして輝かせとる。もっと見たいのか儂を乗り越えてロッツァの頭にまで進み、ちょこんと座りよった。

「ルーチェ殿、我は今走っているのだから危ないぞ」

ロッツァは走る速度を落とさず注意するも、首は水平を保つように微動《びどう》だにさせんかった。

「あと少し進んだら歩きに変えよう。ロッツァに乗ったままだと目立つからな」

「ですね～。あ、クリムとルージュはダメですよ～」

儂に同意したナスティが目を細め、その横をすり抜けて儂の元へ来ようとする二匹を、慌てて捕まえてくれた。

ルーチェが先に出たから、続きたかったんじゃな。予定より少し早いが、皆で歩くことにした。

「もー、ダメでしょー」

見晴らしの良い場所を陣取れたルーチェが、ロッツァから降りると頬を膨らませる。

「ルーチェが出たからじゃろ？　何でも真似したくなる年頃なんじゃろうから、注意せんとなルーチェはクリムとルージュのお姉ちゃんなんじゃから」

「私がお姉ちゃん？」

きょとんとしたかと思えば、照れた顔を見せるルーチェ。ナスティは微笑みながらルーチェの隣に立った。

「そうですよ～。小さい子にいろいろ教えるのは『お姉さん』の役目です～。私だけでやっていいですか～？」

「やだ、私もやる！……でもできるかな？」

「やれることからやればええんじゃよ。ルーチェにはお姉さんがいるじゃろ？」

儂は前後に子熊二匹を抱えたままルーチェを見やる。ナスティは優しく微笑んでおる。心配そうな表情をしていたルーチェは、ナスティと儂を交互に見ると笑顔になった。

「ぬ？　アサオ殿、このまま行くと魔物がいるぞ……ただ、誰かが戦っているな」

ロッツァの声で前を見れば、数百メートル先で冒険者風の三人と魔物が対峙《たいじ》しておった。魔物は斑模様《まだらもよう》のラビ三匹と真っ赤なウルフ二匹のようじゃ。冒険者は三人全員が右手に剣、左手に楯《たて》を持っておる。全員前衛職のパーティとは……

「冒険者はバラバラに攻撃しとるだけじゃな。ありゃ、ラビのほうが連携上手いぞ」

「だね。一匹が気を引いて、一匹が隙を突いてるよ。あ、しかもあのラビ、魔法使ってる。ウルフもだ」

魔物の放つ攻撃はどれも非常に弱いので、致命傷《ちめいしょう》にはなっとらん。が、冒険者側が圧倒的に不利じゃな。鑑定で見た限りは殺されるような相手ではなさそうじゃが……どうするかのぅ。

「カモフラビと紅蓮《ぐれん》ウルフですか～。駆け出し冒険者の相手としては普通ですね～。でもあの子たちはダメです～。絶対に自分たちより魔物が多い状況になっちゃいけません～」

ナスティも儂らと一緒に冒険者たちの状況を観察しとるが、

「見殺しにしたくないんですけど～、横やり入れちゃいけないんですよね～。面倒な規則です～」

頬に手を当て、少しばかり悩んどる。

「こっそりやっちゃダメかの？」

「アザラシの時みたいに？」

「見つかると面倒ですよ～。あと自分たちの実力を勘違《かんちが》いする原因にもなっちゃいますから～」

ルーチェに小声で囁《ささや》いたんじゃが、ナスティにばれてしもうた。

冒険者たちは、儂らが相談しとるうちにラビを一匹倒したようじゃが、三人のうち一人が腕をやられたらしく座り込んでおった。

「だ、誰か助けてくれ！」

二対四と圧倒的劣勢《れっせい》になった冒険者の一人が、生き残りたい一心で唐突《とうとつ》に叫んだようじゃ。

「あれはダメです〜。他の魔物も呼び寄せちゃいますよ〜。まったく〜」

首を振りながら冒険者たちの元へ素早く動くナスティ。なんだかんだと言いながら、見捨てることはできんのじゃな。

「《快癒《ヒールオール》》、《結界《バリア》》、《堅牢《スタウト》》、《強健《ハーディ》》」

儂は冒険者三人の傷を治し、補助魔法をかけていく。声を上げたはいいが、まさか本当に救援《きゅうえん》が来るとは思ってなかったんじゃろ。魔物の前だというのに、目を見開いて佇んでしまっとる。全く周囲を見ずにとりあえず叫んだだけじゃったからな。

「止まっちゃダメですよ〜。死にたいんですか〜？」

やわらかモーニングスターで魔物を殴るナスティに言われて、冒険者たちはやっと魔物へ向き直った。

殴られた魔物たちはさっきまでの連携を忘れたかのように、ナスティへ群《むら》がっておった。

「《結界《バリア》》」

念の為、ナスティを支援したが、ラビもウルフも相手になっとらんな。

先ほどまでのようなてんでばらばらな戦いをやめた冒険者は、背中を見せる魔物四匹を一匹ずつ三人で囲み、串刺しにしていく。

ラビたちの視線が冒険者に向きそうになる度、ナスティはぷるぷるの鈍器《どんき》で殴っとる。三度繰り返すと、魔物は全て冒険者たちの手によって倒された。これでこの子らの取り分にできるじゃろ。

頭を下げて感謝を述べる三人に五匹の魔物を渡して別れると、儂らは彼らより先にカタシオラの街へ向かった。余計な詮索《せんさく》をされても困るし、魔物にも冒険者にも興味ないルーチェたちは、街に早く入りたがってたからのぅ。まぁ、彼らは解体などもせんといかんしな。また魔物に襲われる前に戻るようにと注意もしておいたから、大丈夫じゃろ。

《 44 商業都市カタシオラ 》

街に入る為の列に並ぶこと十数分。門の出入りは少ないらしく、商人のほぼ十割が船で来るんじゃと。陸路の商人が珍しいからか、門番さんにじっくり見られたわい。

それだけでなく、クリムとルージュは儂に前後から抱きついとるし、隣におるロッツァの頭の上にはルーチェが座っとるからかの。ナスティは儂の後ろでいつもの笑みを浮かべとるわい。

頭数《あたまかず》よりも組み合わせの妙で、少しばかり手間取ったようじゃ。申し訳なさそうな顔をする門番さんに挨拶して、重厚《じゅうこう》な門の隣にある通用門から街へと入る。といってもロッツァが余裕で通れる大きさじゃ。大商隊や警備隊、国軍などが出入りする時だけ大門を使うと、門番さんに教えてもらえた。

「相変わらず大きい街ですね～」

門をくぐり、大きな通りを進みながら、ナスティがぼそりと呟いておる。そんなナスティと手を繋ぎ、きょろきょろと落ち着きなく頭を振り続けるルーチェ。なくすと困るので、クリムとルージュの帽子は儂の【無限収納《インベントリ》】に仕舞ってある。馬車に乗せようとしたんじゃが、嫌がって儂にしがみついたままじゃよ。

「まずは商業ギルドに行って、家を借りんとな」

「はーい。で、どこにあるんだろ？」

「この先にありますよ～。さすがに十年そこそこで変わらないと思いますから～」

ナスティに案内された先には、今まで見たどの建物より大きな、白い石組みのギルドがあった。こりゃ体育館くらいはあるじゃろ。しかも何階建てになっとるんじゃ？

「今ならそんなに待たないで順番来るんじゃないですかね～」

さすがに建物の中まで連れていくわけにもいかんから、ロッツァにクリムとルージュを渡しておいた。ルーチェの右手を儂が、左手をナスティが繋いでギルドへ入ると、思わず面喰った。外観《がいかん》から予想はしてたんじゃが、ものすごく広いんじゃよ。

「ほあぁぁ……でっかいのぅ」

「いらっしゃいませ。向かって右側でギルドへの売り込み、左側でギルドからの買い付けを承っております。中央は新規加入者の為の受付です」

儂が感想をもらしておると、案内担当なのか背の高い青年に声をかけられた。爽やかな笑みを浮かべた青年の頭には、熊のような丸い獣耳が見えるのぅ。

「家を借りたいんじゃが、どこに並べばいいんじゃろか？」

「中央右寄りが不動産関連の受付になります。そちらでお待ちください」

商業ギルド会員証を手渡しながら聞けば、受付を指さしながら教えてくれる。儂ら三人を見ても動じない辺り、毎日いろんな種族を見とるんじゃろな。

「ありがとさん」

礼を言って頭を下げる儂に、青年は丁寧にお辞儀を返してくれた。教えてもらった受付は丁度人もおらず、すんなりと物件を提示してもらえそうじゃった。

「こんにちは。ギルドカードの提示をお願いします……アサオ・セイタロウさん、ありがとうございます。不動産売買でしょうか？　それとも賃貸をご希望ですか？」

水晶にかざしたカードから儂の情報を見た受付の男性職員は、丁寧な接客をしてくれとる。

「儂ら三人と、騎獣と従魔《じゅうま》で住める家を借りたいんじゃが、あるかのぅ？」

「大きな台所とお風呂があって、庭が広いとすごくうれしいです」

儂の言葉を継いだルーチェの要望に頷き、手元のファイルをぱらぱらとめくり始める職員さん。いくつか抜き出しながら、今度は職員さんが問いかけてきた。

「カタシオラではひと月毎の契約になります。ご予算はいくらでしょうか？」

「相場が分からんが、多少高くなっても大丈夫じゃよ。ただ、騎獣も従魔も『一緒に住む』ことができるところで頼めるか？」

「厩舎ではなく、家屋の中に入れるところですね。となると、東区の豪奢《ごうしゃ》な邸宅《ていたく》に絞られますか……ここなんていかがでしょう？　男爵《だんしゃく》様の元別邸だった物件ですので、とても広いですよ」

職員さんが勧《すす》めてくれた物件の平面図を見たが、思わず言葉に詰まるくらいの値段と広さが書かれておった。

「もう少しこぢんまりとした家はないかのぅ？　部屋は二十もいらんのじゃ」

「レーカスでは海が目の前だったね」

儂とルーチェの言葉を受けて、職員さんは次の平面図を抜き出してくれた。今度のものは海沿いの一軒家じゃった。レーカスで借りた家に近い感じじゃな。

「家は少し狭いですが、浜まで三分かかりません。庭も広めですから、隣の家屋と離れていますので、騎獣と従魔も問題にならないと思います。ただ、市場や各施設までの距離が難点《なんてん》でしょうか……」

利点と欠点のどちらも教えてくれるとは、親切な職員さんじゃのぅ。しかもちゃんとロッツァたちのことも考えてくれとる。儂が平面図から顔を上げてルーチェとナスティに目をやると、二人は儂をじっと見ておった。

「ここで決めようかの。どうじゃ？」

「いいんじゃないですか～？」

ナスティが頷きながら言い、ルーチェはにっこり笑顔。職員さんは微笑むだけじゃ。

「ではご案内いたします。現物を見てから本契約となりますが、よろしいでしょうか？」

儂らが頷くと、職員さんは席を立ち、一緒にギルドの外へ向かう。外で待っていたロッツァたちを見て多少驚きはしたが、顔を引きつらせるようなこともなく案内してくれた。

道中でいろいろ話すと、レシピの使用料などは定期的に清算したほうがいいみたいじゃ。受け取らない期間が長くなったり、一度に受け取る金額が大きくなったりすると面倒なんじゃと。念の為、ギルドマスターに儂が訪ねたことを伝えてもらうよう頼んでおく。

職員さんが少し狭いと言っていた家じゃが、以前借りた家よりふた回りくらい大きかった。植木で区切られた庭はレーカスより狭いが、十分な広さがあるわい。

「家具付き、庭付きでひと月68万リルになります。家屋や家具を破損《はそん》した場合などは実費請求になりますので注意してください」

「ここでお願いします」

ぺこりと頭を下げるルーチェを見た職員さんは、無言のまま儂に視線を寄越《よこ》す。儂が頷きにこりと笑うと、鍵《かぎ》を手渡してくれた。皆が家に入ったのを確認した後、儂と職員さんは二人でギルドへ戻った。

儂はギルドで本契約を結《むす》んでから、一人で借りた家へ舞い戻る。

皆、旅の疲れがあったらしく、ぐでんと伸びておった。昨日作ったカツサンドを【無限収納《インベントリ》】から出すと、一斉に機敏《きびん》な動きを見せよったが、食べ終わればまた寝転ぶ。

まずはのんびりとばかりに、皆で一服した初日じゃった。

《 45　来客 》

目的地のカタシオラに昨日着いとるし、慌てて何かをする予定もない。なので儂は朝からのんびりスパイス調合とドライカレーの仕込みをしとる。

市場で目新しいものを探す楽しみも待っとるが、そこそこ旅をしてきたからのぅ……少しばかりのんびりしようかと思ってな。

儂が料理をしてる間に、ルーチェとナスティはカタシオラを散策しとる。ロッツァはクリムを連れ、家の前に広がる砂浜で水浴びのようじゃ。ルージュだけは儂の近くでちょこまか動いておる。スパイスの香りで腹を刺激された上、儂が料理を試作しとるでな。そのおこぼれに与《あずか》ろうと思ってるのかもしれん。

ドライカレーは試作するまでもなく、簡単にできるんじゃよ。挽き肉とみじん切りにした野菜を炒めて、スパイス、ソース、ケチャップ、醤油などで味を調えるだけじゃから。ひとつまみの砂糖を入れてコクを出すのがコツじゃな。

試作したいのは、調合したスパイスを利用したさまざまな料理なんじゃ。肉や魚を焼いたり、煮たりするのに最適な調合を研究せんと、美味しいものにならんからのぅ。大失敗して食べられない料理になるなんてことはないが、微妙な比率の違いを何種類も試すから、試食してくれるのはありがたい。そんなわけでルージュにも儂にも利があるんじゃよ。

「ごめんください。どなたかいらっしゃいませんか？」

料理が一段落した頃、儂とルージュで一服していたら、表から落ち着いた男性の声がした。玄関へ顔を出そうと移動する最中に再度声がかかる。

「アサオ様に言伝《ことづて》があり、商業ギルドからの使いで参りました」

「今開けるからちょっと待っとくれ」

扉を開けると、声から受けた印象と違い、十代後半くらいに見える少年と少女がおった。儂と背中に乗ったルージュを見ると、深々とお辞儀をしてくれる。

「商業ギルドから派遣されたマルと申します。連れは同僚のカッサンテ。こちらをご覧《らん》いただけますか？」

マルと名乗る少年は顔を上げると、儂へ二歩近付き、携えた文《ふみ》を渡してくる。少女のほうは下げた頭を戻しただけで、まだ口を開いとらん。ただ、ルージュをじっと見たかと思えば、頬が緩みそうになっとるのを必死に我慢しとるようじゃった。

「内容をご確認ください」

文《ふみ》を受け取ったまま儂が少女を見とる間に、マルは元の場所へ戻っておった。手渡された文《ふみ》を開き、中を読めば、商業ギルドからの要請《ようせい》じゃった。とある貴族が会いたいと言っとるんじゃと。貴族からの要請とはいえ、住居を直接教えるわけにもいかんから、商業ギルドに顔を出してほしいということじゃった。ついでに冒険者ギルドと警備隊からも要請があるので、なるべく早く切に願う、とも書かれとる。

「わざわざ文《ふみ》を寄越さんでも、数日以内に顔見せするつもりじゃったんじゃが……」

「ご同行願えますか？」

マルは文《ふみ》の内容を伝えられてたようじゃな。文《ふみ》を畳《たた》みながら呟いた儂を見逃さず、詰め寄って来よったわい。

「今はまだ料理しとるから、家を離れられんのじゃよ。明日の昼前に顔を出すから、そう伝えてくれんか？」

「かしこまりました。では私たちはこれで失礼します」

すっと頭を下げるマルと違い、まだルージュを見つめておった少女はわたわたしとる。

「急ぎの用事がないなら、儂と一服しながら少し話さんか？　儂らも今一服しとったんじゃ」

儂からの思わぬ提案にも、マルは慌てず首を横に振る。

「申し訳ありませんが、私はまだ仕事が残っております。ですが、カッサンテはこれで本日の業務は終わりです。彼女だけ残しても構いませんでしょうか？」

マルからの申し出に、儂よりもカッサンテが目を丸くして驚いておるな。ルージュに興味津々な相方への配慮《はいりょ》までできるとは……マルは見た目以上に大人なようじゃ。

「儂は構わんよ。爺のつまらん話に付き合わせてすまんな」

儂はマルに頷いてからカッサンテへ笑いかけたんじゃが、彼女はぶんぶんと音が聞こえるくらい、首を横に振っておった。

好みは分からんが、言伝の駄賃《だちん》代わりにかりんとうを包んでマルに持たせると、ここに来て初めての笑顔を見せてくれた。チップとしていくらか渡そうとしたんじゃが、それは断られたんじゃ。

どうも、袖の下と思われるかもしれん行為は慎《つつし》むように厳《きび》しく指導されとるらしい。職員が何人おるか分からんが、直属の上司くらいには渡せるように、いくつか追加でかりんとうを持たせておいた。

カッサンテが物欲しそうにマルを見ておったので、儂が「後で土産に渡す」と言ったら、ぱあっと目を輝かせとったわい。

居間のテーブルに湯呑みと茶請けを並べ、背から下ろしたルージュにカッサンテの相手を頼み、儂は台所へ戻った。出しっぱなしのままだったスパイスや料理を【無限収納】に仕舞いつつ、台所からカッサンテに話しかけたんじゃが、予想通り反応は薄いもんじゃった。

儂が居間へ戻ると、ルージュの前足をふにふにとつつくカッサンテがおった。ルージュはどう反応すればいいか分からんようで、少しだけ困った顔をしとる。

儂の顔を見つけた途端にルージュはカッサンテから離れ、また儂の背に乗っかってきよった。自分から逃げ出したルージュを悲しそうに目で追ったカッサンテは、儂と目が合った瞬間にそれまで何もなかったかのように取り繕《つくろ》い出す。思わず儂が笑えば、音が聞こえそうなくらいの勢いで顔を真っ赤に染めおったがな。

その後、カッサンテといろいろ話してる間に、出かけていた皆が帰ってきた。かなり長いこと話していたようで、外は夕日の赤に染まっておった。

儂は晩ごはんの準備の為に台所に引っ込んだが、カッサンテはルーチェに捕まっとる。帰りは儂が送ることにして、カッサンテにも晩ごはんをご馳走《ちそう》する。

台所に残っていたスパイスを嗅ぎつけたロッツァに乞《こ》われ、晩ごはんはドライカレーじゃった。炊いた白米で食べても、パンで食べても美味いからのぅ。思い思いの食べ方をしてもらおうと主食を並べたところ、ロッツァはうどんにからめとった。

《 46　カタシオラ商業ギルド 》

昨日の約束通り、儂は昼前に商業ギルドへ到着した。今日はルーチェたちが留守番で、ナスティが儂に同行しとる。なんでもここのギルマスとは顔馴染《かおなじ》みなんじゃと。ナスティがドルマ村を出たばかりだった頃から付き合いがあるらしい。あれよあれよと昇進《しょうしん》していって、ナスティがヴァンの村へ移住する時にはギルドマスターにまで上り詰めておったそうじゃ。昨日カッサンテと話した時に出た名前と一緒じゃったから、まだ現職なんじゃろ。

「ツーンピルカさんは相変わらず元気なんでしょうね～」

昼前だというのに慌ただしく人と物が動く商業ギルドの前で、ナスティはいつも通りののんびり口調で話しておる。儂も何を急ぐでもないから、ゆっくりしとる。いくつも入口があるんじゃが、いつまでも他人様《ひとさま》の邪魔をするわけにもいかん。とりあえず入らんとな。

「呼ばれた旨《むね》を伝えればいいんじゃな？」

「ですね～。案内の方に聞けば分かりますよ～」

ナスティと一緒に建物へ入ったが、相変わらず圧倒されるわい。

「おぉ、待ってたぞ。こっちだ、こっち」

黒いハットを被《かぶ》った老紳士《ろうしんし》が儂に手を振り、声を掛けてくる。儂の知り合いがこんなところにおるはずもないし、ナスティの顔見知りじゃろか？

「アサオさんのお知り合いですか～？」

ナスティに聞こうかと顔を向けたんじゃが、小首を傾げたナスティから逆に問われた。

「いや、儂の知り合いはおらんよ。誰かと間違えたんじゃろ。とりあえずギルマスに――」

「アサオ殿！　とんがり帽子を被って、周囲を見渡しているアサオ殿！　こっちだ！」

老紳士は、低いのによく通る声で儂の名を呼んどる。周囲の視線は、声を発した老紳士と、一歩を踏み出した儂を交互に集まった後、何もなかったかのように散っていった。

「やっぱりアサオさんのお知り合いみたいですよ～」

「さっぱり分からんが、話したほうが早そうじゃな」

ナスティと二人で老紳士の近くへ進んだが、顔を見ても思い当たる節が一切ないわい。質の良い生地を綺麗に仕立てた恰好の老紳士はにこにこ微笑んどるが、誰か分からん。

「お初にお目にかかる。私はクーハクート。レーカスに住む甥《おい》が世話になったそうで、直接礼を伝えたかったのだよ」

近付いてきた老紳士が、儂の右手をがっちりと握ってきよった。今まで会った誰よりも力強い握手じゃ。

「レーカスの甥って誰じゃ？」

ナスティへ目配《めくば》せをしても、首を横に振られるだけじゃった。それもそうか、儂はあの頃ナスティと出会っとらん。レーカスの甥……カタシオラにいる伯父《おじ》……

「もしかして……貧乏貴族を自称していたサンバニの伯父上かの？」

「その通り！」

にかっと笑いながらハットを脱いだ老紳士は、

「クーハクート・オーサロンド。暇《ひま》を持て余した楽隠居《らくいんきょ》だ」

改めて名乗り、儂の右手を握る力を更に強めおった。なんとなく顔立ちが似とる……かのう。

「楽隠居……家督はどうなさったのですか～？」

「息子に譲った！　仕事は十分したからな。あとは自分の時間を楽しみたいのだよ」

ナスティの問いに即答する老紳士の笑顔は、全く悪《わる》びれる様子もなく、ただ皺《しわ》が深くなっただけの悪童《あくどう》みたいじゃった。

「オーサロンド様！　何をしているのですか！」

突然儂の後方から響いた声に、老紳士以外がびくっと身を震わせた。

「ここにいれば会えると思ったからな。待っていたのだ」

声の主にも気安く返事をする老紳士は、悪童の笑顔のままじゃ。儂が振り返ると、スキンヘッドで大柄な上、筋骨隆々の男が立っておった。

「ツーンピルカさん、こんにちは～」

「はい、こんにちは。ってナスティじゃないか！　久しぶりだね。いや、今はそんなことより、何をしているのですか、オーサロンド様。会員とは直接会わずに、ギルドを通してくださいとお願いしましたよね？」

禿《は》げ頭の大男はギルマスじゃった。ナスティに挨拶を返した後、儂の脇を通り過ぎ、老紳士へ詰め寄っておる。

「わざわざ頼むこともあるまい？　待てば会えるのだから――」

「勝手なことをするのでしたら、出入り禁止にしますよ」

ギルマスに睨まれ、正論をぶつけられた悪童顔の老紳士は途端に萎縮《いしゅく》しよった。

「もしかして、儂を呼んだ貴族って……」

「こちらのオーサロンド様です。ご挨拶が遅れました。当ギルドにてマスター職をしております。ツーンピルカです。わざわざご足労《そくろう》いただきありがとうございます」

老紳士に詰め寄っていたギルマスは振り返ると、綺麗な物腰で儂に挨拶をしてくれた。

「こう見えて、ツーンピルカさんはエルフなんですよ～」

「なんじゃと⁉」

ナスティにこそっと耳打ちされた事実に、儂は思わず大きな声を上げてしもうた。確かに顔立ちは綺麗じゃが、禿げでマッチョなエルフじゃと……

儂の不躾《ぶしつけ》な視線をものともせず、ツーンピルカは頭をさすっておる。

「あぁ、ナスティから聞きましたか。私はこれでもエルフなんです。若干異端児《いたんじ》扱いされてますがね」

からからと笑いながら、自分の頭をぱしぱし叩いておる。

「こんな見た目でな」

萎縮していたのも忘れ、ツーンピルカの頭を指さす老紳士は、満面の笑みを浮かべとる。

「……オーサロンド様、懲《こ》りてませんね」

ツーンピルカの声のトーンが下がり、視線も冷たいものに変わりよる。その様《さま》を見ていた老紳士の表情は、貼《は》りついたような笑顔に変化しとった。

「儂に用があるなら、このまま済ませんか？　儂もギルドに用事があるから来たんじゃし」

「そうだそうだ。何度も足を運ばせるのは悪かろう。一度に済ませば、時間の無駄もなくなるぞ」

儂の提案にこれ幸いと乗った老紳士は、ツーンピルカの視線を逃れて儂の背後に隠れおった。

「はぁ……アサオさんのご厚意《こうい》に感謝してくださいよ、オーサロンド様」

「では行きましょう～」

ナスティが儂の右腕を取り、ギルドの奥へ進もうとする。左腕は老紳士ががっちり掴んどる。

「何でナスティが一緒に？」

「アサオさんの同伴者《どうはん》ですから～」

目を点にしたツーンピルカの質問に、ナスティが振り向くことなく答えよった。代わりに儂が振り返って頷けば、ツーンピルカも納得したようで、儂らのあとを付いてきてくれた。

《 47 ツーンピルカ 》

儂、ナスティ、オーサロンド殿にツーンピルカの四人で入ったのは執務室《しつむしつ》じゃった。儂はこの実務的な部屋のほうがありがたいが、オーサロンド殿はそれなりの地位にある人物じゃから、応接室のようなところに通してもいいんじゃないかのぅ。

儂の隣にナスティが座り、テーブルを挟んだ向かいの席にツーンピルカが着く。儂の左、ツーンピルカの右に、儂らのほうを向いてオーサロンド殿がちょこんと座っておる。

「さて、先ほどもお伝えしましたが、ご足労ありがとうございます。フォス、イレカン、レーカスのギルドでのご協力も感謝しかありません。当方としては紅茶、コーヒーの取引をお願いしたく、今回お越しいただいた次第です」

テーブルを乗り越える勢いで身を乗り出したツーンピルカが熱弁《ねっべん》をふるっとる。今までに会った女性ギルマスたちとは違い、若干の暑苦しさを感じるが、仕事に真面目で熱心なんじゃろう。澄《す》んだ目で儂を見据えとる。勢いに気圧《けお》され聞くだけだった儂は、頷くことしかできんかった。

やっとツーンピルカの弁が途切《とぎ》れたが、儂を見る目は熱いままじゃな。

「取引は問題なしじゃ。卸値は今まで通りで、どちらも2万ランカまでしか卸《おろ》せんが、構わんか？　それでよければ近日中に――」

「お願いします！」

儂の話を奪うように、ツーンピルカは頭を下げよった。ばっと音が聞こえるかと思うくらいの、素早い頭の振りじゃった。

「あと、まだまだ先になるかと思うんじゃが、ヴァンの村から緑茶の売り込みがあるかもしれん。よかったら見てやってくれんか？　儂以外からの評価も知りたいじゃろうからな」

「レーカスに卸したものとは違うのですか？」

ツーンピルカは儂の販売記録を既に見ていたんじゃな。

「儂が仕入れたものではなく、指導した茶で、それなりの品になったからのぅ」

顎ひげを触って笑う儂の隣で、ナスティも目を細めとる。

「あれで『それなり』なんですよね～。実際、飲み比べると全くの別物に思えますけど～、シオンたちはかなり頑張ったんですよ～？」

「分かっとるが……妥協《だきょう》して半端《はんぱ》なものを作るのは嫌じゃろ？」

儂がナスティに顔を向けて問いかけると、無言で頷き返しおった。

「はぁ、その緑茶がこちらに届くかもしれないのですね」

「まだ可能性の話じゃから、もし来たら見てやってくれればいいんじゃよ。それに贔屓目《ひいきめ》なんぞせんで、冷静な判断を頼みたい」

ツーンピルカは力強く頷いてくれた。自分の職務《しょくむ》に誇《ほこ》りと自信を持っとる、良い目をしとるのぅ。

「で、オーサロンド殿は何がしたくて儂を待っとったんじゃ？」

「家名でなくクーハクートと呼んでくれ。年齢もさほど変わらんのだろう？　それに今の私は隠居しているのだから、敬称《けいしょう》もいらんよ」

ツーンピルカに目をやるが、頷かれただけじゃったから、素直に応じるべきなんじゃろな。

「後で不敬《ふけい》だなどと言うでないぞ……そのクーハクートの要件はなんじゃ？」

「そのようなことを言うものか。折角、面白そうな者を甥《おい》っ子《こ》に教えてもらったのだ、存分に楽しむぞ。まず私が楽しみたいのは料理だ。サンバニからの文《ふみ》でも絶賛《ぜっさん》されておったからな」

目を輝かせて儂へ近寄るクーハクートは、悪童の顔をしとる。ツーンピルカは頭を抱え、ナスティはいつも通りの笑顔のままじゃ。

「面会の段取りを無視してまで、何を話すのかと思えば……」

「何を言う！　美味しい料理、目新しい食材などは人生に華《はな》を添えてくれるぞ！」

ツーンピルカの洩《も》らした言葉を聞き逃さなかったクーハクートは、儂から離れて身体を左に振り、ツーンピルカに詰め寄る。

「美味しい料理を求める気持ちは分かるが、待ち伏せまでせんでもよかろうに」

「それだけアサオさんの料理を待ち侘《わ》びてたんですよ～」

「その通り！　どれほど待ったことか……さぁ、アサオ殿の住処《すみか》へ向かおう！」

軽い足取りでナスティのそばまでするりと近付いたクーハクートは、両手を広げ天を仰いでおる。なんぞ芝居がかった身振りはイスリールを思い出すのぅ。おぉ、そうじゃ、神殿にも顔を出さんといかんかった。

「ダメです。いけません。許可できません」

姿勢を正《ただ》したクーハクートの願いを、儂の代わりにツーンピルカが無下《むげ》に断ってくれた。

「いいですか？　今日は特別にこの席を設《もう》けたんです。本来ならお引き取り願う事案ですよ。貴族といえども規則を守ってください」

満面の笑みが消え、落胆《らくたん》に染まるクーハクートは、広げていた両手を力なく下ろしとる。

「だって食べたかったんだもん」

「『もん』じゃないです。可愛く言ってもダメなものはダメです」

両手の指を突き合わせながら唇を突き出すクーハクートの姿は、叱られた子供のそれじゃった。しかし、ツーンピルカは随分と強気な対応ができるんじゃな。

「こんなことを言わせないでください。普通なら私は不敬罪に問われてますよ」

「息子から言われてるのだろう？　わがままを言うようなら諫《いさ》めろと……」

「ええ、ですからこんなことを言えるのです」

ツーンピルカがクーハクートの歯止め……というか抑えの役目をしとるんじゃろな。貴族に諫言《かんげん》するなど、そうそうできるもんじゃなかろう。ただの年上からの小言でなく、相手を認めとるから、クーハクートも素直に話を聞くんじゃろ。

「ツーンピルカさんは私と同じくらいの年齢ですからね～」

ツーンピルカとナスティを見比べるが、分からん。

「詳しくは秘密です」

ナスティに視線で問うたが、笑顔でかわされるだけじゃった。

《　48　大試食会　》

「叱るのはそのくらいにしてやってくれんか？　儂の料理を待ち望んでくれたのは事実な

んじゃろうし」

　年齢の読めないナスティから視線を外し、儂はツーンピルカを宥《なだ》めるようにクーハクートとの間に手を翳《かざ》す。

「アサオ殿……」

　クーハクートは思わぬところからの助け船に、まるで神様でも見るかのように手を合わせて祈っとるぞ。逆にツーンピルカは苦笑いじゃな。今までもこうやって誰かしらに助けてもらっておったんじゃろ。まぁ、これも一つの人徳ってやつなのかもしれん。

「あまり甘やかしてはいけませんよ。楽隠居と言っても、齢《よわい》三桁にも届かない若造なんですから」

「百歳なんていくはずがなかろう。そりゃ、私が子供の頃からギルマスをしているお主から見れば小僧だろうが、こんなでも人族としてはそれなりに高齢なのだ」

「そのくらいにしましょうね～」

　思わぬところで年齢がばれそうになったナスティが、笑顔ですごんでクーハクートを制しとる。こりゃ確実に儂より年上じゃな。ツーンピルカも藪をつつく気はないようで、無言になっとるし……

　話題を変えてやろうかのぅ。

「さて、このまま帰るのもなんじゃから、二人にはちょいと付き合ってもらおうか」

蛇に睨まれた蛙状態だったクーハクートは、またも儂に祈りを捧げておる。ツーンピルカとナスティは、何が始まるのかと興味深そうに儂を見とるな。

「付き合ってもらいたいのは試食と試飲《しいん》じゃよ」

皆に笑顔を見せた儂は【無限収納《インベントリ》】からいろいろ取り出し、テーブルに並べていく。コーヒー豆、粉コーヒー、紅茶に緑茶、コーヒーメーカー、ティーセット、急須に湯呑み。

「ありゃ、これだけでいっぱいになってしもうたか。試飲しかできんな、これは」

儂が首を捻ってそう呟くと、ツーンピルカはやおら部屋から出ていきよった。その前にナスティに目配せされとったから、テーブルを調達にでも行ったんじゃろ。

並べられた品に目を輝かせるクーハクートは、手に取ってみたそうにしておって、お預けされとる犬のようじゃった。あるはずのない尻尾が千切《ちぎ》れんばかりに振られとる様《さま》を幻《げん》視《し》してしまったわい。

「突然退室してしまい、申し訳ありませんでした。こちらのテーブルもお使いください」

再び扉が開かれ、ツーンピルカは若い職員さん三人と一緒に帰ってきた。それぞれがテーブルを一台ずつ抱えとる。ツーンピルカは椅子を三脚重ねて運んできたようじゃ。

「試食と試飲ならばぜひにと思いまして、声を掛けました。コーヒー、紅茶の仕入れ担当マックス。レシピ管理担当クラウス。飲食店関係のシロルティアと言います」

ツーンピルカに紹介された三人は直角に腰を曲げるお辞儀を儂に見せてから、テーブルを繋げて配置し、渡された椅子にちょこんと座った。終始無言《しゅうしむごん》じゃが、期待の眼差しで儂を見続けておる。

「……挨拶も碌《ろく》にせずすみません。アディエ、イルミナ、ウコキナからの文《ふみ》を読んでから、三人ともアサオさんの到着を待ち侘びてまして……」

それでこの状況なんじゃな。ちょこんと座る三人にも、クーハクートと同じく尻尾が見える気がするのぅ。

「それじゃ、三人が持ってきてくれたテーブルには料理を並べようかの」

先に出した紅茶などはそのままにして、【無限収納《インベントリ》】からいろいろと取り出す。かりんとう、ホットケーキ、ポテチなどの軽食、おかずになるテリヤキや炒め物、バーガーや汁物も並べたら、テーブルはいっぱいになってしまったわい。

所狭《ところせま》しと並べられた料理へ皆の視線が注がれとる間に、儂は飲み物の準備じゃ。

儂がコーヒーメーカーで淹れ始めると、マックスと呼ばれた淡《あわ》い灰色の髪の青年がすっと近寄ってきた。自分の担当分野じゃから気になるんじゃろ。残る二人も儂のすることが気になってはいるようじゃが、目の前の料理のほうに惹かれとるんじゃな。

「私は緑茶をお願いしますー」

次にティーポットへ手をかけた儂に、ナスティは先に注文をしてきよる。ナスティの動きを見た商業ギルドの四人が互いに目配せをしとる間に、クーハクートが口を開く。

「なら私は紅茶で！」

「温かいのと、冷たいの、どっちがいいんじゃ？」

「どっちも！」

間髪《かんはつ》を容《い》れずに答えるクーハクートの顔は子供のようじゃった。

「私はコーヒーをお願いします」

「……冷たい紅茶で」

「緑茶を下さい」

「コーヒー……フロートはできませんか？」

ツーンピルカ、マックス、クラウス、シロルティアの順に注文してきたが、フロートと聞いた他の三人が、一斉にシロルティアに視線を集めておった。

「フロートのことも報告されてたのか。手持ちは少ないんじゃが、また作ればいいだけじゃから、できるぞ。少し待ってくれな」

儂はシロルティアににこりと笑い、ちゃちゃちゃっと用意していく。出されたものをいただくものと考えてた男三人は、羨ましそうにシロルティアを眺めとった。クーハクートだけは、

「次は私もそのフロートとやらで頼む」

と口にしておった。またやられた、と残念そうな顔をする三人が面白かったぞ。別におかわりしちゃならんとは言ってないんじゃから、好きに頼めばいいのにのぅ。

皆の前に頼まれた飲み物を置き、試食と試飲が始まった。ひと口食べては目を見開くマックス、うんうん頷きまくるクラウスに、笑顔で頬張るシロルティアと、三者三様《さんしゃさんよう》の反応を見せとる。クーハクートはひと口食べては吠《ほ》え、ふた口飲んだらにんまり笑っとった。ツーンピルカだけは笑顔を見せることなく、何かを見極めようと真剣な眼差しじゃった。

説明はナスティに任せて、儂は空《から》になった皿を回収しては新しい料理を【無限収納《インベントリ》】から出しておった。

すると、部屋の扉の向こうが何やら騒がしく、気になった儂は扉を開け、動きを止めてしまった。目の前には黒山の人だかりがあったんじゃ。扉から漏れ出た匂いに釣られた人が集まったのかもしれん。

儂が室内へ振り返るより早く、背の小さい一人が部屋へと入ってしまったんじゃが、そのあとを追って皆が詰め寄せるようなことはなかった。

「ギルマスたちだけでズルいですよ！」

試食をしていた男四人が呆気《あっけ》にとられとる間にも、シロルティアとナスティだけは我関せずと食べ続けておる。

「今度店を出すので、その試食をしてもらってたんじゃよ。今日は手持ちがあまりなくて、皆に配《くば》れる分はほんの少ししかないんじゃ。これで勘弁《かんべん》してくれんか？」

儂は一人部屋に乗り込んできた短い白髪の少女に、後ろから串焼きウルフを一本差し出した。

「ありがとー、おじさん」

少女は儂へ振り返り、受け取るとひと齧り。儂はもう一度扉に向き直ると、扉に集まった人たちにも【無限収納《インベントリ》】から取り出した串焼きウルフを皿で振る舞うのじゃった。

「アサオさん、申し訳ありません。こんな事態は長いことやってて初めてでした」

「いいんじゃよ。儂としては店の宣伝になったからのぅ」

「私も絶対行きます」

頭を下げるツーンピルカと違い、シロルティアは力強く頷いておった。レーカスの時同様、今借りている家で店を開いても問題ないそうじゃ。

「儂が欲しいのは香辛料じゃから、今度来た時にでもお願いしようか。今日は薪だけ買って帰るかの」

「では後日改めてコーヒー豆、紅茶、緑茶の取引を。本日はありがとうございました」

ギルド職員を含めた四人が頭を下げ、儂らを見送ってくれた。クーハクートだけはまだ試食に夢中じゃった。

《 49 神殿にて 》

商業ギルドで神殿の場所を聞いたら、通商港と漁港の間に立っているとのことじゃった。

イスリールも祀っとるそうじゃから、挨拶に行こうと思ってな。とはいえ海沿いの街じゃから、どちらかというと海神への信仰心のほうが強いみたいじゃ。

しかし、教わった通りに歩いても一向に到着せん。不思議に思ってマップを見て驚いたわい。先ほどから見えとる石壁が、その神殿の一部じゃった。かなり大きな石造りの神殿は、今まで見たものの数倍の規模になっとる。こりゃ、入口に回り込むだけで何十分かかるんじゃろか……

儂の予想通り、入口に辿り着くまでゆうに二十分はかかりよった。海神様の為にと入口を海に面した造りにしとるから、市街地《しがいち》などの陸地からはぐるりと回ることになるんじゃよ。

「立派なもんじゃなぁ」

「ですね～。商業ギルドも大きいですけどそれ以上ですよ～」

ナスティも神殿に来る機会がなかったようで、初めての神殿に圧倒されとるみたいじゃ。

「まぁ、挨拶するだけじゃから、ちゃちゃっと終わるじゃろ。それに儂が用があるのは人気のない主神様じゃからな」

ナスティと二人で見上げていた入口をくぐり、真っ直《ます》ぐ進むと、大広間のような場所に突き当たった。正面にイスリール似の石像、右に二体、左に二体の石像が並んどる。人が集まっとるのは右端の石像じゃ。きっとあれが海神様なんじゃろ。

儂とナスティは、正面の石像の前で目を閉じる。周囲の音が徐々に小さくなり、やがて消えた。

儂が目を開けると、目の前におったのは、踵《かかと》を揃え、腕を身体の側面に付け、腰を直角に曲げながら頭を下げるイスリールじゃった。その左右には男女二人ずついたんじゃが、皆両膝《ひざ》と額《ひたい》を地に付けて微動だにしとらん。

「ここはどこですか～？」

儂から少し遅れて目を開けたナスティには、場所のほうが気になったようじゃ。隣に立つ儂の袖を引っ張って、小声で聞いてきよった。

「儂も詳しいことは分からんが、主神様に会える場所なんじゃよ。で、イスリールは何で頭を下げとるんじゃ？　周りの人は土下座《どげざ》しとるし……」

ナスティに答えてから正面へ向き直ると、イスリールは頭を上げ、口を開いてくれた。

「セイタロウさん、ごめんなさい。あの塔の街は、僕たちでは手が出せなくなってしまってるんです。神殿や教会など、僕たちに連《つら》なる施設がないところは見ることもできません。セイタロウさんが訪れてくれたから現状を知ることができました。なんとか眷属《けんぞく》を派遣できないか手段を模索していたら、全てが後手《ごて》に回ってあんな状況に……本当にごめんなさい」

捲《まく》し立てるように話すイスリールなんて初めて見たぞ。なんて悲壮感漂《ただよ》う顔をしとるんじゃ。

「それとは別に、ローデンヴァルド夫妻のこと、ありがとうございます。なるべく多くの加護を与えるので精一杯でした。これからもできれば援助《えんじょ》してもらえますか？」

「突然来てしまったと言ってたし、あれはお前さんの過失《かしつ》ではないんじゃろ？　同郷の好《よし》みもあるし、これからもイェルクたちには手を貸すから、頭を下げんでいいぞ」

「ありがとうございます。極稀《ごくまれ》に発生する歪みに巻き込まれてしまう方がいまして……」

儂の答えを聞いても、イスリールは情けない顔をしたままじゃった。

「で、塔の街に儂が何かすることはあるのか？」

「そちらは大丈夫です。この世界の勇者が何とかするはずです。いえ、させます。ただ、火の粉《こ》が降りかかるようならば振り払ってもらえますか？」

イスリールは首を横に振り、申し訳なさそうに言ったが、

「そりゃ、構わんよ。というより止められても振り払うぞ」

そんな儂の答えを聞いて笑いおった。

「儂だけなら逃げるが、家族に火の粉が降りかかるなら容赦はせん」

「ですね～。街一つおかしくするなんて規模が大き過ぎますけど～」

状況に慣れたのか、ナスティも儂に同意してくれとる。

「ナスティアーナさんもありがとうございます。セイタロウさんの同行者でしたから、こ

ちらまで来ていただきました。ご迷惑《めいわく》でなければいいのですが……あ、挨拶していませんでしたね。僕は主神と呼ばれているイスリールです。周りにいるのは配下の神たちです」

ナスティに笑顔を向けるイスリールは、未だ土下座したまま動かん男女を紹介してくれたが、そろそろ解放してやらんか？　気になって仕方ないんじゃ。

「何で土下座しとるんじゃ？」

「セイタロウさんへは、最上位の礼をしなければいけませんから……違いましたか？」

「確かに土下座にはそんな意味も含まれとるが、今じゃ謝罪《しゃざい》の意味のほうが強いんじゃよ。とりあえず顔を上げるなり、立つなりしてくれんか？」

儂に促され、やっと顔を見せてくれた男女は、イスリールに負けず劣《おと》らずの美形揃いじゃった。誰も彼もが透《す》き通った金色の綺麗な髪をしとったが、髪型と瞳の色は各々違っておる。

顔を上げた四人はイスリールの脇で正座したまま、じっと儂を見とる。視線を逸らすことも、目を泳がすこともなく、ただただじっと儂を見つめておる。神様じゃと『柱』と数えたほうがいいのかもしれんが、見た目は人間っぽいから、まぁいいじゃろ。

「それぞれがセイタロウさんのおかげで恩恵《おんけい》を得ています。セイタロウさんには瞳の色で属性が分かってしまうんじゃないですかね」

にこりと微笑むイスリールには、これ以上四人のことを詳しく紹介する気はなさそうじゃな。儂を見上げとる面々を順に見るが、想像通りなら石像の置かれとる並びのままの神様かもしれん。

「燃えるような真っ赤な瞳を持つのが火の男神、深い藍《あい》で鋭い目つきは水の男神かのぅ。琥珀《こはく》色のつぶらな瞳の地の女神《めがみ》に、残る翡翠《ひすい》色は風の女神か？」

一人ひとりを順番に見つめながら口にすれば、全員が頷いてくれたから、正解のようじゃ。

「セイタロウ様の伝えてくださる農業、料理は我らに多大な利を与えてくれました。感謝感激《かんげき》雨あられです」

身振り手振りを交えて火の男神が語ると、他の神も大きく頷いておる。儂を『様』呼びしとるが、立場としては間違っとらんか？

「料理には火も水も、一部には風や地も使っています。食材だって、至《いた》るところに存在しているにもかかわらず、実際食されていたのは極《ごく》一部に限られてました。そんな日陰者《ひかげもの》たちにも日の目を見させてくれた……ありがとうございます」

「農業も同じ。土を耕《たがや》し、燃え殻《がら》を混ぜ、水を撒く。風が吹かなくちゃ病が流行る。土地が痩せないように肥料《ひりょう》をもらえば、直接私に届く。ありがとう」

水の男神、地の女神も儂に礼を述べてくれとる。

「私はまだあんまり恩恵を得てないけど、前にもらった料理は美味しかったわ。ありがと」

儂が苦笑いを浮かべると、風の女神は他の神から一斉に叩《はた》かれておった。素直になれない可愛い神様のようじゃ。さっき最後に呼ばれたのが気に入らんかったのかもしれん。

「セイタロウさん、すみません。この子ちょっと拗《こじ》らせてます」

儂に耳打ちするイスリールも困ったようにしとるな。

「いいんじゃよ。儂は儂の好きにやっとるだけじゃ。別に誰かから礼を言われたくて、何かをしとるわけじゃないからの。前にも言ったが、マズいことをしとるようならば止めてくれ。儂にはその線引きが分からん」

儂は顔の前で手を振り、皆に笑いかける。ナスティも隣で頷いてくれとるから、間違った対応ではないじゃろ。

「おぉ、そうじゃ。儂は転移魔法を使えるんじゃろうか？　ダゴンがやってるのを見て、羨ましくてな」

「あー、ごめんなさい。セイタロウさんにはできません。あれは一部の魔族だけに適性がある魔法なんです」

全属性の魔法に適性がある儂にも無理か。残念じゃな。

しょぼんと肩を落とした儂へ、イスリールの左右に座る男神と女神は何かを告《つ》げようともごもごしとる。なのに何も言わず、じっと儂を見続けておった。

「何か言いたいことがあるなら口にするべきですよ」

イスリールからの助け船に、四人が頷く。

「転移魔法ではなく、神殿から神殿へ移動するのはいかがでしょうか？」

水の男神が代表して口を開き、イスリールへ提案する。

「その手を使えば、擬似的《ぎじてき》な転移魔法になりますね」

「特例を作って、儂だけが利益を得るのはよくないのぅ……とりあえず通行料を料理で払うのはどうじゃろか？」

にこやかな笑みを見せるイスリールに、今度は儂が一つ案を提示する。

「賛成！　賛成！　大賛成!!」

儂の言葉に風の女神が真っ先に手を挙げ、飛び上がりながらイスリールへ詰め寄ったわい。地の女神も小さく「賛成」と呟き、風の女神に追随しとる。男神二人は無言で頷いておる。

「セイタロウさん限定で許可しましょう。訪れたことのある神殿や教会などに限ります。ジャミの森の祠《ほこら》も選択できることにしますか。一つ言っておきますが、通行料を受け取るのは順番ですからね。自分だけが食べられるとか、毎回必ずありつけるとか考えちゃダメですよ」

飛び跳ねて喜ぶ風の女神はイスリールの忠告を耳にすると、宙に浮いたまま動きを止めておった。

「それにそうそう頻繁にセイタロウさんが通ることはないと思いますよ」

「そうじゃな……機会は増えるかもしれんが、今までは街に着いた時と出る時くらいしかお祈りしとらんからな。儂はそこらにおる商人の一人じゃし、あまり多用するのもいかんじゃろ」

イスリールの言《げん》を肯定するように儂が話すと、風の女神が目に見えてしょぼくれる。他の神に慰められとるが、全員肩を落としとるな。

「なるべく皆に行き渡るくらいの量を用意するから、そう気を落とさんでくれ」

沈んでいた四人が一気に笑顔に変わりよる。息子や娘のような見た目じゃから、明るい表情をしとるほうが儂としては嬉しいんじゃよ。

「甘やかさなくていいんですよ？」

「儂がしたくてすることじゃから、気にせんでくれ。まぁ、厳しくするのはイスリールに任せるわい」

少しだけ困った顔をしたイスリールも笑っておるから、問題ないじゃろ。

「神様も自分に正直なんですね～」

やいのやいのと騒ぐ神々を見とったナスティが、儂の隣でのんびり呟いた。

《 50 冒険者ギルドはトラブルのもと 》

聞くことも聞いたので街に帰ろうかとしたら、神々から残念そうな視線を向けられた。知り合いを訪ねるのに手土産もなしじゃったから、【無限収納《インベントリ》】に仕舞ってあった甘味と軽食をいろいろ渡して神殿へ戻ることにする。すると、ナスティの言う通り正直なもんで、にこやかに送り出してくれたわい。

神殿での用事も終えたので、今日やることで残すは冒険者ギルドに立ち寄ることと、市場を巡ることくらいじゃな。楽しみは取っておきたい質《たち》なので、先に冒険者ギルドへ顔を出すことにした。

やはり他の施設同様、今まで見たものよりかなり大きい造りになっとる。扉も大きいものを覚悟していたんじゃが、ここのは自由扉になっておった。西部劇などで見るパタパタするアレじゃよ。

扉に手をかけ、中へ入ろうとしたら、

「あっち行け！」

との声と共に人が飛んできよった。避けようかと思ったが、ナスティに当たってしまうでな。片手で受け止め、そっと降ろしてやった。

先の声も今降ろした人も女のようじゃ。きりもみで飛んだからか、この子は気を失っておるな。

「人って飛ぶものなんですね～」

ナスティはいつもののんびり口調で儂に笑みを向けとる。

「出入口におっても何も始まらん。とりあえず中に行こうか」

「は～い」

ギルドの中は騒然《そうぜん》としておった。皆の視線が集まる先には、いわゆる魔法使いっぽい恰好をした少女が一人佇んでおる。その周囲を数人の男女が囲み、更に冒険者が遠巻きにしとるようじゃ。

「私はもっと魔法を撃ちたいの！　撃たせてくれないならアンタたちと一緒にいる意味はないでしょ！」

「いや、必ず魔法を撃てる状況になるわけないだろ？　それに俺らの仕事は地味なものも多いんだよ」

諭《さと》すように少女へ語り掛ける男は、困り果てた顔をしておった。

「そんなことよりミリアーナに何してんのよ！」

眉を吊り上げた女の子が少女に手を伸ばす。

「触るな！」

未だ怒りの収まらない様子の少女は、自分を掴もうとした女の子に杖を振る。

「《結界《バリア》》」

魔法が放たれる前に儂の魔法で女の子を包み込めたので、怪我はなさそうじゃ。間一髪《かんいっぱつ》で間に合ったようじゃな。

「え？　何で飛んでいかないのよ！　この！　この！」

少女が何度杖を振っても、女の子が飛んでいくことはなかった。《結界《バリア》》に弾かれて消えたのは、風の魔法のようじゃ。

「そのくらいにせんか」

「うるさい！　私に指図するな！」

忠告した儂に対して反射的に杖を振ろうとした少女じゃったが、遅いのぅ。

「そこまでですよ～」

少女にするするっと近付いたナスティが、杖を取り上げてしまった。

「あ、返せ！　かーえーせー！」

ぴょんぴょん飛び跳ねるが、手は届かんな。ナスティにいいようにあしらわれとる。子供の扱いに手馴れたナスティに、あの子が敵《かな》う未来はないじゃろな。

「すまない。私たちの問題に巻き込んでしまって……」

最初に少女を諭《さと》していた男性が儂に頭を下げてきよる。周りを囲んでいた男女も同じパーティだったらしく、男性に倣《なら》ってぺこりと首を下げておった。

「アサオさんですね。到着早々、面倒事に巻き込んだようで申し訳ありません。当ギルド管理官ズッパズィートと申します」

頭を下げた男性の奥、受付側から涼《すず》やかな女性の声がした。騒然としていたギルドが水を打ったように静まる。姿を見せたのは、青白い肌をした、短い銀髪で長身痩躯《そうく》の女性じゃった。

「ドマコルニさんたちからは後ほどお話を伺《うかが》います。彼らと一緒に部屋で待っていてください」

女性は一緒に現れた三人の男性に指示を出しながら歩き、男性たちがいなくなる頃には儂の前で背筋《せすじ》を伸ばして立っておった。儂に対してすっと軽く会釈《えしゃく》をした女性からは、柑《かん》橘《きつ》系の香りがふわりと漂ってきよる。

「周辺の盗賊団の壊滅《かいめつ》をありがとうございました。つきましては詳しく話を伺いたいので、ギルドマスターの部屋までご同行願えますか？」

「構わんよ。で、アレはどうする？　連れが未だに相手しとるんじゃが」

ナスティにあしらわれ続けておる少女を儂が指さすと、ズッパズィートは顔色一つ変えずに頷きよった。

「カナ＝ナさんもギルドマスターの部屋に同行させます」

「分かった。ナスティ、その子を連れたまま儂らのあとを付いてきてくれるか？」

「お安い御用ですよ〜」

のんびりとした返事ながらも、ナスティは確かに少しずつ儂らのほうへ近寄ってくれる。付かず離れずの距離を取りつつ上手く誘導しとるわい。

「では、参りましょうか」

ゆったりとした足取りで、管理官はギルドの奥へ進む。ナスティも少女をかわしながら、のんびりと儂らを追いかけてきた。

《 51 魔法好き 》

ナスティに弄《もてあそ》ばれとる少女は見た目通りの幼さで、まだ十二歳になったばかりらしい。どうにも喧嘩っ早い性格の多い種族で、影人族《かげびとぞく》と呼ばれる特異な魔族なんじゃと。種族全体が魔法好きで、そちら方面にばかり注力して子供たちを教育するから、こんな極端《きょくたん》な子が出来上がってしまっとるそうじゃ。

とはいえ魔法の実力は誰からも一目置かれるほどあるし、種族の教育などは他所から茶々を入れることでもないから放っとかれとるんじゃと。

それでこんな娘が外に出てしまうとなると、いろいろ問題があると思うんじゃが……いくら好きな魔法を撃たせてもらえないからって、味方を吹っ飛ばしちゃいかんじゃろ。

長い廊下《ろうか》を進み、階段を上がった先にあった執務室はとても広いもんじゃった。儂らが全員入ってもまだまだ余裕があるわい。ただこれも無駄に広くしたのではなく、多種多様な種族が訪れるこの街ならではで、いろいろ考慮《こうりょ》した結果この造りになっとるそうじゃ。確かに廊下も階段もかなり大きさに余裕があったのぅ。

「アサオ・セイタロウさんをお連れしました」

三度ノックをした管理官は室内へ声をかけると、中から返事が来る前に扉を開けよった。執務室の中では、眉間に皺を寄せ、小難《こむずか》しい顔をした小太りな男性が一人だけ、執務机に腰かけておる。

「お待ちしてました。私はデュカク。周辺の盗賊団壊滅、ありがとうございます。これを機に冒険者登録はいかがですか？」

儂らに気付き、書類から顔を上げると、デュカクは途端に柔和《にゅうわ》な笑みを浮かべ、こちらへ近付いてきよった。儂の右手を掴み、両手で包むように握ってくる。こりゃ、そこらにいる冒険者より圧倒的に力強いのぅ。

「儂は商人じゃ。懸賞金も別にいらんし、魔物を狩るのも食べる為じゃからな。妙な制約や拘束をされたくないから、登録はせんよ」

「そうですか、残念です。ただ、余った素材などは当ギルドへ売っていただけますか？」

しょんぼりするデュカクは、それでも引き下がらず頼んできよった。儂を逃すまいと握手は続けたままなのは、色好《いろよ》い返事をもらうまで離さんという意思表示なんじゃろか……

「それは構わんよ。適当に今ある在庫を教えるから、欲しい物を買い取ってくれるか？」

「ありがとうございます。では後ほど。それで、ズッパズィート管理官、なぜにカナ＝ナさんがここに？」

儂の右手を解放したデュカクはさっきまでの笑顔を消し、鋭い視線を管理官へ向ける。

「先ほど受付前でパーティメンバーに魔法を放っていました。場所が場所ですので、単なる喧嘩で済ますわけにもいきません。何かしらの罰を与え、更正《こうせい》させないと繰り返します。ちなみに被害者であるパーティメンバーはアサオさんのおかげで無傷です。一応カナ＝ナさんも手加減していたんだと思いますが……」

顔色一つ変えない管理官は、階下で起こった事件をありのまま伝えておる。最初に儂のところへ飛んできた女の子も気を失ってただけじゃし、《結界《バリア》》とナスティのおかげで誰も傷付いとらん。管理官の後ろでは、ナスティに手玉に取られ続けとる少女が、未だにぴょんぴょん飛び跳ねておるぞ。

「はぁ……影人族だって穏和《おんわ》になれるんですよ。私がそうなんですから」

自分で自分を穏和なんて言える輩は、実際のところ穏和じゃないと思うんじゃが……落ち着き払ったデュカクを見るに、納得するしかないか。しかし、喧嘩っ早い性格の矯正《きょうせい》は、並大抵の努力じゃ済まんじゃろな。

儂の疑問を感じ取ったのか、デュカクは儂に微笑みよった。

「村を出てから、これではいけないと思って特訓したんですよ。怒りに任せて魔法を撃つ前に深呼吸すると、結構我慢もできますし……相手の実力を推《お》し量《はか》る術も覚えました。誰彼構わず喧嘩を売るのはいけませんね」

デュカクはさっきから一切表情を変えとらん。

「とりあえずカナ＝ナさんの伸びきった鼻を圧《へ》し折《お》りたいんですが……アサオさん、お願いできますか？」

「何で儂なんじゃ？」

「カナ＝ナさんが手加減していたとはいえ、完全に無力化するほどの腕前をお持ちなら、指導までできるんじゃないかと思いまして……私の実力では荷が重いのです」

儂が首を捻り問いかけるが、デュカクは即答しよった。隣に立つ管理官も頷いておる。

「圧し折ることはできると思うが……立ち直ることができるかどうか分からんぞ？」

「影人族は基本的に大人から叩きのめされて育ちますので、そんなに柔《やわ》な精神じゃありません よ。ただカナ＝ナさんは『死角《しかく》』なんて通り名を持つくらいの実力者なんです。この辺りで本格的な壁に当たらないといけません。上には上がいることを知る良い機会です。やっちゃってください」

細めた目を薄《うっす》ら開き、儂を見るデュカクの顔は、真剣そのものじゃった。管理官も再び無言で頷いとるし。

「とりあえず、ここでやるわけにはいかん。場所を用意してくれるか？　あと、儂は攻撃魔法を使わん。心を折るだけじゃから、後始末は頼むぞ」

「分かりました。では訓練場を用意致します」

管理官はそう言って、そそくさと執務室をあとにした。デュカクは儂らを案内するので残っておる。

「ナスティ！　その杖、儂にパスじゃ！」

「は～い」

少女がナスティに飛びかかった瞬間に、儂に向かって杖が飛んできよる。儂は杖を受け取ると、執務室から逃げ出すように一目散に駆け出した。

「か一え一せ一！」

儂とデュカクが走り出た後の執務室から、少女の声が響いてきおった。

《 52　天狗《てんぐ》 》

ナスティから離れた少女が、廊下を駆けながら儂を必死に追ってくる。儂はあえて怒りを誘う為に、スキップをしとる。追い付けそうで追い付けない微妙な速度じゃから、歯がゆいじゃろうな。

しかし、あれは体力が足りとらんぞ。魔法ばかり覚えんで、もう少し身体を鍛《きた》えたほうがよさそうじゃ。

「階段を下りたらすぐに左です。少し走った先の扉が訓練場になります」

スキップで進む儂の前を走るデュカクは、これからの道順を示してくれておる。息も上がらず話すだけの余裕を見せる辺り、デュカクは事務方だけのギルマスではないんじゃな。

儂を何とか追いかける少女は既に息が上がって、苦しそうな呼吸をしとるぞ。そのあとをナスティが笑顔でついてきておる。

訓練場に着くまでまだ少しあるから杖を鑑定したら、面白い効果が書かれておった。効果を上手く活用しとるからこその通り名かもしれん。そして手の内が分かってしまえば、怖さはないのぅ。

鑑定結果から今後の手順を組み立てているうちに、訓練場に到着した。デュカクが扉を開け放ってくれたので、儂は労せず中へ入れた。

「なんじゃ、結局追い付かれずに終わってしまったな」

訓練場のど真ん中に佇む儂が振り返ると、息も絶え絶《だだ》えな少女がしゃがみこんでおった。

「か……かえ……せ……」

空気の洩れるような掠《かす》れ声で何かを言っとるが、よく聞こえん。

「仕方ないのぅ。これ以上悪さするんじゃないぞ？」

少女へ杖を放ってやると、今までの疲れ切った姿からは予想もできんくらいの機敏さで動き、空中で掴んで綺麗な着地まで見せよった。

「杖が戻れば、老《お》いぼれなんて相手じゃないんだから！」

威勢《いせい》よく啖呵《たんか》を切った少女は呪文を唱えるが、遅いのぅ。

「《束縛《バインド》》」

少女に無数の蔓が迫るが、懐から取り出したナイフで刻まれてしまった。じゃが、詠唱は止まってしまったから一からやり直しじゃな。

再び唱え出すが、懲りとらんな。短い詠唱の初期魔法で距離を取ったり、牽制したりはせんのか。気が回らんのは、その辺りをパーティメンバーに無意識で頼っていたか、やってもらっていたからじゃろ。なのに魔法を撃たせてくれんからと癇癪《かんしゃく》を起こしてしもうたのか……

「《穴掘《ディグ》》」

少女の足元を30センチくらい窪《くぼ》ませると、それだけで少女の詠唱はまた止まる。挫《くじ》けず三度唱え出すが、相変わらずの遅さじゃ。

「《加速《クイック》》、《堅牢《スタウト》》」

儂がまた魔法を口にすれば、少女は身構えてしまい、詠唱が途切れてしまう。ぷるぷる震え、顔を真っ赤にしとるのは、恥ずかしさからじゃろうな。

「幼いのぅ。攻撃されとらんのに詠唱を止めてしまうとは……」

　更に顔を赤くした少女は、《火球《ファイアーボール》》と《風刃《ウインドエッジ》》を乱射《らんしゃ》してきよった。杖のさす向きで撃ち出される先が、呪文の詠唱終わりで発動の時間が読めるから、容易《たやす》く避けられるわい。

「そんな雑な攻撃が当たるはずないじゃろ」

　儂の忠告も無視して乱射し続ける少女は、不敵に笑っておった。

「詰めが甘い。そんな顔をしたら切り札《ふだ》があると知らせているようなもんじゃろうが。《沈黙《サイレス》》」

　後方からの火球を避け、儂は自分の右後ろに魔法をかける。今度は魔法の乱射も不敵な笑みも止め、少女は立ち止まってしまったのぅ。

「アサオさん、今の火球は……？」

「カナ＝ナの相手をしとると、背後からも攻撃されるんじゃろ？　そこに隠れとる者が『死角』の正体《しょうたい》じゃ」

　儂らから距離を取ったままのデュカクに問われたので、《沈黙《サイレス》》をかけた先を指さして儂は答えた。嬢ちゃんがぽかんと呆気に取られとるから、今のうちじゃな。

「《束縛《バインド》》」

　指さした先に蔓が纏わりつき、小さな人影を縛り上げた。

「カナ＝ナの相方、カナ＝ワがこの子じゃ」

「なんで？　なんで分かったの？　誰にも知られてなかったのに……」

正気に戻ったカナ＝ナに詰め寄られたが、もう儂を攻《せ》める気もないようで、不思議なものを見る目をしておった。

「杖を見たら書いてあったからのぅ。二本で一対の杖なんじゃろ？　で、それぞれが近くにないと効果がなくて、威力を発揮できんと書かれとったからな。カナ＝ナ嬢ちゃんの杖は消費魔力が半減し、カナ＝ワ嬢ちゃんの杖は不可視《ふかし》にさせるんじゃな？　死角からの攻撃を悟《さと》られない為に、魔法の発動も息を合わせてたはずじゃ。とはいえ、見えんだけで《索敵《レコナ》》でバレバレじゃし、《鑑定《エヴァルア》》で名前も分かってしまうからのぅ」

「当たってる！　カナ＝ワ！　このじいちゃんすごいよ！」

蔓に縛られた見えない人影に語りかけるカナ＝ナは、年相応の幼い笑顔を見せておった。

「カナ＝ナさん。少しよろしいですか？」

「何？」

いつの間にか背後におった管理官に呼ばれて振り返ったカナ＝ナの右手に、がっちりと腕輪がはめられる。

「魔法行使禁止期間を設けます。ドマコルニさんたちのパーティから離れ、当ギルドにて再教育を施しますので、しっかり受講してください。彼らも奴隷《どれい》送りなどは望まないそうですから」

事態を呑み込めないカナ＝ナは首を捻るが、管理官は無表情のまま説明を続ける。

「基礎《きそ》体力作りも併《あわ》せて行いましょう。目指すはギルドマスターです」

管理官がすっと腕を向けた先には、笑顔のデュカクがおった。やっと現状を把握したカナ＝ナは、青褪《あおざ》め震え出す。

「なに大丈夫ですよ。そんなに酷いものではありません。私が昔やったことをするだけですから。私は今生きています。何の問題もありませんよ」

ぷるぷる震えるカナ＝ナは儂に助けを求めようと縋るが、デュカクに問答無用で首根っこを掴まれ、引きずられていってしまった。

「カナ＝ワさんもカナ＝ナさんと同じ訓練を受けてもらいます」

蔓に縛られとるカナ＝ワの顔は未だに見えんが、小刻《こきざ》みに震えとるところを見ると、カナ＝ナと同じような感じなんじゃろな。そのまま管理官に蔓を掴まれて連行されていく。

訓練場に残された儂とナスティはどうすればいいんじゃ？

「アサオさん、ご協力ありがとうございました。後日、素材買取の件で連絡させていただきますので、その時に今回の分の謝礼《しゃれい》もお支払いします。では、失礼します」

ふと戻ってきたデュカクに良い笑顔で言われた儂らは、冒険者ギルドをあとにしたのじゃった。

儂が相手するまでカナ＝ナを手玉に取っていたナスティも、いつもの笑顔に戻っておる。さっきまでの悪戯《いたずら》っぽい雰囲気は、もう鳴りを潜《ひそ》めてしまったようじゃ。

「ナスティは子供の扱いに慣れとるのぅ。助かったわい」

「実家でも村でも子守りをやってましたから〜。それより〜、この後はどうするんですか〜?」

「市場で目新しいものを探したいんじゃが……少し疲れたんじゃよ。何かつまめるものを買って帰ろうか」

「ですね〜。今日はいろいろしましたから、のんびりしましょう〜」

港近くの露店《ろてん》で魚や貝を仕入れて家へ帰ると、ロッツァたちの獲った魚が山と積まれとった。

《 53 市場見学 》

厄介事を終えた翌日。今日は朝から曇《くも》り空じゃ。涼しい風も吹いとるし、季節が進んだんじゃろか……ヴァンの村の近くでムカゴと山芋を掘り当てたから、季節としては秋くらいだと思うんじゃが、どうなのかのぅ。いつ食べても魚は美味いし、鮮度の良い野菜も店先に並んどる。市場を巡りがてら少し調べてみるか……

「さて、今日は誰が儂と一緒に行くんじゃ?」

朝ごはんを食べながら皆に聞くと、全員が首を傾げよる。

「私はナスティさんと一緒に出店を回るー」

「我は赤い海藻を採ろうと思う。前に食べたあれをまた口にしたくてな」

ルーチェはナスティと一緒か。でロッツァは天草採りじゃな。クリムとルージュは……

「魚を獲るんですか～？」

無言のまま皿へ盛られた魚を掲げて、儂とナスティに見せてきよった。

「皆それぞれやることがあるなら、儂も一人で市場開拓しようかのぅ」

街中を一人で散策するのは久しぶりじゃな。少しばかり心がウキウキするのはなんでじゃろか？

「一人だからって無駄使いしちゃダメだよ、じいじ」

「あと～、カナ＝ナさんたちのような子もいるんですから～、子供にも気を付けてくださいね～」

「怪我することはないだろうが、アサオ殿も十分注意したほうがいいな」

皆から忠告されたんじゃが、儂はそんなに危なっかしいのか？　クリムを見れば頷いておるし、ルージュは儂の足にしがみついとる。

「心配してくれとるんじゃろが、過保護《かほご》になっとらんか？」

「だってじいじ、変なのに好かれるから」

儂が反論しても、ルーチェが間髪を容れずに言った。その言葉に、儂以外が揃って頷いておる……

「……気を付ける」

儂にはそう答える以外の選択肢が残されとらんかった。

朝ごはんを終え、皆を見送った後で儂は家を出る。儂のような個人客が朝一番から訪ねても迷惑になりそうでな。生鮮食品は早く欲しいが、店の邪魔をするのは本意ではないし、少し落ち着いた頃合いを見計らったほうが、いろいろ話もできていいんじゃよ。

大きい街だけあって市場も大きく、軒《のき》を連ねる店の数も多い。端から順に見て回っていたら、何日かかるか分からんのぅ。まぁ、のんびり通りを一本ずつ見ていくつもりなんじゃがな。

見慣れない葉野菜をいくつか見かけたので、店主に聞きながら買い付ける。下茹ですればどれも食べられると思うし、なんなら《鑑定《エヴァルア》》で事足《ことた》りるんじゃが、それじゃ味気なくてのぅ。どんな料理に向いとるのか教えてもらう。

生で食べられる野菜は、ひと口齧ってからマヨネーズをちょんと付けて味見してみた。儂の取り出したマヨネーズに興味津々な店主にもおすそ分けしたら、すっかりはまりよった。マヨネーズと一緒にドレッシングも渡したから、美味しい野菜がたくさん食べられるじゃろ。子供も食べてくれるかもと喜んでおったから、より一層嬉しいわい。

キノコは扱っていないらしく、どの店にも売ってないそうじゃ。欲しいなら、街より山や森近くの村に行くことを勧められた。街の周りにはほとんど生えないし、生えたとしても毒の有無が分からんから口にしようと思わんのじゃと。あとは海の向こうから運ばれたものならあるかもしれん、と教わった。

代わりとは言えんが、ジャガイモの種類は豊富じゃった。大きさもまちまち、色も様々で、見慣れた黄色っぽいものから赤、紫、白まであった。調理方法は茹でると言われたが、知っとるのと形も違うからいろいろ試してみるべきじゃな。

野菜の店をあとにして肉屋、魚屋、調味料屋と巡って珍しい食材を集める。肉屋は取り立てて珍しいものはなかったが、魚屋には秋刀魚《さんま》に似た魚が量《はか》り売りされておった。あと三メートル超の太刀魚《たちうお》らしき魚も売られていたから買い付けてみた。調味料は塩と砂糖が数種類ずつと魚醤が並べられていたので、これも確保じゃ。

レーカスにも売られていた大豆を、ここでも見つけられた。どうやら豆類を専門的に扱っとる店らしく、様々な豆が売られとる。儂の手のひらと同じくらいの落花生《らっかせい》やカシューナッツ、リンゴ大はありそうなクルミ。ヒヨコ豆とレンズ豆は、儂の知っとる大きさとさして差はなかった。ゴマやケシの実、あと予想外の実山椒《みざんしょう》も買えたのはありがたい。ただ実山椒はどちらかと言えば香辛料になると思うんじゃが、カタシオラでは豆の扱いなのかもしれん。芥子《からし》の種も置いてあったので一緒に購入させてもらった。和ガラシにできるかもしれん……それはおいおい実験じゃな。

「で、マルとカッサンテはそんなところで何をしとるんじゃ？」

豆屋を出て、儂は扉の陰《かげ》におる人影に声をかけた。店を巡っている途中から、儂のあとを追いかける奴がおったので、気になってたんじゃよ。で、見知った者だったから声をかけたんじゃが……驚いて固まってしまったのぅ。

「お気付きだったんですね。何に目を留められるのか気になりまして……申し訳ありません」

目を丸くしたままのマルが頭を下げ、カッサンテもそれに倣う。

「隠れて覗かんでも、声をかけてくれれば済むじゃろ？　値引き交渉もしとらんし、買った物も食材ばかりであまり参考にならんと思うぞ？」

「いえ、他の街から来られた商人さんの目線を知りたいのです」

「……私は美味しい料理になる食材を知りたかったです」

見つかったので怒られるかもと思っておるのか、若干バツの悪そうな顔をしとるが、マルもカッサンテも素直に目的を告げてきよった。

「ふむ。今日はそろそろ帰ろうかと思ってたんじゃが、もし暇なら儂と一緒に市場を巡ってみるか？」

「いいのですか？」

驚きに目を見開くマルと違い、カッサンテはこくこく頷いておる。

「構わんよ。今日は一人ぼっちでの散策じゃからな。なんだったら案内してくれんか？」

儂がにかっと笑えば、二人も笑ってくれた。

その後は一緒に市場を巡って食材をいろいろ買い集め、二人に教えてもらったオススメの食堂で昼ごはんにした。塩味だけだったから少し物足りなかったが、安くて美味い良い店じゃった。

折角の休みに夕方まで案内してもらった礼に、二人を家に招待して晩ごはんを御馳走《ごちそう》することになった。マルとカッサンテの希望を聞いたが、儂の料理ならば何でもいいと任されたので、先日作ったドライカレーと小魚の南蛮漬《なんばんづ》けを出してみた。ささっと作ったのは、茹で玉子を入れたポテトサラダとテリヤキウルフバーガーくらいかのぅ。一応これで、肉、魚、野菜の料理になったしのぅ。

ロッツァに頼まれた汁物としてキノコ汁も用意して並べたが、これも好評じゃった。どれを食べてもマルとカッサンテはにこにこ笑顔を見せてくれたので、作った儂も満足じゃよ。

《 54　欲しい物 》

「小豆や花豆は売ってないもんかのぅ」

「あずき？　はなまめ？」

先日寄った通りとは別の通りをぷらぷらしながら、儂らは店を覗いていた。ぽつりとこぼした儂の言葉を、ルーチェは聞き逃さんかったようじゃ。隣を歩く儂を見上げて聞いてきよる。

「甘いお菓子を作れる豆なんじゃよ。この前買った豆とはまた違う料理が作れるから、見つけたいんじゃが……見当たらんのぅ」

「甘いの‼　いいなぁ、欲しいなぁ。あ、ギルドに聞いたら？　もしかしたら、じいじのコーヒーみたいにまとめて買ってるかもしれないよ？」

下口唇を指で押さえながら、物欲しそうな顔をしたルーチェは、思いついたように言う。

「そうじゃな。コーヒーや紅茶を卸さんといかんし、ちょっとギルドへ行ってみるか……何で儂は思いつかんかったんじゃろ？」

「じいじはお店で買うって考えてたからじゃない？　私は分からないなら聞けばいいかなって思っただけだし」

発想の違いかのぅ……儂は小売店で仕入れるものと無意識に思い込んでいたんじゃろな。そうと決まればぷらぷらを後回しにして、商業ギルドを目的地に決定じゃ。小ぶりな商店の立ち並ぶ通りをあとにして、大通りへ歩を進める。

儂とルーチェの二人だけなので、通りを歩く人の邪魔になるようなこともなく、すんなり流れに乗って歩けば、大きな石造りの商業ギルドにはあっと言う間に着いた。この感じだと、大通りならロッツァと一緒に行っても問題ないかもしれんが、時間帯は考えたほうがよさそうじゃな。あと裏通りはロッツァには難しそうじゃ。

今日、ロッツァは日向ぼっこをしたいからと、クリムと一緒に家で留守番しとる。ナスティも保存食を作りたいからと家にいる。ルージュはナスティのお手伝いが終わったら、魔法を見てもらうそうじゃ。前に教わってから、やる気十分なんじゃよ。

「おっきいねぇ」

ルーチェは二度目だというのに、商業ギルドの建物に圧倒されておる。

「気持ちは分かるが、見上げるのはそのくらいでな」

「はーい」

立ち止まるのは危ないからと儂が手を引いて一緒に中へ入り、案内係の青年にツーンピルカへの取りつぎを頼んで、壁際の長椅子に腰かけて待つ。

「じいじ、いろんな人がいるんだね」

「そうじゃな。人族、魔族、獣人に魚人もおるのぅ。あっちにおるのは羽根人か？　背中の羽根が白くても黒くても綺麗なもんじゃ」

受付に並ぶ人や、案内をする職員などを二人で眺めていたら、ふいに横から声をかけられた。

「色違いの翼人《よくじん》に限らず、多様な種族が商《あきな》いをしているから、見てて飽《あ》きないだろう？」

振り向けば、先日と色違いの茶色いハットを被ったクーハクートがおった。

「なんじゃ？　また儂を待っとったのか？　今日はたまたま来たというに……暇しとるのぅ」

「そう邪険《じゃけん》にしなくてもよいではないか。私はギルマスに野暮用《やぼよう》があってな。そろそろ約束の時間だから来たのだよ。そうしたらアサオ殿を見かけたので、声をかけただけなんだ」

儂の扱いに顔色を変えることもなくクーハクートは答える。

「じいじ、その人は誰？」

「アサオ殿の友人になったクーハクートだ。そのうち店にも顔を出すと思うから、よろしくな」

ハットを取り、儂越しにルーチェに笑顔で挨拶するクーハクート。ルーチェは儂に、目で本当なのか確認しとる。

「……友人と呼べるほど会っとらんし、身分も違うんじゃが……」

「私はそんなこと気にしていないのだ。アサオ殿が気に病《や》むことはないぞ」

先日と同じ悪童の笑みを浮かべ、儂の肩を抱くクーハクートに、儂は力なく頷くだけじゃった。

「アサオ・ルーチェです。じいじと血は繋がってないけど孫です！」

長椅子からぴょんと飛び降りたルーチェは、クーハクートに向き直って元気よくお辞儀をする。

「血の繋がりなどさしたる問題ではないさ。自分たちがどう思うかのほうがよっぽど大事だと、私は思うぞ」

即答したクーハクートは、真面目な顔をルーチェに向けてくれとる。

「はい。ロッツァもクリムもルージュもナスティさんも家族です」

眩《まぶ》い笑顔というのはこれのことじゃな。そう言いたくなるほどの満面の笑みで、ルーチェは儂とクーハクートを見とる。

そんなルーチェの後ろに、先日も出会った熊の顔をした案内職員が佇んでおる。

「クーハクート様。ツーンピルカ様がお呼びです。執務室へご同行願えますか？」

「私の案件はアサオ殿が適任かもしれん……一緒に行ってしまおう」

恭《うやうや》しく頭を下げる熊職員を見つつ、クーハクートは儂の腕を引く。顔を上げた職員に儂が視線を向けると、

「詳細が分かりかねますので、私としては明言できません」

困ったような顔で言葉を濁《にご》しておった。

「構わん、構わん。アサオ殿に頼むことになるのだ、一緒に行けば面倒が減るはずだ」

職員を置き去りにするわけにもいかんので、仕方なく儂も一緒に案内してもらうことになった。クーハクートに腕を引かれる儂は、ルーチェの手を取り歩く。そんな儂らの前を

案内職員さんが歩いておる。

《 55 ギルドへの卸し 》

「待たせたな。アサオ殿も一緒に来たぞ」

熊獣人の案内職員さんがノックする前に、クーハクートは執務室の扉を開けて入っていく。手を引かれとる儂もルーチェも一緒に入らされた。呆気にとられているじゃろうと思ってすれ違い様に職員さんを見たが、さして気にした様子もなかった。クーハクートは常習犯なんじゃな。

「クーハクート様、なぜアサオさんも一緒なんですか？　アサオさんとはクーハクート様の後でお会いする予定だったのですが……」

顔を顰《しか》めたツーンピルカに小言を言われても、クーハクートはまったく動じておらん。逆に自信満々に胸を張っておる。机を挟んで向き合う二人は対照的な表情じゃな。

「ギルドに頼もうかと思っていたんだが、アサオ殿に任せようと思いついてな。その承認《しょうにん》をギルドにしてもらえば、話が早いと思ったのだ。だから連れてきた。下で会ったのも偶《ぐう》然《ぜん》ではないのかもしれないな」

そう捲し立てるクーハクートは、にこやかな笑顔じゃ。言われたツーンピルカは頭を抱えとる。隣には、話が見えずにきょとんと成り行きを見守るレシピ担当のクラウスと、飲食店担当のシロルティアがおった。二人がおるなら、クーハクートの用件は食べ物関係なのかもしれんな。

「儂はコーヒー豆などを卸そうと思ってきただけなんじゃよ。下で椅子に腰かけて待っていたら、クーハクートに連れられてな……」

「そうだったのか。なら私の用事の前に、アサオ殿の案件を済ませてしまおう。そうすればじっくり話ができる」

にこにこ笑顔のまま、クーハクートは儂を少しだけ振り返ってから話を進める。話を聞かないのはいつもなんじゃろ。ツーンピルカが一言二言何かを告げ、クラウスが部屋から出ていった。

「ギルドとしては、買い付けが早まること自体は大変ありがたいです。ただ、こんな慌ただしい取引はしたくありませんよ？　分かっていますか？」

「分かった、分かった。小言は後で聞くから。な？」

ツーンピルカとやり合うクーハクートの後ろで、儂とルーチェは取り残されたままじゃった。やることもないし、一服でもするか……【無限収納《インベントリ》】から急須と湯呑みを取り出し、テーブルに並べ、儂はシロルティアを誘って席に着く。

「いつもこうなのか？」

「……だいたいこんな感じです」

急須から湯呑みに茶を注ぎ、シロルティアに手渡す。受け取ったシロルティアは、頭を下げながら答えてくれた。

「……はぁ、美味しいです」

目を閉じ、深いため息と共に言葉を吐き出すシロルティアは疲れとるようじゃ。

儂は【無限収納《インベントリ》】から昨日作った味噌ピーを取り出し、そっとシロルティアの前に置く。甘しょっぱい風味の豆なら茶請けになるからのぅ。疲れにも効くと思うから一石二鳥《いっせきにちょう》じゃな。

「……甘い。しょっぱい……豆ですか？」

豆を口に含み、感じたままの声を洩らすシロルティアの隣で、ルーチェが頷いておる。

「落花生を味噌と砂糖で味付けしたんじゃよ。儂らの出番まではのんびり一服じゃ」

三人で茶をすすり、味噌ピーを味わう。儂らがのんびり待っとると、クラウスがマックスを連れて執務室へ戻ってきた。

「アサオさんは、シロルティアと何をしているのですか？」

「一服じゃよ？　あっちで二人がやり合っとるから、儂らは暇なんじゃ」

マックスに問われ、儂は机を挟んで未だ言い合うツーンピルカとクーハクートを指さす。

「コーヒー豆などの取引があるからと呼ばれたのですが……」

「大変なんだねぇ」

「二人を置いて、儂らでやってしまうか？　それならここに出すんじゃが」

クラウスとマックスは、目を合わせてから頷く。シロルティアは緑茶と味噌ピーでまったりしたままじゃ。

「コーヒーは豆を2万ランカ、粉を1万ランカ、紅茶は2万ランカ、緑茶は5千ランカでお願いします。計量は私たち三人でしてしまいます。終わる頃にはあちらの騒動《そうどう》も落ち着いてるはずです」

マックスに頼まれた茶葉などを【無限収納《インベントリ》】から取り出し、テーブルの脇に並べる。茶筒の手持ちが心許なくなってきたので、今回は麻袋に移し替えたんじゃ。粉コーヒーだけはこぼれてしまうから、レーカスで買った甕《かめ》に入っておる。それぞれ2万ランカまでは卸せると伝えたから、追加で頼まれるかもしれんし、カタシオラでも何かしら容れ物を買っておくべきじゃな。

置かれた袋を開けて中身を確認するマックスと、部屋の端に置かれた量りまで袋を運ぶクラウス。シロルティアも飲み終えた湯呑みを置いて、量りのそばで重さを記載《きさい》する為に待機しておる。

ルーチェは儂の隣でかりんとうを食べておった。かりぽりと鳴る度に、クラウスたちの手が止まりよる。それでも自分らの仕事をしっかりとこなし、ほぼほぼ終わる頃にやっとツーンピルカがマックスの隣に座る。こってり絞られ元気のないクーハクートは、儂の隣に静かに着席した。

「アサオさんを放っておいてしまい申し訳ありません。時間を置いてから注意しても耳を貸さない方ですので、即叱りました。こちらの希望量などはマックスからお伝えしてあるかと思いますが……大丈夫なようですね」

ちらりと隣を見るツーンピルカに、マックスは品質、重量共に問題ないことを記した書面を手渡しながら頷いておる。

「緑茶は紅茶と同じ100ランカ20万リルで、他は先日の単価で代金をご用意してあります。少々お待ちください」

ツーンピルカは立ち上がり、執務机の後ろに置かれた金庫へと足早に歩いていく。

「緑茶の値段も決めてくれたんじゃな。ありがとさん」

「全部合わせると1億800万リルですよ……きっと過去最高額の取引ではないでしょうか」

マックスが淡々と話す事実に、クラウスとシロルティアは目を見開いておる。

「またたくさん食べられるね、じいじ」

かりんとうを食べていたルーチェが笑顔で儂を見とる間に、ツーンピルカが席へ戻ってきた。

「そんなに食べるとなると、高価な食材を無駄使いしないと無理じゃありませんか？」

テーブルにかちゃりと金属音を立てる袋を置き、ツーンピルカは苦笑いを浮かべておる。

「全て白金貨になっていますが、よろしいですか？」

「小銭《こぜに》は手持ちがあるから大丈夫じゃよ」

袋を受け取り、中身の枚数を確認してから【無限収納《インベントリ》】へ仕舞う。

「さて、それではクーハクート様の頼みとやらの話に移りましょう」

儂が仕舞うのを確認すると、ツーンピルカが話を切り出してきた。

《 56　クーハクートの依頼 》

「私の頼みたいことは、これをどうにかして、美味しい料理にできないかと思ってな」

クーハクートは肩から提《さ》げた鞄をテーブルに置き、にやりと笑いながら豆らしきものを出してきた。房《ふさ》から外された豆は赤地に黒色が斑《まだら》でさしとる。この見た目は、儂の知る花豆と同じなんじゃが……一粒《ひとつぶ》の大きさが儂の親指くらいもあるぞ。

「真っ赤な花がたくさん咲いて綺麗でな……その種がそれになる。たくさん採れるから、何かに使えないかと領地より送られてきたのだ。塩茹でや、スープの具にするくらいしかないらしくてな……新しい物を作りたいと考えていた時にアサオ殿に出会ったのも何かの縁だ、お願いしたいから同行してもらった」

一気に捲し立てるように話すクーハクートは、むふーっと鼻息を荒く吐き出して胸を張っておる。

赤い花で、この見た目……念の為、受け取った豆を鑑定すると、『美味しい花豆です』と出よった。小豆より先に花豆が見つかったわい。

「儂の知る豆より随分大きいが、これは美味しい甘味に化けるぞ。市場で見つからんかったから、ギルドに聞こうかと思ってたところなんじゃ。あと小指の爪くらいの赤い豆も探しとるんじゃが……それはないかのぅ？」

欲しかった花豆を思わぬところで見つけた儂は、笑顔になってしまった。ポーカーフェイスが大事な商人としては失格かもしれんが、これは顔に出てしまうじゃろ。

「小さな赤い豆は知らんな。それも美味しい料理にできるのか？」

「できるぞ。そっちも甘味になる。あとは米と一緒に炊いて祝いの食事にしたりもするな」

クーハクートが最初に答えてくれたので、儂も即答してしまう。

「残念です。私たちも赤い豆は知りません。他の街にも問い合わせてみましょう」

首を横に振るツーンピルカは立ち上がり、執務机まで歩くと何かを始めた。儂が目で追うと、シロルティアが答えてくれた。

「他所のギルドとやりとりができる魔道具ですね。商機と見て動いたんだと思います。美味しい料理の可能性を秘めた新たな食材ならば、マスターは労を惜《お》しみませんよ」

クラウスもマックスも頷いておる。

「で、アサオ殿。これで美味しい甘味をお願いできるか？」

「儂は構わんが、勝手に受けて問題ないのか？　ギルドが仲介《ちゅうかい》したほうがいいならそうするんじゃが」

「大丈夫です。レシピを公開するようなら所有権を明確にしないといけませんが、その辺りはどうされますか？」

クラウスが儂に代わってクーハクートに問うてくれた。

「私が頼んで作ってもらうのだ。折半《せっぱん》で良いだろう」

「儂らが食べる分や、店売りの分を作るのを認めてもらえれば、別に権利はいらんのじゃが――」

「権利は保持しておいたほうが無難です。共同開発をして、権利も利益も折半。その形が一番落ち着くかと」

儂の提案は却下《きゃっか》されたようじゃ。クーハクートとクラウスが目を合わせながら頷いておる。

「クーハクートはどのくらいこの豆を持っとるんじゃ？　できるだけたくさん欲しくてのぅ」

「今日持ち込んだ分は1万ランカもないが、屋敷には5万ランカ残してある。領地には

500万ランカはくだらんな。毎年、鉢植《はちう》えを出荷するくらいしかしておらんかったから、過剰在庫《かじょう》なのだよ」

「試作用に手持ちの分は全部欲しいのぅ。試作が上手くいけば追加で2万ランカは確保したいところじゃな」

クーハクートの鞄から麻袋がいくつも取り出され、儂が受け取って【無限収納《インベントリ》】へ仕舞う。

「試作分の代金はいらん。その代わり、私も味見に参加させてくれ。美味しいものになったら、屋敷へ持ち帰らないと怒られてしまうからな」

「分かった。追加で儂が買い取る分の単価は、領地と相談して早めに決めてくれんか？　料理を売るにしても値段が決められんからな」

儂とクーハクートのやりとりを、クラウスは無言で見ておる。

「アサオさん、もう売れる自信があるんですか？」

シロルティアは気になったらしく、儂へ質問してきよった。

「大きさは随分違うが、儂の知ってる豆と似てるんじゃよ。だからきっと料理もできるし、大外しもせん」

儂は目を細め、シロルティアに笑顔を向ける。

「ならば、あと一つ。アサオ殿、こちらはどうだ？　美味しい料理を作れるか？」

儂に花豆を渡し終えたクーハクートは、皺だらけの真っ黒な果実を鞄から取り出す。

「これは干しブドウ……いや、プルーンかのぅ」

「プルーンというのか。知り合いの商人が舶来品《はくらいひん》の仕入れのおまけにもらったそうだ。その一部を譲ってもらってな。3千ランカもないのだが、どうすれば美味しく食べられるか分からなくて、困っていたのだ」

「これはこのまま食べるくらいしか、儂も知らんな。あとは肉と一緒に煮込めば、美味くなるかもしれん」

手渡されたプルーンを見るが、色、形、大きさとどれも儂の知るプルーンとの差はなかった。ドライフルーツでそのまま食べるか、ケーキに混ぜるくらいしか儂は知らん。婆さんと一緒に作っていたパウンドケーキなら作れるが、儂はオーブンを持ってないしのぅ。家にも備え付けられとらんし……コンロのように魔道具でないじゃろか？

「料理に使える魔道具はどこが扱っとるんじゃ？　借家の竈《かまど》だけだと心許ないんじゃ」

「魔法使い組合がよろしいかもしれませんね。初級から高位までの魔法書物、魔石の加工に付与魔法、様々な魔道具も販売しています。あそこなら料理に使える魔道具もあるはずです。後ほど紹介状をお渡ししましょう」

ツーンピルカが儂に話しながら、笑顔で一筆したためとる。いつの間に机に移動したんじゃ？

「お二方の権利関係の書類を作っていたので、こちらにいるんです。話は聞いていますから ご安心ください」

爽やかに笑っとるが、儂の顔に疑問が出てたんじゃろか？　隣に座るルーチェが頷いておるから、出ていたんじゃな。

「じいじ、この豆はなんて名前なの？」

「儂の知っとる名前は花豆じゃ」

「アサオ殿、私たちも花豆と名付けてもよいか？」

花豆を摘まむルーチェに儂が答えると、クーハクートが前のめりで儂へ顔を近づける。

花と豆で名前が違ってもいいんじゃろか？　あぁ、日本でも花豆は通り名じゃったか……

「花と豆で混乱しないならいいんじゃないかのぅ」

「花は花で需要《じゅよう》がある。別の商品として扱えるなら好都合かもしれんな。それに私の領地はかなり寒いのだが、出荷先は暖《あたた》かい地域ばかりで、あまり育ちがよくないらしいのだよ。種、いや花豆はあまり採れていないそうだ」

「儂の知る花豆も涼しい地域や高地などで栽培《さいばい》されとったな」

儂が補足《ほそく》する形で言葉を足せば、ツーンピルカも納得したのか目を細めておる。

そしてクーハクートはおもむろにプルーンを鞄から出しよった。

「では、こちらもお願いする。料理を全く思いつかない私が持つより、アサオ殿が持つほうが有用だろう?」

　そして悪童の顔で儂にプルーンを押し付け、満足そうに笑っておった。

《 57　ギルドからも依頼 》

「当ギルドからも依頼してよろしいでしょうか?」

　儂とクーハクートのやりとりを見ていたクラウスが、申し訳なさそうに言う。

「漁師の方々からの15センチにも満たない、売り物にならない小魚の活用法を見つけてくれないかと頼まれました。当ギルドに現在加盟していただいている飲食店全てに依頼を出していきます。ですので、今回出店の運びになったアサオ様にもお願いできないかと思いまして」

　丸まった案内書のようなものを広げてクラウスが説明する。

　魚の種類にもよるが、いくらでも利用価値はあるじゃろ。食べる他に、乾燥させてから肥料にすることもできるしのぅ。おぉ、乾燥させるならダシの素《もと》にも加工できるな。

「活用法を発見、通達してくれた商店、商会へはギルドから報酬《ほうしゅう》が出ます。まぁ少額の金銭と優先取引権くらいなのですが……」

「それはどこと優先取引をする権利なんじゃ?　漁師か?　ギルドとか?」

「漁師、ギルドのどちらも選択可能です」

クラウスの言葉を肯定するようにツーンピルカが頷いておる。

「ふむ。なら儂の欲しい食材を探してもらう為にも、頑張るかのぅ」

「じいじの料理を食べられて、新しい食べ物も貰えるかもしれないの？　すごいね、じいじ！」

顎ひげをいじる儂を、ルーチェがきらきらした目で見上げておるわい。

「クーハクート様の依頼の合間で構いません。無理はなさらず、可能でしたらお願いします」

丁寧なお辞儀をするクラウスに倣い、マックス、シロルティアも頭を下げてくれとるな。

「礼はいらんよ。儂はやりたいようにやるだけじゃからな。件《くだん》の小魚は自分で手に入れるんじゃろか？　それとも漁師が運んでくれるのか？」

「こちらの案内状を港まで持参してください。確認後、漁師から小魚を渡されますので、なるべく頑張っていただけるとありがたいです」

クラウスが書面を差し出してくれたが、儂がもらうより先にルーチェが受け取りおった。

「小さい魚だと……甘酸《あまず》っぱいタレに漬けたのがいいね。魚貰って早く作ろう、じいじ」

立ち上がったルーチェは儂の腕を引き、早く早くとせがんでおる。ルーチェと一緒になってかりんとうなどをつまんでいたクーハクートは、自分の用件は終わったとばかりに黙々と食しとる。ツーンピルカは苦笑いじゃな。

「このまま港に向かうから、これで失礼するぞ。試作品が出来たら連絡するから、マルカッサンテを寄越してくれるか？　儂らと面識《めんしき》があるほうが話が早いじゃろ」

「かしこまりました。そのように手配いたします」

「私は明日以降、アサオ殿の家に顔を出していいか？　だが、家を知らん。なので、誰かに案内を頼みたい」

かりんとうを口に含んだクーハクートは、行儀《ぎょうぎ》が悪いのも気にせずツーンピルカに絡んどる。

儂の同意を得とらんのを思い出したからか、ツーンピルカは視線で儂に確認してきよった。儂はルーチェに引きずられたまま頷くことしかできん。儂を引きずるルーチェに驚いて、若手三人は目を丸くしとるのぅ。

「アサオ殿、また明日！」

元気のよいクーハクートの声を背に、儂は執務室から連れ出された。商業ギルドも出た儂らは、そのまま漁港に顔を出す。

案内状を見せると、上半身がムキムキの男性人魚の漁師に、笑顔でざる一杯の小魚を渡された。鮮度が落ちる前に【無限収納《インベントリ》】へ小魚を仕舞い、港をぶらぶら見学していた儂に、売れ残りの魚を格安で譲ってくれたのも、このムキムキ漁師さんじゃ。昼を過ぎたというのに、売れ残りとは思えんくらい鮮度が抜群《ばつぐん》によかった。

ここの漁師も魚人族と人魚族が主体で、素潜りをしとるそうじゃ。人族は仕掛け漁なんじゃと。そんな漁師全員が協力し合って最近刺し網漁を始めたらしく、小魚がたくさん揚がるから依頼をしてみたそうな。

こりゃ、十分な量の小魚が確保できそうじゃ。少しばかり頑張って作ってみようかのぅ。とはいっても、儂の作る料理なんて佃煮《つくだに》や南蛮漬けくらいじゃがな。あとは先ほど譲ってもらった魚を使って練り物辺りを試そうか。

「じいじ、あとは何を買うの？」

「料理に使えそうな小物かのぅ。あとは店をやる時用の皿や椀じゃな」

魚を受け取れたので、儂とルーチェは港をあとにしながら、店の並ぶ通りを歩く。木や陶製、金属製の食器が売られとる。ガラス製のものはカタシオラでも見かけんので、店主に聞いたら、高級品でこの近辺では売っていないそうじゃ。その辺りもギルドに聞かんとダメじゃな。

「あ、じいじ、焼いた魚が売ってるよ。美味しそうだよ」

「晩ごはん用に買って帰ろうか」

一尺くらいある魚が、はらわたを取り除かれて、尾頭付きで焼かれとった。塩だけを振って焼いているのかと思ったんじゃが、トウガラシなども使っているみたいじゃ。少しだけ赤くなっておる。

他にも、殻から外されたサザエのような貝も焼いていたので買っておいた。こちらは塩も振らずに焼いただけのようじゃ。ハマグリっぽい貝の塩茹でもあって、これらが晩ごはんのおかずじゃな。

帰宅した儂らを待っていたのは、魔法の鍛錬《たんれん》でへばったルージュとナスティじゃった。ロッツァとクリムはまだ庭先で昼寝をしておった。

晩ごはんでは、買ってきたおかずの味が少しばかり物足りなかったらしく、皆が醤油を足しておった。儂は汁物を作り、ごはんを炊くだけの簡単晩ごはんじゃった。

明日からは試作を繰り返す感じかのぅ。

《 58 花豆試作 》

朝食を食べ終え、さて試作の開始じゃと台所へ向かう時に、客が来た。朝も早くから誰かと思えば、予想通りクーハクートじゃった。手伝いをするつもりで朝から来たんじゃと。実のところ、家にいても執事《しつじ》やメイドの邪魔になるから、さっさと出かけてきたと自白しおった。手が足りないなんてことはないが、共同開発の体裁《ていさい》を取る為にも何かさせたほうがいいんじゃろな。

今日は花豆から試作するつもりじゃ。昨日帰宅してすぐ水に浸しておいたんで、そろそろ使えるじゃろ。圧力鍋が欲しいが、ないものは仕方ない。弱火でじっくり時間と手間をかければいけると思うんじゃよ。

　下茹でじゃから、砂糖や醤油などは一切使わん。柔らかく仕上げる為に、ひたひたになるくらいの水でのんびり炊く。たまに優しくかき混ぜるだけじゃから、クーハクートにもできるじゃろ。

「がしゃがしゃ混ぜたらいかんぞ。豆が崩れないよう、優しくゆっくりやるんじゃ。ずっと混ぜる必要もないから、時折やってくれ」

「分かった」

　儂のかき混ぜ方を真似て、クーハクートが大きくのの字を描きながら鍋を混ぜる。

「さて、クリムとロッツァには何を頼もうかのぅ」

「我は料理では役に立たないぞ。沖で昼飯のおかずでも獲ってこよう」

「美味しそうな貝があれば、それをお願いできるか？　漁師が獲れないような大物なら獲っても大丈夫だと思うんじゃが」

「分かった。大物を狙おう。貝なら潜《もぐ》る必要があるな。クリムはアサオ殿と待っているのだぞ」

　儂とロッツァのやりとりを無言で見ていたクリムが頷く。床をかりかり掻いておるのはなんじゃろか……

「クリムも貝を獲ってくれるのか？」

こくりと頷いたクリムは、任せろとばかりに鼻息を荒くしよった。

「なら、この籠に集めとくれ。儂の手くらいあれば、刺身や焼き物にできるな。白金貨《これ》くらいの大きさがあれば酒蒸《さかむ》しや汁物も作れるのぅ。頑張るんじゃぞ」

儂は左手を指まで伸ばして開き、右手は直径5センチほどの白金貨を摘まんでクリムに見せる。クリムが頷いたので籠を預けると、元気よく庭へ飛び出し、砂浜に駆けていった。

「大きさの見本に白金貨を出す者はそうそうおらんぞ、アサオ殿」

手を休め、鍋の前で額を拭うクーハクートは、苦笑いをしておった。

「分かり易い物がなくてな」

「ところで、今日はあの小さい子はいないのだな」

「ルーチェなら、ルージュとナスティと一緒にドルマ村へ行ったぞ。久しぶりにナスティが里帰りするから付き添いなんじゃ。何泊かしてきてよいと言ったんじゃが、何ぞ用でもあったか？」

「いや、幼い子だけで何かさせているのかと思ったのだ。治安に不安などない街だが、万が一はありえるからな」

周囲をきょろきょろ見回すクーハクートは言葉を濁《にご》しておるが、儂としてはルーチェに悪さする輩のほうが心配じゃよ。

「ルーチェにしろナスティにしろ、かなりの腕っぷしじゃからな。ルージュは子熊といっても熊の魔物じゃし、魔法の付与された防具も持たせておる。儂は、反撃でやり過ぎないかのほうが不安じゃ……」

「そんなに強いのか？」

「儂が目を離した一瞬で、喧嘩をふっかけてきた自称ランクB間近《まぢか》な冒険者を失神させとったぞ」

レーカスであったことを簡単に説明した儂を、クーハクートは目を見開き見ておる。疑《うたが》いたくなる案件じゃろうが、事実なんじゃよ。

「……とりあえず私は目の前の豆を煮よう」

クーハクートは聞かなかったことにしたいんじゃろうな。儂から目を離して、再び鍋を真剣に覗き込みよった。

まだまだ下茹で段階の花豆は任せて、儂は昼ごはんの仕込みじゃ。クーハクートも食べていくじゃろうから、四人前じゃな。とはいえ、あまり重い物を昼に食べたくないから、麺類《めんるい》がいいかのぅ。とりあえずうどんを打って待つか。

うどんの仕込みを終えて【無限収納《インベントリ》】に仕舞えば、クーハクートが見ていた花豆も柔らかく茹であがっておった。鍋を傾けてざるにあげると、儂らの周りは湯気で真っ白になってしまったわい。

「この汁は使わないのか？」

「たぶんアクが出とるから捨てるんじゃよ。試しに舐めてみると分かるぞ」

儂に言われるまま、クーハクートはぺろりと汁をひと舐めして、顔を顰《しか》めた。そっと緑茶を渡すと、あおるように飲んでおる。よく分かったじゃろ。

「今度は甘く炊いていくんじゃ。その為に結構な量の砂糖を使うが、クーハクートに仕入れの伝手《つて》はあるのか？」

「……ある」

苦みというかエグみでまだ口がおかしいのか、クーハクートはひと言だけしか話さん。

「花豆を炊くのは昼ごはんを食べてからじゃな。ほれ、ロッツァとクリムが帰ってきた」

儂の指さす先に海から上がるロッツァと、器用に籠を抱えて二足で歩くクリムがおった。ロッツァの大きさが元に戻っておるから、咥えとる貝は1メートルくらいあるじゃろ。

ロッツァから受け取ったシャコ貝はまだ生きとるらしく、【無限収納《インベントリ》】には仕舞えんかった。なので、《穴掘《ディグ》》で庭に穴を掘り、海水を【無限収納《インベントリ》】経由で注ぎ、簡単な生け簀《す》を作る。とりあえずこのまま置くしかないわい。

クリムの籠には、大粒のアサリやハマグリがわんさか入っておった。色鮮《いろあざ》やかな貝殻《かいがら》のホタテもあるようじゃが、これ砂浜におったんじゃろか？　あと岩ガキのようなものも見えるのぅ。こりゃ、砂浜だけでなく、岩場で探したか潜ったかしたようじゃな。クリムを褒め、頭を撫でてやると、喜んでじゃれてきよった。

アサリは酒蒸しにして、ハマグリは焼いてやった。昼ごはんに使わない分はシャコ貝と同じく生け簀に沈めておいた。

酒蒸しの汁が勿体なかったので茹でたパスタに和えれば、簡単なボンゴレになったわい。良いダシを含んだパスタは美味いのぅ。皆で何口かずつしか食べられなかったが、満足したようじゃ。

昼ごはんと一服が済めば、花豆の仕上げにとりかからなくちゃならん。ロッツァたちは甲羅干しの後で、また魚や貝を獲ってくるらしい。

「やることは昼前と変わらんぞ。ただ焦げ付かんように注意して混ぜるくらいじゃな」

「焦げるのか？」

「砂糖をたっぷり使うからのぅ。気を抜くとすぐに焦げてしまうんじゃ。そしたら最初からやり直しになるぞ。豆も食えなくなって勿体ないから、焦がさんようにな。でも、がしゃがしゃ混ぜたらいかん」

「分かった。先ほどのようにゆっくり大きくだな」

クーハクートはこくりと頷き、素直に儂の言葉に従《したが》う。最初から貴族のような素振りを見せんとはいえ、ここまで庶民《しょみん》に馴染《なじ》むのもどうかと思うぞ……気を使わなくて済むからありがたいがの。

鍋に水と砂糖を入れて沸かしながら溶かし、下茹でした花豆を入れたら、あとはのんびり炊くだけじゃ。儂が見ておる二つの鍋のうち一つを甘納豆にするつもりでな。もう一つは小豆の替わりで餡子《あんこ》に仕立ててみようかと思っとる。クーハクートに見させておる鍋は、砂糖でなく蜂蜜を入れたから、風味が違うものなるじゃろう。

「アサオ殿、少し豆が崩れてきているのだが、これは失敗か？」

額に汗を浮かべながらも必死に木べらを振るクーハクートが、心配そうに鍋と儂を交互に見る。

「多少潰れるのは仕方ないのぅ。ほれ、儂の鍋でも同じようになっとる」

儂が木べらで花豆を掬《すく》い、鍋から持ち上げると、クーハクートは安心したように胸を撫で下ろしておった。

「そろそろいいじゃろ。あとは冷まして完成じゃ」

「やっとか。もう腕がぱんぱんだ……」

ぶらぶら腕を揺すり、手を握って開いてと動かすクーハクート。すっかり疲れ切っとるようじゃ。儂はステータスが高いおかげか、さして疲れとらん。

「これを仕上げる為に粗熱《あらねつ》を取らんとな」

儂は自分の見ていた鍋の一つから花豆をざるにあげ、煮汁と豆に仕分ける。花豆の汁気《しるけ》が切れたら、重ならないよう大皿へ広げ、粗熱とりと乾燥じゃ。残る二つは鍋のまま置いて、冷ましておる。冷ますのに便利そうじゃから、カナ＝ナの嬢ちゃんが女の子を吹っ飛ばしていた風魔法を誰かから教えてもらおうかのぅ。それともオーブンを探しがてら、魔法使い組合に行くか……

「……これは味見をしてもいいのか？」

自分の見ていた鍋からも、儂が見ていた鍋からも甘い香りが立ち上っておるから、クーハクートに我慢はできんようじゃ。物欲しそうに儂が広げた花豆を見とる。

儂の炊いた砂糖味の花豆と、クーハクートの炊いた蜂蜜味の花豆を二粒ずつ小皿によそい、手渡す。

「ありがたい。自分で料理する機会などなかったから、気になっていたのだ」

満面の笑みでクーハクートは花豆を一粒口に含む。口に入れた瞬間から甘く、噛んだら滲み出てくる甘さに頬が緩んでおる。儂も一粒口に含み、味を確かめたが、パサパサにはなっとらんようでひと安心じゃ。儂の知る花豆より更に大粒じゃったから、少しだけ心配してたんじゃが、杞憂《きゆう》に終わったな。

「アサオ殿。時間も手間もかかるが、甘くて美味いな」

「そうじゃな。豆料理は時間がかかるもんじゃから、そこは我慢するしかないぞ。とはいえ、この味を知ればそのくらい何でもないと思うがの」

「うむ」

力強く頷くクーハクートじゃが、これはまだ途中の味見なんじゃよ。とりあえずささっと作れるのはあんころ餅《もち》かのぅ。

【無限収納《インベントリ》】を確認し、つきたての餅を皿に二つ置き、炊いたばかりの餡子をもさっと載せ、一皿をクーハクートの目の前に差し出す。首を傾げておったが、儂の笑顔で分かったんじゃろ。無言で受け取ってくれたわい。

「餅は喉に詰まり易いから、気を付けるんじゃぞ？　間違ってもひと口でいっちゃならん」

餡子の絡んだ白い餅をむにょーんと引き延ばすクーハクートは、儂の忠告を守って少しだけ食《は》んでおる。未体験の餅に甘い餡子がよく絡んだようで、また頬が緩んで笑顔になっとる。

「このモチというのも美味い。どこで買えるのだ？」

「儂はレーカスで買ったんじゃが、カタシオラにも売られてるんじゃないかのぅ。海の向こうの国から来た商品らしいぞ。これじゃから、家で聞いてみればいいじゃろ」

もち米入りの小袋を【無限収納《インベントリ》】から取り出し、クーハクートに渡しておく。粗熱を取っている餡子も瓶に詰めて渡したから、これで土産も大丈夫じゃな。

日が傾き出す頃に、ロッツァとクリムが帰ってきた。港から少しだけ沖に出たところで魔物を狩ったそうじゃ。角が三本に、牙も生えた魚じゃな。クーハクートが腰を抜かしとるから、かなり強い魔物なのかもしれん。が、ロッツァたちの相手ではなかったんじゃろ。

鑑定しても『美味しくて生食可』と出とるが、生食するものは《駆除《リドベスト》》をかけておくのがいいじゃろ。三本角の魚を三枚におろしてから柵取《さくど》りして、刺身と炙りに仕上げる。あと生け簀に沈めておいたシャコ貝も刺身と焼き貝にする。アサリは味噌汁に、大ぶりなヒオウギ貝は刺身と酢の物じゃ。

晩ごはんは魚貝祭りで、皆が笑顔じゃった。クーハクートは帰るかと思ったが、晩ごはんも食べてから帰りよった。

送ろうかとした時に、屋敷から迎えが来た。帰りが遅いから心配して見に来たんじゃと。迎えのメイドさんの一人が魔物の魚の角をじっと見ておったから土産にあげたら、もの凄い喜びようじゃった。これからも度々会うことになるじゃろうから、心付けかのぅ。こんな物で喜ばれるなら安いもんじゃ。

今日の礼に何か便宜《べんぎ》を図るとクーハクートが言っておったが、してもらいたいことが特に見当たらんのぅ……あ、塔の街のことを教えてもらうか。放置しておくのもいい気分じゃないからな。これが一番じゃ。

《59　小魚レシピ》

今日の作業は、昨日から大皿に広げていた花豆へ砂糖をまぶすことじゃ。一晩置いた花豆は、しっとりしてるが、べたべたはしとらん。クーハクートが帰った後にやろうとしたんじゃが、まだ濡《ぬ》れておったから今朝まで置いたんじゃ。花豆の表面が湿《しめ》っておると、砂糖をいくらでも吸ってしまうからのぅ……

薬研《やげん》で細かくした砂糖を、大皿の上から振りかける。ひっくり返して裏側にも同じようにぱらぱらと振りかける。これで出来上がりじゃ。

「アサオ殿。朝から何を作ったのだ？」

「花豆を甘納豆に仕上げたんじゃよ。茶請けの甘味じゃな」

朝食の焼き魚を平らげたロッツァは、儂の作業を横目に見ておったから気になったようじゃ。クリムはまだ漬物を食べておる。

儂は湯呑みに緑茶を注ぎ、ロッツァたちの前に仕上がったばかりの甘納豆と一緒に差し出した。朝から甘味付きとは少しだけ贅沢な気もするが、まぁいいじゃろ。

「……甘いな。茶が進む」

ロッツァには少し甘みが強かったのかもしれん。クリムは美味しそうに食べ、頬を押さえてから茶を飲み、ほっと息を吐いとる。

「砂糖をケチるとぼんやりした味になってしまうからのぅ。バクバク食べるものでもないから、強めの甘さにしとるんじゃよ」

「我はたまに食べるくらいでいいな。それで今日は何をするのだ？　また魚や貝を獲っていいのか？」

甘さがこたえたのか、皿に残した甘納豆をクリムに渡しながら、ロッツァは儂に聞いてきた。

「今日は料理の手伝いを頼みたいんじゃ。ついでに味見もな」

ロッツァから譲られた甘納豆を頬張り、目を細めていたクリムが頷いた。味見を聞き逃さんかったようじゃな。

「細かなことはできんが、味見ならきっと役に立つぞ。なぁクリム」

クリムは再び力強く頷き、ロッツァに同意しとる。

「アサオ殿、おはよう。今日はどんな豆料理を作るのだ？」

玄関でなく庭先から顔を出したクーハクートが、元気いっぱいに挨拶してきよった。後ろにはメイドさんが控えておる。昨日、角を渡したメイドさんとは別人じゃ。背丈も顔立ちも似とるが、雰囲気が全然違っておる。

「豆料理は作らんぞ。昨日のやりかけはさっき仕上げたからの。今日は漁師から頼まれた小魚の料理じゃよ」

「そうなのか。屋敷から連れてきた使用人と一緒に作ろうと思ったのだがな……」

クーハクートの後ろでメイドさんは、しょんぼり肩を落とす。やる気満々だったのかもしれん。

「花豆を炊くのと小魚料理、どっちをやりたい？」

儂が聞くと、メイドさんは狐《きつね》につままれたような顔をしておったが、すぐに、

「できればどちらも覚えたいです」

と涼やかな声で答えてくれた。

「なら、あと一人か二人応援に欲しい――」

「大丈夫だ。ここにはあと三人いるからな」

得意げな顔のクーハクートが、儂の言葉を遮り手を叩く。すると玄関を開けて三人のメイドさんが入ってきよった。一人は昨日も会った角をあげたメイドさんじゃった。

「……用意がいいのぅ」

「いや、違うのだ。昨日、連絡もせずに帰りが遅くなっただろう？　それで最初から同行させることになってしまってな……楽隠居に護衛などいらんというのに」

ぶつぶつ呟くクーハクートの後ろで、メイドさんが全員揃って首を横に振っとる。

「我の手伝いは必要なさそうだな」

突然声を発したロッツァに、皆が驚いて振り向きおった。昨日、ロッツァは言葉を話してなかったか……まぁすぐ慣れてくれるじゃろ。

「ロッツァとクリムに頼むこともあるから、そこにいて平気じゃぞ。氷も水も使うんじゃからな」

「そうか。ならそれまでは端でクリムと一緒に待つ」

庭に近いところまで下がり、クリムと一緒に砂浜を眺めるロッツァ。

「さて、全員で台所に行くわけにもいかんな。豆を炊くのは庭でやろうかのぅ。クーハクートがそっちは見てくれ」

「分かったが、会話ができる従魔とは……」

「攻撃なぞしてくれるなよ？　家族に手を出されたら儂も手加減せんからな」

儂の忠告にメイドさんたちは頷いてくれたから、心配なさそうじゃ。

庭にコンロと鍋を二組並べ、花豆を炊く準備を済ませクーハクートに任せる。メイドさんが一人付いてくれたから、クーハクートの警護《けいご》も大丈夫じゃろ。

小魚を種類ごとに【無限収納《インベントリ》】から取り出し、水場に並べていく。小魚と言ってもアジ、イワシ、ベラ、キス、メゴチにトラギス、カワハギまでおった。この辺りの魚は儂の知るものと見た目も大きさも同じじゃな。念の為にした鑑定の文言も、特筆《とくひつ》することが何もないわい。

ロッツァの出した《氷針《アイスニードル》》をクリムが砕《くだ》いて氷を作り、大きな寸胴鍋へ水と一緒に各種小魚を入れておく。

まずは小さいイワシを煮干しに仕立てるぞ。塩水でさっと茹でてから乾かすだけでできるんじゃよ。天日干しする前に《乾燥《シーズン》》で粗方《あらかた》水分を飛ばす。最初の水分飛ばしを素早くするのが、美味しい煮干しにするコツじゃな。生臭い煮干しは不味いからのぅ。港街ブランの時と違って、今日は時間があるから天日干しもできる。天日干ししたほうが風味がいいんじゃ。

料理に魔法を使おうと考えとらんメイドさんたちは、終始驚いておった。魚を干す習慣はあるらしいが、こんな小魚でやることはないんじゃと。これは後で味見をさせたらまた驚くじゃろうな。

クーハクートに任せた花豆は、問題なく下茹でできとるようじゃ。儂が教えた通り、がしゃがしゃ混ぜず、木べらで丁寧に大きくかき混ぜとる。メイドさんも素直に言われたことをしとるから大丈夫そうじゃな。

「この乾いた魚は何になるのだ？」

「鰹節や昆布と同じでダシに使えるんじゃ。もちろんこのまま食べても美味いんじゃよ」

ロッツァの問いに答えながら、儂は出来たての煮干しをぽりぽり味見する。クリムとロッツァにも分ければ、ぽりぽり齧っとる。メイドさんも気になったようじゃから、数匹渡してあるぞ。

「美味い。味が濃くなったように感じるな」

大きな身体に似合わず繊細《せんさい》な味覚を持つロッツァは、旨味の濃さを感じてくれたようじゃ。クリムも気に入ったらしく、おかわりをせがんでおる。ひと掴み煮干しを皿に盛り、皆で摘まみながら作業といくかの。

「これをクーハクートに渡してきてほしいんじゃ……儂らだけが食べとるのを見つかったら五月蠅《うるさ》いと思うしの」

クリムに頼もうとしたが、メイドさんの一人が代わりに行ってくれるみたいで、儂から受け取った皿を庭に運んでくれた。

メイドさんから受け取ったクーハクートが笑顔で儂を見て、ぶんぶん手を振っておる。相変わらず小僧のような顔をしとるわい。

戻ってきたメイドさんと儂らは次の料理にとりかかる。

はらわたを取り除いて、骨ごとぶつ切りにしたイワシを叩いてミンチにする。あとは滑《なめ》らかになるまであたり、塩と醤油で味付けして茹でればつみれじゃな。

他の魚も三枚におろしたり、開いたりするだけでも仕込みになるんじゃが、メイドさんに魚を捌いた経験はなかったようじゃ。はらわたを取ってから焼いたり、煮たりするくらいなんじゃと。

数が多いアジで数度経験させただけでできるようになっておったから、料理の技術は高いんじゃろ。ボロボロになってしまった身も、味噌と生姜《しょうが》で味を付けてなめろうにしとるから、無駄にならん。

儂が港で買ったタラのような魚を刻んだ小魚と一緒に、滑らかなすり身に仕立てる。手のひらくらいの木枠や小皿で大きさを揃えたら油で揚げ、さつま揚げの完成じゃな。タラっぽい魚のおかげで、ブランの時より綺麗な仕上がりじゃ。

煮干しに使うより更に小さい魚は醤油と砂糖で煮るかのぅ。はらわたも気にならんくらいしか入ってなさそうじゃし、佃煮にしてしまうのがいいじゃろ。鍋に醤油と酒を煮切ってから砂糖で味を調え、小魚をざるからわさっと入れる。これで後は焦げつかないように煮て、更に煮詰めるだけじゃ。

メイドさんの開き、三枚おろしの練習でできたアジなどはフライに仕立てる。

フライには欠かせん相棒《あいぼう》と言えばタルタルソースじゃな。マヨネーズ、レモン、タマネギ、茹で玉子、ピクルス、胡椒と儂の【無限収納《インベントリ》】には揃っておる。ピクルスは生のキュウリで代用できるし、胡椒はなくても構わん。好みじゃ好み。刻んでマヨネーズとレモンで和えて、胡椒で風味付け。

タルタルソースも出来たし、揚げ油も残っておる。ならついでに鳥肉も揚げるか。儂が取り出した鶏肉《とりにく》にロッツァとクリムの目が輝いたな。大きなもも肉を一枚のまま溶いた粉にくぐらせてから、油の鍋へゆっくり投入。勢いよく入れると油がはねて危険じゃ。この辺りもしっかり理解してくれたようで、メイドさんは頷いてくれとる。揚がったもも肉を甘酢ダレに絡めて出来上がり。

つみれ、さつま揚げ、はんぺん、なめろう、アジフライ、チキン南蛮と出来上がったので、皆で昼ごはんになった。つみれはつみれ汁にも仕上げておる。

メイドさんも一緒に食事をして、大分賑《にぎ》やかな昼ごはんになった。皆良い笑顔を見せてくれとるから、作った者として満足じゃよ。

昼ごはんの後は、また皆で料理じゃ。クーハクート付きと儂付きのメイドさんが交代したので、魚の捌き方からまた教え、儂らの晩ごはんも一緒に仕込んでいく。アジ、イワシ、メゴチ辺りはどれを捌かせても問題ないくらいにまで慣れてくれた。カワハギは少し難しかったようで苦戦しておった。トラギス、ベラを開いて今回は天ぷら用に仕立ててみる。フライばかりだと飽きるしのぅ。天つゆも醤油と昆布ダシで簡単に作れるからいいじゃろ。

晩ごはんに刺身を食べたかったので、《駆除《リドベスト》》をかけて盛りつけた。保冷するのはロッツァとクリムに頼んだ氷でもいいし、《氷壁《アイスウォール》》に載せておくでも大丈夫じゃ。この辺りの初級魔法はメイドさんたちも使えるから問題なしじゃな。《駆除《リドベスト》》は担当を決めて、誰かしらが覚えるらしい。

かなりへたってきた揚げ油を使い切る為に、捌くほどでもない小アジに粉を薄くまぶして揚げる。揚がった小アジは南蛮漬けダレにじゅっと漬ければ完成じゃ。輪切《わぎ》りの赤トウガラシと薄切りタマネギが入っておるからピリ辛じゃよ。

次に儂は、パン種を【無限収納《インベントリ》】から取り出す。これはあんぱんの為じゃ……いや、揚げるから、あんドーナツになるじゃろか？

昨日仕込んだ花豆餡子をパン種で包んで揚げるだけ。揚げたら薬研で細かく潰した砂糖を振りかければ完成じゃ。明日以降にオーブンを見がてら、パン屋でパンとパン種を仕入れられんか頼まんとな。カレーパンもじゃが、いろいろな惣菜パンを食べたいんじゃよ。ホットドッグやカツサンド、焼きそばパンもいいのぅ。夢が膨らむわい。

儂の作る料理は簡単な手順ばかりなので、メイドさんもほぼ覚えられたそうじゃ。

さてと晩ごはん作りにとりかかるかの。貝がたくさん残っとるし、魚もある。イカはクラーケンのゲソを使えばいけるな。エビは前にブランの街で仕入れたものを使おう。

メイドさんが捌いた魚の頭やアラを、湯引きしてから鍋へ放り込む。

「骨などを何に使うのですか？」

興味を惹かれたらしく、メイドさんに質問された。

「これでダシをとって、味を調えればアラ汁になるんじゃよ。ついでに具にもなるぞ」

半信半疑《はんしんはんぎ》なメイドさんに、塩を入れる前の汁を味見してもらう。臭みでなく、魚の味と香りがする良いダシになっとるようじゃ。

「な？　家に帰ったら作ってやるといい」

「是非《ぜひ》、そうします」

メイドさんは頷き、笑みを見せる。

たくさんある魚介類で作るはシーフードカレー。エビ、アサリのダシが決め手になる。肉を使ったカレーと違い、具材は長時間煮込んじゃいかん。風味が減って、硬くなるからのぅ。エビ、ゲソ、貝柱、ひと口大に切ったシャコ貝、アサリの身と順に入れて、スパイスとカレールゥを混ぜ込んだらあと少し煮るだけ。塩で味を調えれば完成じゃ。白飯でもパンでも好きなのと一緒に食べればいい。

クーハクートとメイドさんは、儂らの作るカレーの匂いを煮干しで紛《まぎ》らわせていたそうじゃ。

「花豆を炊くのが苦行《くぎょう》のようだった」

と白状《はくじょう》しておった。完成品の花豆を思い出し、煮干しで口寂《くちさび》しさを紛らわせて我慢したらしい。

自分たちで炊いた花豆は、メイドさんが鞄から取り出した鍋に移し、お土産にする。持ち帰れると思ってなかったようで、驚いてから喜んでおった。

フィッシュバーガー、チキン南蛮バーガー、フライに天ぷら、さつま揚げも持ち帰りたいと言うので、渡してやる。

一応確認したところ、クーハクートとメイドさんの持つ鞄はアイテムボックスなんじゃと。それならばと、メイドさんの取り出す器の分だけじゃんじゃん渡す。儂の作った料理はまだまだ残っておるから、これで晩ごはんは十分じゃ。

いろいろ渡した後で晩ごはんになった。シーフードカレー、うどん、アラ汁、刺身、南蛮漬け、フライに天ぷらと、随分ごちゃごちゃしてしまったのぅ。各々食べたいものを好きな分だけとれるから好評じゃったが、クーハクートがクリムと競うように刺身に手を出していたのが一番印象に残っておる。メイドさんに生食を止められるかと思ったが、儂の《駆除》《リドベスト》を見ていたから放置したみたいじゃ。

クーハクートたちは帰り際《きわ》、料理指導料と食事代に白金貨を一枚置いていきよった。もらい過ぎじゃから、返そうかと思ったら、次回以降の分を先払いなんじゃと。今後も来れるよう先手《せんて》を打つのを忘れんとは、抜け目がない爺じゃよ。

《　60　カナ＝ナとカナ＝ワ　》

今日は調理器具に使えそうな素材を仕入れる為に、冒険者ギルドを訪れる。素材売り場に顔を出すだけのつもりじゃから、クリムもロッツァもおらん。

売り場に並べられている素材は、カタシオラ近郊で採取できるものばかりじゃな。ただ質がイマイチな物も混ぜこぜで置いてあるのは、なんでじゃ？　同じ素材でもピンからキリまであるぞ。品質を見極める目を養わせて、目利《めき》きをさせる狙いでもあるんかのぅ……分からん。

職員さんに聞いたら、集める冒険者の質による差だと分かった。当然仕入れ値が変わるから売値も上下しとるんじゃと。多少質が悪くても安い素材を求める者もおるらしい。ただそんな人はほんのひと握りしかおらん。確実に売れる質の良い素材を集める意味を教える為にも、こんな商品陳列にしたそうじゃ。

儂の欲しい各種糸、木材、金属などを選んでおったら、視線を感じた。視線の主を探すと、青白い肌をした短い銀髪の女性……ズッパズィートが職員さんの奥から儂を見ておった。なんでそんなところにおるんじゃ？

視線を辿ると、儂だけを見ているのではなさそうじゃった。ちょこまか荷物を運ぶ二人の少女を目で追いつつ、儂も確認しとる感じじゃな。他の職員さんに比べると年若く、栗《くり》色《いろ》の髪をショートカットにしとる二人の顔を見て誰か判明した。儂にも魔法をぶっ放したカナ＝ナじゃ。となるともう一人はカナ＝ワかのぅ。

魔法使用禁止の腕輪をはめたまま、一生懸命《いっしょうけんめい》仕事をしておる。

二人の様子を見ていた儂の隣に、いつの間にかズッパズィートが来ておった。

「基礎体力作りと社会常識を教える為に、売り場を手伝わせています。見習いと同じ額で雇《やと》っている形ですね」

先日と同じ涼やかな声で話すズッパズィートは無表情のままじゃった。

「売り場で働く体力作りは、ギルドマスターのトレーニングのおまけ程度です。他の冒険者に身も心も改めたと認めてもらう為の機会を作る意味もあります」

「何でそれを儂に教えるんじゃ？」

「差し出がましいかと思いましたが、気にされていると思いましたので。あと、ご相談があります。　彼女たちの魔法指導員をやりませんか？」

抑揚《よくよう》の少ない声で淡々と用件を告げとる。

「戦術、戦略も後衛職なら必須なのですが、それ以前に中位以上の魔法を撃つことしか考えていないので……種族による指導の影響とはいえ、酷いです。彼女たちが生き残る確率を高める為にお願いしたいのです。レーカスでの指導、先日の立ち回り、盗賊の生け捕り、どれもが一流冒険者と比較しても遜色《そんしょく》ありません。いえ、より良いかもしれません」

レーカスでのことも知っとるか……嬢ちゃんたちが真っ当になるのは歓迎じゃが、儂も店をやろうかと思っとるしのぅ。店が休みの時限定でやるくらいしかできんぞ？

「それでも構いません。アサオ様が店を開けている時は、こちらで特訓と講習があります」

じっと儂を見とったズッパズィートは頷き、手渡された書類を受け取りよった。書類を渡したのはカナ＝ナの嬢ちゃんじゃ。なんとも準備のよいことじゃな。丁度休憩時間になったらしく、ズッパズィートの左にカナ＝ナ、右にカナ＝ワが陣取り、期待の眼差しで儂を見上げとる。

「じいさんが先生になるんだな！」

「……お願いします」

きらきらした目で儂を見るカナ＝ナに、ぺこりとお辞儀をするカナ＝ワ。今まで無表情だったズッパズィートは優しい目をしておる。

「決まりましたか?」

ひと通りの話が終わるのを見計らったように、ひょこっと顔を出したのはデュカクじゃった。

「皆で儂を嵌《は》めたんじゃな?」

「いえいえ違いますよ。この子たちの希望を叶えがてらに指導するのが、一番近道なんです」

首を横に振りながら、ズッパズィートは真意を口にする……嬢ちゃんたちの為と言われたら断れんじゃろ。

「分かった分かった。儂の立ち回りが正しいかは分からんが、教えられることは全部教える。儂一人では無理じゃろうから、家族にも手伝ってもらうからな? あと指導料は――」

「ご心配なさらずに。二人も指導してもらうのですから、しっかり払わせていただきます」

儂に手のひらを見せたデュカクは、親指を立てて白い歯を見せにんまり笑いおった。カナ＝ナとカナ＝ワも笑顔じゃし、ズッパズィートは一人頷いておる。一連の流れを眺めていた売り場職員さんは、儂の心情を分かってくれたようで苦笑いじゃ。

売り場では、素材となる糸、いろんな形の各種木材、金属板、縫《ぬ》い針などを仕入れた。

その後、デュカクの執務室で儂の【無限収納《インベントリ》】に仕舞いっぱなしの素材たちを一つずつ見本で渡す。儂には必要ない物ばかりじゃが、ギルドとしては貴重な商品のようじゃった。なるべく多くを仕入れたいらしく、取り置きまで頼まれたわい。売れ次第儂から買うと言っておるし、暫《しばら》くカタシオラにいるつもりじゃから構わん。何かあれば家に来るじゃろ。

指導員の契約も終えてギルドから出ると、まだ昼前じゃった。まだ見ていない通りもあるし、散策して帰るかのぅ。ロッツァと一緒には見られん細い裏路地《うらろじ》辺りを訪ねる、良い機会じゃろ。

《 61 魔法の使い方 》

店を開くにしても、ルーチェたちが帰らんと始められん。儂とロッツァ、クリムだけでは回らんじゃろうし、お客さんに迷惑をかけてしまうわい。

だもんで、早速カナ＝ナとカナ＝ワの指導をしてみようかと思って、今日は冒険者ギルドに顔を出した。訓練所でやるのかと思っていたんじゃが、儂のやりやすい場所で構わんと言われたので、家に帰る。ここならロッツァとクリムも一緒じゃから、いろいろ参考になるかもしれんからな。初めての指導なので、ズッパズィートも同行してくれた。腕輪を外せるのは監察官《かんさつかん》だけなんじゃと。ということはこれからも来るんじゃろか？

まずは魔法の威力を知りたくて、二人に初級魔法を使ってもらった。《火球《ファイアーボール》》、《水砲《ウォーターガン》》、

《氷針《アイスニードル》》、《風刃《ウィンドエッジ》》、《石弾《ストーンバレット》》とどれも使えるようじゃが、とても弱いものじゃった。儂の出した《岩壁《ストーンウォール》》を削ることすらできん。前にギルドで女の子を飛ばしていた魔法のほうが、《風刃《ウィンドエッジ》》より強い気がしたんじゃが、あれは最初に覚える風魔法で、ただ風を出すだけの魔法らしい。一応、込める魔力が多ければそれだけ強くなるそうじゃ。限界に近い威力でやってもらったが、《岩壁《ストーンウォール》》はびくともせんかった。使えるという中位魔法でも変わらん。

込める魔力を変える手法は、影人族なら普通に使うそうじゃ。以前ナスティと話した時は知らんかったから、秘匿《ひとく》された技術なのかもしれん。

他の魔法でも同じことができるんじゃが、カナ＝ナたちには無理と言われた。そもそも使う魔法によって魔力量が違うのに、細かい操作《そうさ》までは難しいそうじゃ。失敗すれば魔法が暴発《ぼうはつ》するんじゃと。儂はなんとなくでやっとるだけじゃからな……感覚を教えるのはどうすればいいんじゃろか……儂の実験に付き合ってもらってみるか。

儂が試したいのは、魔道具、魔法、炭火焼きによる味の違いじゃ。生き残る為に魔法を使うカナ＝ナたちじゃが、儂は生きる為に料理をする。それに美味しい物を食べたいからな。こんな時でないと実験はできん。

「魔法で料理なんて……」

とカナ＝ナぼやいておったが、カナ＝ワは儂が【無限収納《インベントリ》】から出したウルフ串の炭火焼きで、やる気を見せておる。

美味しくウルフ串を焼く為に《火球《ファイアーボール》》の火力を調整させたが、最初は失敗続きじゃった。何より火球をその場に維持できんかった。なので《炎柱《フレイムピラー》》に変えてやらせてみた。

それでも中まで真っ黒に焦げたり、外だけこんがり中は生焼《なまや》けだったり、片面焼けてひっくり返す時に火が消えたりと、何通りも失敗しよった。じゃが、同じ失敗はしとらん。その辺りは賢い子なんじゃと思う。

儂は二人の指導をしながら、教わった風魔法を試しとる。心地よいそよ風から、樹木を根こそぎ倒すくらいの突風まで強弱が付けられるのは便利じゃな。

儂の実験を見ていたズッパズィートは、無表情のまま固まりよった。更に風量と風向を調節したら、その場で留まるつむじ風のようにできた。

何かに使えないかと思った時に、思い出したんじゃよ。昨日、裏路地の店で仕入れたザラメっぽい砂糖を。

しかしどうやればわたあめになるかのぅ。ザラメを熱しながら回転させるのは分かるんじゃが……盥《たらい》の真ん中にコンロを置いて、吊るした缶を回すくらいしか思いつかんな。いや、缶がないぞ。鉄板に茶筒をくっつけるか。外れんようにメタル糸で縛ればいけるじゃろ。茶筒の胴に穴を開けて釣《つ》り竿《ざお》からぶら下げれば……大丈夫じゃな。風魔法でくるくる回っておる。

おった。

ふと視線を感じたので周りを見れば、思わずにやけてた儂を皆が不思議そうに見ておった。

カナ＝ナとカナ＝ワはウルフ串の魔法焼きを完成させておる。儂が先に取り出した串焼きと比べても遜色ない見た目じゃ。焼き上がったもので昼ごはんとする。ロッツァとクリムは、儂が工作に夢中になっとる間、二人を見てくれておった。

量産したウルフ焼きで腹ごしらえを終えたら、カナ＝ナとカナ＝ワはやる気に満ちておった。ただぶっ放して相手を倒せばいいと思っていた魔法の見方が、それなりに変わったみたいじゃな。料理に使うのは本流とは違うかもしれんが、魔力量の操作や維持などを覚えるのに有効みたいじゃし、何より結果が分かり易くて、腹も満たせるからいいじゃろ。

クリムに儂の作ったわたあめ缶を吊るした釣り竿を持たせ、下から炙るのをカナ＝ナに頼む。儂が細工《さいく》した風魔法をカナ＝ワに教えたら、これは器用に使いこなしておった。盥に薄く水を張り、陶器《とうき》の皿を乗せ、その上に《炎柱《フレイムピラー》》を燃えないように維持させ、わたあめ缶を吊るし、カナ＝ワが風で回す。儂は霊木《れいぼく》の枝を片手に、出てきたわたあめを集める。ズッパズィートとロッツァは何ができるか分からんから、静観《せいかん》しとる。

儂がちょこまか動いとると、面白くなったようでクリムとロッツァが交代しよる。

儂の拳くらいになったわたあめをズッパズィートに手渡したら、きょとんとしておった。片手で摘まむも良し、そのままかじるも良しと教えれば、恐る恐る摘まんで口へ運んどった。周囲に漂っていた甘い香りも後押ししてくれたみたいじゃな。ズッパズィートは口の中で消えていくわたあめに頬が緩んで、満面の笑みじゃや。

カナ＝ナとカナ＝ワも気になって仕方ないらしく、《炎柱《フレイムピラー》》と風魔法が安定せず揺らいどる。クリムム、カナ＝ナ、カナ＝ワに霊木の枝を持たせ、ロッツァはザラメを補充した釣り竿、儂は《炎柱《フレイムピラー》》と風魔法を担当じゃな。

初級魔法といえど二つ同時に行使しとる儂に、ズッパズィートが目を丸くしておった。

《　62　座礁《ざしょう》　》

今日は多少雲はあるが天気は上々。そよ風も心地よく吹いておったから、庭先でロッツァ、クリムと一緒に朝ごはんの焼き魚を食べておる。沖では大きな帆船《はんせん》が海面を滑るように通っていきよった。

「あの辺りは岩場が点在しておるぞ。あのような船で通るとは……人族は器用なものだな」

頭からアジの塩焼きを丸かじりしていたクリムも、ロッツァの言葉に頷いとる。

「海の中が分かるのか。あ、この前の貝はあの辺りで獲ったんじゃな？」

「うむ。クリムが大きな貝を探していたので、我も手伝った。少し潜っただけで、尖《とが》った岩がごろごろ見えてな。その陰にいろいろな貝がたくさん隠れていたぞ」

イワシの丸干しを数匹まとめて食べていたロッツァは、得意げに話してくれた。砂浜の向こう、入り江のようになった際《きわ》を船が進む。

「こんな近くを通る船は初めて見たのぅ。港に入る船はもっと沖から来とるようじゃから――」

ロッツァに話しとる最中、儂の耳にもはっきり聞こえるくらいの音量でドンッと音がした後、ガリガリガリガリと船から聞こえよる。

「あれは座礁したじゃろ」

「前にも後ろにも進めないだろうな」

儂とロッツァの言葉に、アジを咀嚼していたクリムはこくりと首を縦に振る。

アジの中骨から身をほぐし、ごはんと一緒に口へ放り込む。ロッツァは味噌汁をあおり、クリムは漬物のキュウリをぽりぽりかじっておる。

そうこうする間に、座礁した船の甲板に人がわらわら出てきよった。見える限り魚人や人魚はおらん。背中の羽根で飛び回る翼人が三人くらいに獣人がたくさん、あとは人族らしき者が数人かのぅ。

「ロッツァ、行くぞ。目の前で沈まれたら夢見が悪いからのぅ」

「分かった」

ロッツァと共に波打ち際《ぎわ》へ歩き、儂はその背に飛び乗る。クリムも儂を追いかけて飛び乗ってきよった。そのまま座礁した船へ進むと、怒号《どごう》飛び交う戦場のような有様じゃった。まだ港からの救助も来とらんし、船員たちはなんとか生き延びようと必死に動いておる。翼人が指示と誘導をして、獣人が物を運ぶ。人族は避難用の小型の舟を用意しておる。船から降ろした小型の舟へ、順番に乗組員は移動しとる。綺麗な身なりの小太りなおっさんが、他の船員を掻き分けて先に乗り込んでるのはなんでじゃ？

翼人の一人が儂に気付いて、早く離れるように言ってくれたが、儂はこの船をどかす用事があるんじゃよ。【無限収納《インベントリ》】から大きな盥を取り出し、クリムと一緒に乗り込む。

ロッツァに船底を見てきてもらうと、綺麗に岩と岩の間に挟まっとるそうじゃ。見える範囲では穴は開いてないから、すぐに沈むような状況ではないらしい。とりあえず乗組員の避難が済むまで待つ余裕はありそうじゃから、儂らは少し離れて待つことにした。

先ほどの小太りなおっさんは船長さんのようじゃ。我先に逃げ出す船長か……他の船員、乗組員からの冷ややかな視線に耐えられんかったみたいで、救助を要請してくると港へ行ってしまったんじゃと。

儂に忠告してくれた翼人さんも含めた全員が無事に避難できたので、儂はまたロッツァの背に乗って行動開始じゃ。難しいことはせん。船に《浮遊《フロート》》をかけて運ぶだけじゃよ。

船員さんに質問されたのでそう答えたんじゃが、呆れられたわい。いやいや、全長50メートルもないくらいの帆船じゃから、余裕じゃろ。

「《浮遊《フロート》》」

儂が船に手を添え、魔法を唱えれば、ふわりと船体が浮く。岩に嵌った場所は穴が開いていたようで、結構な勢いで海水が流れとる。

ロッツァに乗ったまま、船を浮かせて港へ移動する儂を、船員さんたちに追いかけてもらった。翼人さんは儂らを誘導するように先行してくれておる。一人が更に先行して場所を確保してくれるそうじゃ。港に沈めるわけにもいかんから、船を置くU字型の台を用意してくれるんじゃと。修理《しゅうり》で済めばいいが、見たところかなり抉《えぐ》れとるから、どうじゃろな。

指示された場所に船を下ろしたんじゃが、見物客がわんさかおった。先日、小魚などを譲ってくれた漁師さんもその中におったので、手を振って挨拶しといた。儂の顔を見て誰か分かったようで、驚いてはいたが手を振り返してくれたわい。

全て無事に終わり、船員さんたち皆から感謝された。小太り船長の姿は見えんかったが、船員の総意《そうい》で船から下ろすつもりらしい。無理なら全員が船を下りて、別の船に移動するそうじゃ。今回だけでなく、今までもかなり酷かったと愚痴《ぐち》っておった。部下の手柄《てがら》は自分の手柄。自分の失敗は部下のせい。長い物に巻かれてゴマ擦《す》りばかり。何を決めるにも人任せ。で、極《きわ》めつけが今回の一件じゃったと……典型的なダメ上司のようじゃ。

小太り船長は、上の役職が見えたので、欲をかいて今回の航海に立候補《りっこうほ》したんじゃと。

が、航路《こうろ》にも口を挟んでしまい、座礁させたと。しかもその時、舵を握っていたのは本人だったそうじゃ……身の程《ほど》知らずが身を滅《ほろ》ぼすことに繋がるのは、どこでも一緒じゃな。

漁師や通商港の職員からも喝采《かっさい》を浴びたわい。皆に顔を覚えてもらったことが、今回最大の報酬じゃな。印象もよさそうじゃし、今後の取引も期待できるじゃろ。

しかし、死人が一人も出なかったのが何よりじゃ。不幸なことがなかったからこそ、今後を考えられるんじゃからな。

《 63　おかえり 》

朝ごはんを食べ終え、今日は何をしようかロッツァとクリムに相談していたら、マルとカッサンテが訪ねてきよった。漁師から頼まれた小魚料理の件と、昨日の騒動の件の詳細を知りたいので、商業ギルドに顔を出してほしいそうじゃ。

二人の相手をしている最中に、今度はクーハクートが現れた。花豆の甘納豆と餡子のレシピを登録したいらしく、一緒に商業ギルドへ行かないかと誘いに来たんじゃと。共同開発の体《てい》を取っているので、対外的な扱いとしても同行したほうがいいと、クーハクートとマルに教えてもらった。

ロッツァたちもやることがないので、今日は儂に同行する。なかなかの大所帯での移動になったが、大丈夫なんじゃろか……

商業ギルドに顔を出すと、受付を通らずに倉庫へ通された。倉庫の中にはツーンピルカとクラウス、あと見たことのない男女が一人ずつおった。水がなみなみ入った鉢《はち》に人魚の男性が入っておる。隣におる魚人の女性は、極彩色《ごくさいしき》のひれが顔に付いているくらいで、レーカスのハイルカンのようにまんま鮫《さめ》な顔はしとらん。獣人族に近い感じじゃ。

「お待ちしておりました。こちらは――」

「通商港支配人、テッラと申します」

「漁師代表、ベタクラウです」

ツーンピルカが紹介する前にそれぞれが名乗ってくれる。テッラは鉢から出られんからぺこりと頭を下げ、ベタクラウは儂に歩み寄り握手までしてくれとる。

「昨日の座礁船の移動、大変ありがとうございました。船がぷかぷか浮いている姿には驚かされましたが、人的被害がゼロで済んだのは幸いでした」

「あんな解決方法は私も初めて見たよ。船を宙に浮かべる方法があったとはね」

丁寧な口調のまま感謝の言葉を告げるテッラと、砕けた話し方になったベタクラウ。飾ることはもうやめてしまうのか。いや《浮遊《フロート》》の印象が強いから、素に戻ってしまったんじゃろか。

「儂は魔法が得意でな。それに人より魔力が少しばかり多いからできたんじゃよ。家の目と鼻の先で事故があったから手助けしただけじゃ。そんな気にせんでくれ。それに儂だけでなくロッツァも、船員さんも、皆が頑張ってくれたからこその結果なんじゃから」

儂はにこりと笑い、後ろにおるロッツァたちを指さす。

「ありがとうございました」

「ありがとう」

テッラとベタクラウは揃ってロッツァに頭を下げる。相手が騎獣だろうとすんなり礼を言えるのは凄いのぅ。

「我に礼などいらん。アサオ殿に頼まれたからやったまでだ」

ロッツァの言を聞いたクリムもこくりと頷いておる。

「それでも感謝を伝えたいのは我らですから」

顔を上げ微笑むテッラに迷いは感じられん。ベタクラウも頷くだけじゃ。

「さて、儂らの用を済まそうか」

座礁船の話だけ耳にしていたらしいクーハクートは、儂らのやりとりをぽけーっと眺めるだけじゃったが、儂から話題を振られたら正気に戻りよった。

「先日、アサオ殿に渡した花豆のレシピが完成した。その登録を頼む。領地で特産品にまで引き上げられたらいいのだがな」

「それは儂が手伝うことじゃないから任せるぞ。儂は花豆の甘味を街で売るだけじゃ」

にこりと微笑むクーハクートは、いつもの悪童顔ではなく高貴《こうき》な雰囲気を醸し出しておった……隠居しても貴族は貴族か。ただ贅沢な生活をしたいだけの低俗《ていぞく》な貴族とは違うのう。

「あと、小魚料理はこんな感じで作ったぞ。これはクーハクートの屋敷でも既に作っとるはずじゃ」

テーブルがなかったので、料理に先んじて【無限収納《インベントリ》】から取り出す。儂が料理をいろいろ並べると、皆でテーブルを囲みよる。並べた料理を一つずつ解説しては味見をする。使った魚と調理法、調味料などを詳しく問われたので教えたが、ベタクラウは儂の説明もそこそこに食べ続けておった。代わりにテッラがしっかり聞いておる。クラウスはレシピを書き取り、ツーンピルカと一緒に確認作業に忙しそうじゃ。

「これはどこへ行けば食べられる？」

小アジの南蛮漬けを頭から齧るベタクラウがそう儂に迫ってきよった。

「レシピは公開するし、依頼したのは漁師なんじゃから、自分たちで作るんじゃろ？」

ツーンピルカに話と視線を送るが、首を横に振っておる。

「小魚の活用法の相談でしたし、販路《はんろ》などが確保できれば収入増になるとは思います。ですが、漁師が自作するかどうかは――」

「しないよ！」

ツーンピルカの言葉の途中でベタクラウが断言《だんげん》しよる。テッラが乾いた笑いをしとるから、いつものことなんじゃろな。同意しとるのはクーハクートのみじゃ。立場が上の者は自分で作らんからのぅ。作れる者に作らせるんじゃよな。

儂の店で出すかどうか分からんし……というより何を扱うかまだ決めとらん。この流れからすると、また惣菜店が無難だとは思うんじゃがな。

「アサオさんのお店はどうするのですか？」

「レーカスと同じ惣菜店か、イレカンの時の喫茶店《きっさてん》かのぅ。甘味処にするほど甘味が充実しとらんし……軽食を主に扱うようにすればなんとかなるか？」

「バーガーを売り出すのはどうでしょう。あれも軽食になりませんか？」

カッサンテがそう言って、儂を後押ししよる。ツーンピルカの頷きを見るに、報告もちゃんとされとるようじゃ。

「儂の店以外で売りに出すのはどうじゃ？　儂は毎日店を開かんし、いいんじゃないかのぅ。やるとしてもルーチェたちが帰って来てからじゃし、もう少し先になるじゃろ」

「いつ開店するか決まったら教えてください。シロルティアには、私からそれとなく伝えておきます」

クラウスが笑顔で頷いてくれとるから、この話もここまでじゃな。

レシピの登録も終わり、昨日の件の説明も済んでおる。話すこともこれ以上ないようじゃから、そろそろお暇《いとま》しようかの。

「あ、アサオさん。先日、頼まれた物を探してみましたが、まだ見つかっておりません。もう少しお時間を下さい」

儂が荷物を仕舞い始めたので、ツーンピルカが思い出したように話しかけてくる。申し訳なさそうに眉を下げとるが、そんな気にせんでいいんじゃがな。

「見つかればめっけもんと思っとるくらいじゃから急がんよ。まだこの街におるつもりじゃし、海を渡った先に自分たちで行くかもしれん。ま、気長に気負《きお》わず気楽にな。暇な時、気にかけてくれれば十分じゃよ」

荷物も仕舞い終えたので儂は倉庫をあとにする。テッラとベタクラウも儂らと共に出るようじゃ。クーハクートはまだ用事があるらしく残っておる。

雑談しながら皆で歩いていたら、とんとん拍子《びょうし》で話が進み、小魚を定期的に買えるように決まっておった。先ほどの試食と昨日の件が好印象を与えたのは明白じゃな。

二人と別れ、のんびり歩いて家に帰れば、お天道様《てんとうさま》はもうてっぺんにおった。

「昼ごはんは何にしようかのぅ」

「たっだいまー」

ロッツァとクリムに聞こうと振り返ったら、元気な声が聞こえよる。数日ぶりに聞く声じゃや。

「おかえり。楽しかったか？」

「うん！」

ルーチェは満面の笑みで頷く。後ろにおるナスティはいつも通りの笑顔。そのそばにおったはずのルージュは、いつの間にか儂の背中に乗っておる。

「あちらでの話を聞きたいが……まずは腹ごしらえじゃな」

儂の声に全員が歓声《かんせい》を上げて答えよった。

ネットで人気爆発作品が続々文庫化！

アルファライト文庫 大好評発売中!!

アラフォーおっさん、ボスモンスターをワンパン撃破!?

1～7巻 好評発売中!

超越者となったおっさんはマイペースに異世界を散策する 1～7

神尾 優 *Yu Kamio* illustration ユウナラ

召喚されてボスモンスターを瞬殺するも、激レア最強スキルが制御不能……!?

若者限定の筈の勇者召喚になぜか選ばれた、冴えないサラリーマン山田博（42歳）。神様に三つの加護を与えられて異世界に召喚され、その約五分後――彼は謎の巨大生物の腹の中にいた。いきなりのピンチに焦りまくるも、貰ったばかりの最強スキルを駆使して大脱出！　命からがらその場を切り抜けた博だったが――。不器用サラリーマンの異世界のんびりファンタジー、待望の文庫化！

文庫判　各定価：671円（10%税込）

アルファライト文庫

この作品に対する皆様のご意見・ご感想をお待ちしております。

おハガキ・お手紙は以下の宛先にお送りください。

【宛先】

〒150-6008 東京都渋谷区恵比寿 4-20-3 恵比寿ガーデンプレイスタワー 8F
（株）アルファポリス　書籍感想係

メールフォームでのご意見・ご感想は右のＱＲコードから、
あるいは以下のワードで検索をかけてください。

アルファポリス　書籍の感想　検索

ご感想はこちらから

本書は、2018 年 12 月当社より単行本として
刊行されたものを文庫化したものです。

じい様《さま》が行《い》く 4 『いのちだいじに』異世界《いせかい》ゆるり旅《たび》

蛍石（ほたる いし）

2022年 6月 30日初版発行

文庫編集－中野大樹／宮田可南子
編集長－太田鉄平
発行者－梶本雄介
発行所－株式会社アルファポリス
〒150-6008東京都渋谷区恵比寿4-20-3恵比寿ガーデンプレイスタワー8F
TEL 03-6277-1601（営業） 03-6277-1602（編集）
URL https://www.alphapolis.co.jp/
発売元－株式会社星雲社（共同出版社・流通責任出版社）
〒112-0005東京都文京区水道1-3-30
TEL 03-3868-3275
装丁・本文イラスト－NAJI柳田
装丁デザイン－ansyyqdesign
印刷－中央精版印刷株式会社

価格はカバーに表示されてあります。

落丁乱丁の場合はアルファポリスまでご連絡ください。

送料は小社負担でお取り替えします。


ISBN978-4-434-30432-3 C0193